Auf den Spuren von Melvilles Moby Dick und den Beobachtungen berühmter Polarforscher reist Jenny Diski, eine der eigenwilligsten englischen Autorinnen, auf einer Kreuzfahrt durch die Antarktis. ›Das blaue Herz des Eises‹ verbindet innere und äußere Reise miteinander – fesselnd und auf vollkommen überzeugende Weise. Gleich zu Anfang erfährt der Leser, welchem inneren Kompaß die Reisesehnsucht folgt. Nur am südlichen Pol unseres Planeten glaubt Jenny Diski jenes reine Weiß zu finden, das für sie die Farbe des Nichts und des Vergessens ist. Doch je tiefer das Schiff auf seiner Kreuzfahrt durch die Antarktis in den Raum der absoluten Kälte vordringt, umso genauer arbeitet die Erinnerung an eine Kindheit, die als Albtraumsequenz mit dem Terminus der zerrütteten Familie nur annähernd bezeichnet ist: der Vater – ein Betrüger, die Mutter – eine labile Phantastin, das Kind – ausgeliefert. Mit kalter Genauigkeit, unversöhnlich und sarkastisch schreibt Jenny Diski in ihrer kleinen Schiffskabine von der eisigen Welt ihrer Kinderjahre. Und sie erzählt – in wohlkalkuliertem Wechsel – von der neuen aufregenden Begegnung mit einem in mehr als einer Hinsicht abweisenden und unberührten Kontinent in Bildern voller Magie und Poesie.

Jenny Diski, 1947 in London geboren, wuchs nach der Trennung ihrer Eltern in Heimen auf. Mehrfach hielt sie sich wegen ihrer Depressionen in psychiatrischen Kliniken auf. Heute lebt sie als erfolgreiche Schriftstellerin in London. Von ihren Romanen sind in deutscher Sprache erschienen: ›Küsse und Schläge‹ (1989), ›Regenwald‹ (1990), ›Mutterkind‹ (1992), ›Esthers Traum‹ (1994). Für ›Das blaue Herz des Eises‹ wurde sie 1998 mit dem ›Mind Book of the Year/Allen Lane Award‹ ausgezeichnet.

Unsere Adresse im Internet: www.fischer-tb.de

Jenny Diski

Das blaue Herz des Eises

Aus dem Englischen von
Brigitte Walitzek

Fischer Taschenbuch Verlag

Wir danken dem Suhrkamp Verlag für die Abdruckgenehmigung der Zeilen aus *Malone stirbt* von Samuel Beckett, Frankfurt am Main, 1969, Deutsch von Elmar Tophoven, und dem Insel Verlag für die Passagen aus *Moby Dick* von Herman Melville, Frankfurt am Main, 1992, Deutsch von Alice und Hans Seiffert.

Veröffentlicht im Fischer Taschenbuch Verlag,
einem Unternehmen der S. Fischer Verlag GmbH,
Frankfurt am Main, Dezember 2002

Lizenzausgabe mit freundlicher Genehmigung der
Luchterhand Literaturverlag GmbH, München
Die Originalausgabe erschien 1997
unter dem Titel ›Scating to Antarctica‹
bei Granta Books, London

Druck und Bindung: Clausen & Bosse, Leck
Printed in Germany
ISBN 3-596-14810-3

Für Chloe, ohne die –

Ich frage mich, ob es nicht immer noch ich bin, um den es sich handelt ... Werde ich bis ans Ende unfähig sein, über etwas anderes zu lügen?

Samuel Beckett, »Malone stirbt«

Schrödingers Mutter

Ich bin nicht ganz zufrieden mit dem Weiß in meinem Leben. Mein Schlafzimmer ist weiß: weiße Wände, eisige Spiegel, weiße Laken und Kopfkissenbezüge, weiße Lamellenjalousien. Es ist das Beste, was ich zustande gebracht habe. Mangelnder Mut – ich wollte nicht für extrem gehalten werden – hat mich daran gehindert, mir auch ein weißes Bettgestell und weiße Nachttische zuzulegen. Sie sind aus Holz und stören mich ein bißchen. Meinem Bett in dem sehr kleinen Zimmer genau gegenüber wirft eine Wand aus verspiegelten Schränken das Weiß auf sich selbst zurück und macht es doppelt so groß, wie es zu sein glaubte. Vor einiger Zeit hatte ich einen Handwerker da, der eins der anderen Zimmer renovieren sollte. Er wollte wissen, wie ich die Wände haben wollte. Weiß, sagte ich, wie alle Wände in der Wohnung. »Wahrscheinlich gibt es dann wenigstens keinen Streit darüber, was für eine Tapete man nehmen soll«, sagte er nicht sehr begeistert. Es war der einzige Grund, den er sich vorstellen konnte, warum jemand weiße Wände haben wollte.

Wenn ich mich beim Aufwachen morgens richtig hinlege, kann ich die Augen aufschlagen, ohne etwas anderes sehen zu müssen als Weiß. Das weiche Weiß der Laken, dunklere Schatten in den weißen Falten des Federbetts, ein harscheres Weiß mit eingekerbten Linien da, wo die Wände auf die Decke stoßen oder um die Ecke biegen: Neunzig-Grad-Winkel in Weißschattierungen. Eine Wiederholung des Weiß, wenn ich die Augen ein kleines Stück zum Spiegel gegenüber hebe. Morgenmomente von unbeschreiblicher Befriedigung. Irgendwann bleibt mir nichts anderes übrig, als die Farben in meinen Tag einzulassen, aber für eine Weile kann ich in scheinbar grenzenlosen Weiten von Weiß schwelgen.

Wenn ich versuche, diese Sehnsucht nach dem Whiteout, dem grenzenlosen Weiß, zurückzuverfolgen, so begann sie mit der Vorstellung, Insassin einer psychiatrischen Klinik zu sein. Nicht während meines ersten Aufenthalts in der Psychiatrie in Hove, als ich vierzehn war, sondern erst später, im Alter von zwanzig und einundzwanzig, in der psychiatrischen Abteilung der Londoner Maudsley-Klinik, wurden Krankenhäuser zu meiner bevorzugten Umgebung. Weiße Krankenhauslaken schienen mir zu verheißen, was ich mir am meisten ersehnte: einen Ort der Sicherheit, ein weißes Vergessen, ein weißes Nichts. Im Nichts versinken, das war im Grunde genommen alles, was ich wollte, aber weiße Krankenhauslaken, so glaubte ich, seien immerhin eine Annäherung.

Tatsächlich sah die Realität der Londoner Klinik ganz anders aus, als ich sie mir vorgestellt hatte, aber die Laken waren weiß. Immer riß Schwester Winniki, anscheinend eine Zwillingsschwester des Orwellschen Großen Bruders und selbst nicht ganz bei Trost, mir die knisternden weißen Laken im Namen der geistigen Gesundheit viel zu früh am Morgen weg. »Auf, auf, auf, Miiss Siimonds. Vir dürfen nicht faul im Bett liegen, sonst verden vir nur deprimiert.« Ich *war* deprimiert, und alles, was ich wollte, waren die richtigen Bedingungen für meine Depression, aber in der Klapse wurde es nicht gern gesehen, wenn man deprimiert war. Mit Anfang Zwanzig verbrachte ich, mit Unterbrechungen, achtzehn Monate in diesem und anderen Londoner Krankenhäusern, ohne je zu bekommen, was ich wirklich wollte.

Schwester Winniki war wie ein Windstoß. Sie sauste mit atemberaubender Geschwindigkeit durch ihre (oder vielmehr meine) Station, unaufhörlich in ihrem südlondonerisch eingefärbten estnischen Akzent redend. »Vie geht es uns denn heute?« schrillte sie beispielsweise, aber bis einem eine Antwort darauf eingefallen war, war sie schon längst wieder weg. Auf diese Weise erfuhr eine Patientin, daß sie heute Elektroschocks bekommen würde, eine andere, daß Schwester Winniki, wenn sie schon wieder nicht an der Beschäftigungstherapie teilnahm, gezwungen wäre, den Arzt zu informieren, eine weitere, daß sie andere Medikamente bekommen würde. Schwester Winniki hatte alles im Griff, aber man hatte das Gefühl, daß sie die Kontrolle nur so lange behalten würde, wie sie selbst in Bewegung blieb, auf den Hacken durch die Gänge klapperte, ihre schwarzbestrumpften Beine wie eine Schere auf- und zuschnappten und ihr grellorange geschminkter Mund Befehle und Verweise ausspuckte. In ihren Augen war eine gesunde Station für geistig kranke Patienten eine betriebsame Station, aber leider ist Betriebsamkeit nicht unbedingt das, worin geistig kranke Patienten besonders gut sind, außer natürlich die, die darin nur allzu gut sind, und so herrschte eine permanente Spannung zwischen Schwester Winnikis Wirbelwind und unserer Lethargie. Ich mußte ständig gegen Schwester Winniki ankämpfen, um wenigstens ein Minimum an Vergessen zu erreichen – und da der ganze Sinn und Zweck des Vergessens darin besteht, daß es total oder aber gar nicht ist, konnte ich nie gewinnen.

Als sich die Klinikaufenthalte als unwirksam erwiesen, verlagerte ich meine Phantasien auf eine Mönchszelle. Ein kleines, karges, weißes Zimmer, in dem nichts das Auge von der Leere ablenkt, eine strikte Routine der Stille, nur durchbrochen vom regelmäßigen rhythmischen Ritual der Liturgie, besaß alle Vorteile einer Klinik – Kargheit und Passivität, durchsetzt von Mahlzeiten und Medikamentenausgaben – ohne den Nachteil von Schwester Winniki. Ein Trugschluß, da es zweifellos einen Pater

Winniki gäbe, der versuchen würde, mich zu nützlichen Aktivitäten anzuspornen. Aber es gab sowieso keinen Ort, wo ich mit dieser Phantasie hätte hingehen können, da ich sowohl der falschen Religion als auch dem falschen Geschlecht angehörte, und so, erwachsen und kompromißbereit, begnügte ich mich damit, mir mein annähernd leeres Schlafzimmer zu schaffen und wenigstens mein morgendliches Whiteout zu haben. Immerhin etwas, wenn auch nicht genug. Obwohl ich sehr geschickt darin bin, zu bekommen, was ich will, ist die Welt noch geschickter und gesteht mir nicht mehr als einen Vorgeschmack davon zu. Schwester Winniki ist nie ganz weg; irgendwann muß ich den Tag beginnen, und die leere weiße Welt füllt sich mit Farben.

Doch auf einmal fiel es mir ein, so mühelos, wie diese Dinge einem einzufallen scheinen. Plötzlich ist da ein Moment, in dem sich ein Gedanke bemerkbar macht, als wäre er schon immer dagewesen, als hätte man ihn schon seit ewigen Zeiten gedacht. Manchmal denke ich, daß ich überhaupt nicht denke, falls Denken ein bewußter Prozeß ist, in dessen Verlauf der Geist das Wesen und die Lösung eines Problems ausarbeitet. Ich schäme mich deswegen ein bißchen. Ich wäre froh, wenn ich normal denken könnte, so wie normale Leute zu denken scheinen.

Trotzdem war der Gedanke da. Die Antarktis. Begleitet wurde er von dem Gefühl, so beherrschend wie eine sexuelle Obsession, daß die Antarktis genau das war, was ich wollte, und ich sie aus diesem Grund haben mußte. Ich habe mich keineswegs schon immer danach gesehnt, in die Antarktis zu fahren, oder es mir auch nur ausdrücklich gewünscht, aber der Gedanke war so machtvoll wie ein lebenslanger Traum. Vielleicht ist es ja möglich, lebenslange Träume im nachhinein zu haben.

Wie jede sexuelle Obsession war auch mein antarktischer Traum mit Ungelegenheiten verbunden, bedeutete er doch, daß ich etwas tun mußte, Auszeit von der Regelmäßigkeit meines

Lebens im Arbeitszimmer nehmen, reisen mußte – und ich hasse allein die Vorstellung von Reisen. Ich versuchte, mir selbst Vernunft einzureden: In der ganzen Geschichte der Menschheit hatte es nur sehr, sehr wenige Leute gegeben, die bis in die Antarktis vorgedrungen waren. Es gab absolut keinen Grund, warum ich, nur weil ich plötzlich Lust dazu hatte, zu ihnen gehören sollte. Statistiken sind dazu da, uns zu schützen. Es wäre nicht empörend, wenn ich nicht in die Antarktis fuhr, fast niemand tat es. Nichts Schlimmes würde passieren, wenn ich mein Leben beschloß, ohne je dort gewesen zu sein. Und doch empörte mich der Gedanke, nicht zu fahren, empörte mich auf irrationale, aber nicht in den Griff zu bekommende Weise. Diese Sache ist verdammt wichtig für mich, antwortete ich meinem vernünftig argumentierenden Ich, ohne jedoch sagen zu können, wieso. Wie schon gesagt, ähnlich wie bei einer sexuellen Obsession.

Die Arktis wäre einfacher gewesen, aber es zog mich nun einmal nicht in den Norden. Ich wollte Weiß und Eis, so weit das Auge reichte, und ich wollte beides an dem einen Ort der Welt, der unbewohnt war (von den Pinguinen, den Seehunden und dem Personal der Antarktisstationen für den Augenblick einmal abgesehen). Ich wollte einen Ort, wo Schwester Winniki nicht existieren konnte. Ich wollte mein weißes Schlafzimmer bis ins Unermeßliche ausgedehnt sehen. Und das bedeutete: Antarktika, nichts als Antarktika.

Wie sich zeigte, war es gar nicht so einfach, nach Antarktika zu fahren. Es gibt dort keinen konkreten Ort, den man ansteuern könnte. Aber ähnlich wie Gedanken, die einem unvermittelt durch den Kopf schießen, machen auch bestimmte Annoncen sich bemerkbar, wenn man etwas Bestimmtes im Sinn hat. »*Die Antarktis – die Kreuzfahrt Ihres Lebens*«, lautete sie. Ich schrieb hin, um die Broschüre anzufordern. In der Zwischenzeit rief ich die British Antarctic Survey in Cambridge an.

»Wie komme ich am besten nach Antarktika?« erkundigte ich mich.

»Sind Sie Wissenschaftlerin?«

»Nein, Schriftstellerin.«

Neben dem Echo von »Wissenschaftlerin« klang es nicht sehr eindrucksvoll. Die Frau von der BAS war unverkennbar derselben Meinung.

»Überhaupt nicht, wenn Sie keine Wissenschaftlerin mit einem spezifischen Forschungsvorhaben sind.« War sie mit Schwester Winniki verwandt?

»Wieso nicht?«

»Weil die BAS dazu da ist, die dortige Umwelt für ernsthafte wissenschaftliche Vorhaben zu schützen.«

»Und wie sieht es mit ernsthaften schriftstellerischen Vorhaben aus?«

Sie sagte, sie könne mir zu Interviews mit Leuten verhelfen, die auf den britischen Antarktisstationen gearbeitet hätten.

»Haben Sie schon einmal in Erwägung gezogen, sich eine vor Ort ansässige Schriftstellerin zuzulegen?« fragte ich sie.

Zu sagen, daß sie den Hörer aufknallte, entspräche nicht ganz der Wahrheit, aber unser Gespräch war damit beendet.

Ich telefonierte ein bißchen herum und sprach mit Leuten, die mir vielleicht weiterhelfen konnten, und mit Leuten, die möglicherweise Leute kannten, die mir vielleicht weiterhelfen konnten. Es wurde immer klarer, daß die BAS der Schlüssel, und zwar der einzige, zum weißen Kontinent war und daß meine Chancen, sie umzustimmen, gleich Null waren. Zwar gab es auf ihren Schiffen jedes Jahr ein paar wenige Plätze für die Presse, aber als ich deswegen noch einmal anrief, erfuhr ich, daß diese Plätze auf zwei oder drei Jahre im voraus ausgebucht waren, größtenteils von Fernsehteams der BBC – zweifellos eine respektablere und begütertere Organisation, als ich es in den Augen der BAS je sein würde. Wenn ich wollte, konnte ich mich gerne schriftlich um einen dieser Plätze bewerben, aber die Aussicht auf Erfolg schien, was Zeit und Wahrscheinlichkeit betraf, noch weiter entfernt als die Antarktis geographisch.

Die Vorstellung, einen Sommer auf einer Station in den grenzenlosen Weiten des Eises zu verbringen, wurde immer unrealistischer. Wie es aussah, hatten die Wissenschaftler den ganzen Kontinent für ihre eigenen, und nur ihre eigenen Zwecke vereinnahmt. Niemand konnte ohne ihre Zustimmung hinfahren, weil ihre Ziele rein waren, und da sie rein waren, hatte man ihnen den letzten reinen Ort der Welt anvertraut. Wir anderen waren allesamt leichtfertige Plünderer und Räuber, die unter Kontrolle gehalten werden mußten. Ein Dichter oder Maler, dessen Sinnen und Trachten dahin geht, die Weite und die Grandiosität des Kontinents kennenzulernen, der laut Vertrag niemandem gehört und aus diesem Grund, wie ich meine, dem Dichter und dem Maler ebenso wie allen anderen, wäre nicht dazu in der Lage, jedenfalls nicht ohne finanzielle Mittel in einer Größenordnung, wie Dichter und Maler sie bekanntermaßen nicht unbedingt auf sich ziehen, höchstens lange nachdem sie tot sind. Pech. Die Antarktis befindet sich genauso fest in den Händen der Wissenschaftler, wie Mekka unter der Aufsicht der Mullahs steht. Dabei besitzen weder Religion noch Wissenschaft eine makellose Reputation dafür, in ihren Einflußbereichen Frieden und Harmonie zu verbreiten. Pech für die Dichter; ärgerlich für mich.

Ich habe nichts gegen Enttäuschungen. Sie besitzen ihre eigenen speziellen Freuden. Enttäuschungen sind die versteckte Tagesordnung in allen Phantasien, Nuggets für die *aficionados*, die versucht sein könnten, die schale Negativität des Wortes dadurch auszutricksen, daß sie alphabetisch zu Entwurzelung und Entzweiung weiterhuschen. Wenn jeder haben könnte, wovon er träumt, wenn ich die Antarktis haben könnte, ganz weiß und einsam und grenzenlos, gäbe es letztlich keine Entschuldigung mehr. Stellen Sie sich vor, Sie wären genau da, wo Sie sein wollen – und was jetzt? Weiß, gut, einsam, gut, grenzenlos, gut, aber würde das in all seiner eisigen, leeren, immensen Realität tatsächlich genügen? In meinem Kopf tut es das wunderbar, wieso also die letzte Enttäuschung herausfordern, die die frühere, kleinere Enttäuschung nur verhindern will? Das Entscheidende am Begehren ist das Begehren selbst, die eigentliche Freude an der Vorfreude ist die Vorfreude. Die Vorstellung, daß die Befriedigung in der Erfüllung des Wunsches liegt, ist ein Trugschluß. Es ist nur unsere langweilige Buchstabengläubigkeit, die uns denken läßt, daß wir versuchen sollten, das, was wir uns wünschen, auch zu erreichen. Die Enttäuschung steht wie ein Schutzengel dazwischen. Die Kluft zwischen dem, was ich will, und dem, was ich haben kann, ist mein Freund, vielleicht mein bester, und ich weiß das sehr wohl. Enttäuschungen sind ein Sicherheitsnetz, für das die Enttäuschten auf insgeheime, wissende Weise dankbar sein sollten. Ein Hoch also auf die BAS und alle anderen, die verhindern, daß Phantasien wahr werden.

Die Broschüre traf ein, und ich formulierte meine Tagträume um.

Manchen Realitäten kann man nicht entrinnen. Das habe ich, seit ich zwei Jahre alt war, immer wieder im Queen's-Eisstadion gelernt. Ein Eisstadion ist eine grausame Erinnerung an die Realität, eine der grausamsten, die es gibt. Es ist eine künstlich angelegte Fläche, die einem ein Höchstmaß an Reibungsfreiheit gewährleisten soll, während man gleichzeitig mit den Füßen auf dem Boden bleibt – und doch ist sie auf allen Seiten von einer hölzernen Bande begrenzt. Ein Eisstadion ist ein Versprechen, das einzig und allein um des Vergnügens willen gegeben wird, Enttäuschung hervorzurufen. Wenn Sie ohne anzuhalten über das Eis laufen wollen, müssen Sie immer im Kreis um die umzirkelte Fläche fahren; Sie können nicht einfach immer weiter und weiter laufen, obwohl die Oberfläche eine Beschleunigung ermöglicht, die gar keinen anderen Zweck haben kann, als ungehindert vorwärtszustürmen.

Grenzen bereiten mir nicht unbedingt Unbehagen. Ich bin in der Stadt geboren und aufgewachsen, und Grenzen sind nun einmal ein fester Bestandteil des Wesens einer Stadt. Bürgersteige endeten an Bordsteinkanten und wurden zu Straßen, die entweder eine Richtungsänderung erforderlich machten, wenn ich auf meinem Dreirad saß, oder aber eine Aufmerksamkeitsänderung, wenn ich zum nächsten Bürgersteig überwechseln wollte. Es war so offensichtlich wie Atmen; die Geographie meiner Welt setzte sich nicht einfach immer weiter und weiter fort. Haltepunkte, Wendepunkte und Unterbrechungen prägten jede Reise durch die Stadtlandschaft.

Ich lebte auf einer Insel auf einer Insel. Über die größere Insel wußte ich, daß man, egal in welche Richtung man auch fuhr, überall auf das Meer stieß. Die Vorstellung eines Übergangs von einem Land in ein anderes ohne eine Wasserscheide dazwischen war für mich etwas völlig Unfaßbares. Ich erlebte es zum ersten Mal, als ich noch sehr klein war: Wir waren nach Belgien gefahren und machten eines Tages einen Ausflug nach Holland. Ich konnte nicht fassen, wie irreal das Ganze war. Es war doch das Meer, das ein Land zu einem Land machte, nicht irgendein Uniformierter, der an einer Grenze Pässe kontrollierte. Und wo waren wir, wollte ich wissen, als das Auto die Linie, die Belgien und Holland trennte, halb passiert hatte? »Kommt drauf an«, philosophierte mein Vater, »ob du vorn oder hinten sitzt.« Das war höchst interessant, da ich immer auf dem Beifahrersitz neben meinem Vater saß, wenn wir zu dritt im Auto waren. Meine Mutter saß hinten. Immer. Unter den merkwürdigen Gegebenheiten der belgisch-holländischen Grenze waren mein Vater und ich auf einmal eine von meiner Mutter getrennte Nation. Am Abend, als wir wieder nach Belgien zurückfuhren, drehte ich mich im entscheidenden Moment nach hinten um. »Du bist immer noch in Holland«, informierte ich meine Mutter, aber noch bevor ich zu Ende gesprochen hatte, war sie schon wieder bei uns in Belgien.

Bei der Insel innerhalb der größeren Insel handelte es sich um einen Wohnblock in der Tottenham Court Road. Paramount Court. Schräg gegenüber, auf der anderen Straßenseite, befand sich, während wir dort lebten, ein ausgebombtes Grundstück. An seinem nördlichen Rand lag das Möbelgeschäft Maples, am südlichen eine Zahntechnikerschule und die asphaltierte Sackgasse, in der meine allergrößte Schachtel mit Feuerwerkskörpern Funken fing und explodierte. Hinter der Insel von Paramount Court lag die Gower Street mit den Gebäuden der London University auf der einen Seite und dem University College Hospital auf unserer. Westlich der Insel von Paramount Court, auf der anderen Seite der Tottenham Court Road, lagen die Nischen und Winkel von Fitzrovia. An die nördliche Flanke unseres Blocks schmiegte sich ein Odeon-Kino – mein Kino. Im Hof in der Mitte des Blocks, umgeben von den Rückseiten der Wohnungen und dem Odeon-Kino, befand sich eine breite Gasse, die zu einer Feuertreppe aus schwarzem Metall führte, und hinter einer Trennmauer lag eine weitere Gasse, die am Hinterausgang des Kinos endete. All das ist als die unverrückbare Landschaft meiner frühen Kindheit in meiner Erinnerung verzeichnet.

Paramount Court existiert immer noch. Ein- oder zweimal die Woche komme ich mit dem Auto daran vorbei. Wenn die Ampel an der Ecke auf Rot steht, kann ich zum vierten Stock hinaufsehen, zu den Fenstern der zweiten Wohnung, die wir dort bewohnten. Ich habe mit meiner Mutter und, wenn er da war, mit meinem Vater vom Tag meiner Geburt, bis ich elf Jahre alt war, in Paramount Court gelebt, also von 1947 bis 1958 oder so. Bis ich sieben war, lebten wir in einer Zweizimmerwohnung im zweiten Stock, die auf den Hinterhof hinausging. Dann zogen wir hoch in den vierten Stock, in eine Dreizimmerwohnung nach vorne, wo ich, im Alter von sieben bis elf Jahren, zum ersten Mal ein eigenes Zimmer hatte. Die Tottenham Court Road hat sich sehr verändert. Sie ist jetzt eine Einbahnstraße, und der Verkehr ist viel dichter geworden. Das Odeon wurde schon vor Jahren abgerissen, das Grundstück ist aber nach wie vor unbebaut, obwohl es als das neue Krankenhaus ausgewiesen ist, das das University College Hospital und das Middlesex ersetzen soll. Natürlich gab es damals noch keine Elektronikgeschäfte, da es in den fünfziger Jahren keine nennenswerte Elektronik gab. Der wichtigste Unterschied in meinen Augen ist jedoch der, daß der Eingang des Blocks jetzt eine Klingelanlage besitzt. Zu meiner Zeit stand die Tür immer offen, und Besucher gingen einfach rein und fuhren mit dem Fahrstuhl zu den Wohnungen, zu denen sie wollten.

Diese neue Sprechanlage, die von einem verlangt, daß man ein präzises Ziel hat und schon auf der Schwelle sein Anliegen verkündet, ist vielleicht der unmittelbare Auslöser für meinen immer wiederkehrenden Traum, in dem ich vergeblich versuche, Zugang zu den Wohnungen zu finden, insbesondere zu unserer. Ich drücke auf die Klingeln und erkläre, daß ich mir nur ansehen will, wo ich früher einmal gewohnt habe, aber plötzlich ist die Sprechanlage tot. Manchmal klettere ich wie ein Bergsteiger an der Fassade hoch und versuche, durch ein Fenster einzusteigen, manchmal fliege ich einfach, aber nie gelingt es mir, ins Innere des Gebäudes und zu den Fluren und Treppen vorzudringen, wo ich unbedingt sein möchte. Die Fenster sind entweder geschlossen, oder irgendwelche Leute öffnen sie, nur um mich zurück und wieder hinunter auf den Bürgersteig zu stoßen.

Die Gassen im Hinterhof und der Saum der Bürgersteige rund um die Insel der Wohnanlage waren mein Spielplatz. Ich flitzte endlos um den Block herum, auf Dreirad, großem rotem Tretauto, Roller und Fahrrad. Ich bemalte die Bürgersteige mit Himmel-und-Hölle-Kästchen und lauerte wie ein Wegelagerer Hausbewohnern und Passanten auf. Das hier war mein Territorium, mein angestammtes Pflaster. Prinz Monolulu, nach dem inzwischen eine Kneipe benannt ist, lebte in Fitzrovia und war einer der regelmäßigen Passanten. Er war riesengroß und ebenholzschwarz und trug exotische, fließende Gewänder (exotisch für die damalige Zeit jedenfalls), und immer steckten leuchtendbunte Hahnenfedern in seinen Haaren. Er war Tippgeber für Pferderennen und ein richtiges Original. Wenn wir uns auf meinem Bürgersteig begegneten, schrie er mir immer schon von weitem seine Losung entgegen: »Ich hab ein' Gaul. Ich hab ein' Gaul«, und dann fielen wir uns in die Arme. Er schwenkte mich im Kreis, kitzelte mich und gluckste vor Freude über unsere Begegnung. Ich liebte es, mich von seiner schillernden, überschwenglichen Aura einfangen zu lassen. Auch andere Leute, die ich kannte, kamen vorbei, Leute, die zur Arbeit oder zum Einkaufen gingen und wieder zurückkamen, Tippelbrüder, die ihre Runde drehten, Taxifahrer auf ihren regelmäßigen Routen. Wir begrüßten uns und unterhielten uns ein Weilchen miteinander. Sie waren ein Teil meiner Welt.

Im Inneren des sechsstöckigen Gebäudes waren die Flure allesamt lang, schmal und L-förmig. Am Ende jedes dieser langen

Flure lag eine Treppe aus funkelndem Granit, in der Schritte und Stimmen laut widerhallten, wenn auch nur gelegentlich, was sie aufregend machte, weil es die Hintertreppe war, die nicht oft benutzt wurde. Neben den Aufzügen, kurz bevor der Flur den Knick des L beschrieb, lag die Vordertreppe, dunkelgrün gestrichen und ein eher öffentlicher Ort für geselligere, weniger geheimnisumwobene Stimmungen. Das waren alles Spielplätze, wenn auch der Teil des Flurs, der hinter dem Knick des L lag, gefährliches, fremdes Territorium war, wie der Wald am Rand einer isolierten Siedlung, nur zu betreten, wenn man sich außergewöhnlich mutig vorkam.

Ich wäre nie auf den Gedanken gekommen, mein Territorium in irgendeiner Hinsicht für eingeschränkt zu halten. Die Kargheit der engen, cremefarbenen, leeren Korridore, des neutralen Teppichbodens und der schmucklosen Bürgersteige wurde jeden Tag aufs neue ganz nach meinem Belieben mit neuen Landschaften ausgeschmückt und ausstaffiert. Sie fühlten sich weit und grenzenlos an, für jeden Zweck verfügbar, dem ich sie zuführen wollte, gleichzeitig vertraut und voller Überraschungen. Selbst heute noch kann ich mir keine Kindheit in einem Vorort oder auf dem Land vorstellen, die mir so viel geboten hätte. Ich verbrachte viel Zeit damit, allein durch die Gegend zu streifen oder für mich allein zu spielen, aber es gab auch andere Kinder im Block, mit denen ich spielen konnte – Helen, Jonathan, Susan –, an deren Türen ich klopfte, bei denen ich manchmal Tee trank, die gelegentlich zum Tee zu mir in unsere Wohnung kamen. Und so träume ich noch heute davon, nach Paramount Court zurückzukehren, um die Flure zu durchstreifen, die Feuertreppe zu erklettern, die Spiele zu spielen und mir die Geschichten zu erzählen, die ich mir im weiten Raum meiner Kindheit ausdachte.

Innerhalb der Mauern von Paramount Court begann ich mein Leben mit Eltern, denen das Geld nur so durch die Finger floß.

Die einträglichen Tage des Schwarzmarkts machten es meinem Vater möglich, reichlich Bargeld nach Hause zu bringen, und als es mit dem Schwarzmarkt allmählich zu Ende ging, wurde der Schmuck, den meine Mutter noch von ihrem ersten Mann hatte, verkauft, damit sie auch weiterhin das Gefühl haben konnte, reich zu sein. In den ersten drei oder vier Jahren meines Lebens war für das verzweifelte Bedürfnis meiner Mutter, Reichtum zur Schau zu stellen, durchaus gesorgt, und ich war für sie das beste Medium für diese Zurschaustellung. Sie fuhr ins Ausland, um meine wollenen Unterhemden zu kaufen (die ich haßte, weil sie so kratzig waren – »Sie können nicht kratzig sein, sie sind aus bester belgischer Wolle« –, aber sie waren es, ich schwöre es, ich kann es noch heute fühlen), kleidete mich in Mäntel mit Samtkragen, so wie der kleine Prinz und die kleine Prinzessin sie hatten, und legte großen Wert darauf, daß ich immer weiße Handschuhe trug und perfekt gebügelte Satinschleifen in den Haaren hatte. Bevor ich lesen konnte, quoll mein Bücherregal über von jedem nur erdenklichen Kinderklassiker – Märchen, Sagen, Wunderländern, Nimmerländern – und mehreren Büchern für Erwachsene, die den Anschein erweckten, für Kinder gedacht zu sein – *Jane Eyre*, *Gullivers Reisen*, *Die Geschichte zweier Städte* –, obwohl meine Eltern, soweit ich mich erinnere, nur ein einziges Buch, nämlich *Das Tagebuch eines Niemand*, besaßen. Ich ging jeden Tag zu Schlittschuh- und Ballettstunden und hatte in meiner ersten Schule Sprecherziehung als Zusatzfach. Meine Eltern, beide die Kinder jüdischer Einwanderer und in ärmlichen Verhältnissen aufgewachsen, wünschten sich nichts so sehr als materiellen Wohlstand für sich selbst und materiellen Wohlstand plus Kultur für ihr Kind. Als das Geld knapper wurde, kämpfte meine Mutter einen heroischen Kampf darum, den Schein zu wahren – die weißen Handschuhe waren das letzte, was verschwand. Aber irgendwann waren Geld und Kredit endgültig aufgebraucht und mein Vater zeitgleich verschwunden. Als ich elf war, lebten meine Mutter und ich, immer noch im selben Wohnblock, in einer leeren Hülse, aus der alles, auch meine Bücher, nicht jedoch die weißen Handschuhe, von Gerichtsvollziehern weggekarrt worden war, und warteten auf die Räumung.

Obwohl ich Grenzen also durchaus zu schätzen weiß, erfüllten mich die Grenzen des Eisstadions, als ich noch klein war, mit Erbitterung. Es gibt, so finde ich, keinen Grund, wieso ich mir nicht beides hätte wünschen sollen: das sichere, fest umrissene, aber in der Phantasie ausweitbare Spielterritorium meines Zuhauses und ein Eisstadion, das sich bis in die Unendlichkeit fortsetzte. Konsequenz ist eine Eigenschaft, von der ich noch nie behauptet habe, sie zu bewundern oder gar zu besitzen.

Soweit ich mich erinnere, war es meine Mutter, die mich zum Eislaufen brachte – jeden Tag, lange bevor ich alt genug für die Schule war. Du konntest Schlittschuh laufen, bevor du laufen konntest, sagte sie oft, als ich älter war. Ich hatte weiße, knöchelhohe Stiefelchen, zuerst die kleinsten, die der Laden am Stadion herstellen konnte, blitzende silberne Schlittschuhe und weiße Lederhüllen für die Kufen. Alle paar Monate brauchte ich ein neues Paar. Ich glaube, mich auch an einen Kinderwagen und an den Schneeanzug erinnern zu können, den ich trug, bevor ich groß genug war für ein kurzes Röckchen. Jeden Tag hatte ich erst eine Stunde lang richtigen, offiziellen Unterricht und mußte anschließend unter den ermutigenden Blicken meiner Mutter üben, die gleich neben der Öffnung, die auf das Eis führte, in einem schweren schwarzen Wollmantel mit Pelzkragen hinter der Bande saß. Es war ein kalter Ort für Zuschauer, aber trotzdem saßen immer Mütter da, warm eingemummelt, tranken Tee, den sie sich aus der Cafeteria geholt hatten, und sahen zu, wie ihre Kinder über das Eis flitzten. Es ist keine sehr deutliche Erinnerung an meine Mutter, einfach nur der Eindruck, daß sie da saß und mich anspornte, fleißiger zu üben.

Das Eis selbst ist mir lebhafter in Erinnerung geblieben. Ich habe es in allen meinen Sinnen gespeichert und kann es jederzeit abrufen. Hingegen fällt es mir schwer, mich an die Erfahrung des Gehens zu erinnern. Dabei habe ich eben erst eine Tasse Tee aus der Küche in mein Arbeitszimmer getragen. Ich muß mich konzentrieren, um ein Gefühl für den Boden unter meinen Füßen zu bekommen, für das Abrollen jedes Fußes von Hacken zu Ballen, für den Unterschied zwischen Holzboden und Teppichboden. Wenn ich in die Küche zurückgehe und versuche, mir voll und ganz bewußtzumachen, wie Gehen sich anfühlt, verliere ich das Wesen des Gehens, nämlich daß es ein unbewußter Vorgang ist. Finde ich das Gefühl wieder, verliere ich die Realität. Beim Schlittschuhlaufen ist das anders, obwohl ich das letzte Mal auf Schlittschuhen gestanden habe, als ich noch klein war. Es sind meine Füße, die die Erinnerung daran bewahrt haben, aber schließlich ist es für Füße auch keine natürliche Erfahrung, von Sohle bis Knöchel in einen unnachgiebigen Stiefel gezwängt und auf eine viertelzollhohe Stahlkufe aufgebockt zu werden, so daß sie den Boden nie wirklich berühren. Füße laufen nicht Schlittschuh, aber sie machen die Erfahrung des Schlittschuhlaufens. Durch die Kufen hindurch spürt man die Festigkeit des Eises auf eine Weise, die sich von der Bewegung auf jedem anderen harten Untergrund unterscheidet. Beton fühlt sich nicht so unnachgiebig und absolut an wie Eis. Man gleitet über die Eisfläche, aber es gibt keinen wirklichen Kontakt, kein Gefühl, wie man es sogar bei Beton hat, auf jeden Fall aber bei Felsen oder Pflastersteinen, von Oberflächenstruktur, von winzigen Riefen, von Erde darunter. Stadioneis ist ein fester Block, dessen Tiefe man beim Darüberhinweggleiten spürt, so wie ein Schwimmer die Tiefe unter sich spürt, die ihn trägt. Aber das Meer bewegt sich, stellt eine Verbindung zum Körper des Schwimmers her, während Eis immer rätselhaft bleibt, getrennt vom Schlittschuhläufer. Und doch ist Schlittschuhlaufen magisch, da man so frei und reibungslos dahingleitet. Die klare Unterscheidung zwischen einem selbst und dem Eis, auf dem man sich befindet, intensiviert das Gefühl für den eigenen Körper und für seine Fähigkeit, einerseits Kontrolle auszuüben, andererseits aber auch Dinge einfach geschehen zu lassen. Und trotz der damit verbundenen körperlichen Meisterschaft besitzt Eislaufen eine fremde und traumartige Qualität. Wenn man das Gefühl, auf dem Eis zu sein, überhaupt mit irgend etwas vergleichen kann, so sind das Träume vom Fliegen.

Die Kälte des Eises wabert zu einem hoch, steigt auf wie Hitze von einem Radiator, bis sie das ungeschützte Gesicht erreicht. Das trocken-kalte Gefühl auf den Wangen ist eigenartig, weil man sich im Inneren eines Gebäudes befindet, aber die Empfindung hat, Wind und Wetter ausgesetzt zu sein. Meine Füße erinnern sich auch daran, wie mühsam es war, über die Gummimatten zu gehen, die man hinter sich bringen mußte, um auf die Bahn zu kommen. Ich saß auf einem Stuhl neben meiner Mutter, die Füße in ihrem Schoß, und erst wurde der eine fest in den Stiefel hineingestopft, dann der andere, dann kam das Nachziehen der Senkel bei jeder einzelnen Öse – das Festzurren des Senkels um den Knöchel, das ihn starr hielt, war wesentlich –, dann das Binden der Senkel und zum Schluß die doppelte Schleife. Am Anfang brauchte ich dazu noch Hilfe. Dann, die Schoner noch an den Kufen, ging ich über die Matten zur Lücke in der Bande, ganz unbeholfen und wacklig, weil die Matten lauter kleine quadratische Löcher hatten, in denen der hintere Teil der Kufen manchmal hängenblieb. Niemand brachte einem bei, wie man sich in Schlittschuhen über gewöhnlichen

Boden bewegte, aber dieses unbeholfene Stapfen hatte auch etwas Schönes, weil es den Unterschied noch größer machte, wenn ich dann endlich am Rand der Bahn stand, die Schoner abnahm und den ersten Schritt auf das Eis machte. Alle Schwerfälligkeit fiel von mir ab. Plötzlich war ich perfekt ausgerüstet, Stahlkufe paßte zu glänzendem Eis, und ich glitt leicht und lässig die paar Schritte zurück, um meiner Mutter die Schoner über die Bande zu reichen, sie auf der einen Seite, ich selbst in einem völlig anderen Element. Ich drückte mich mit den Händen von der Bande ab und schwebte auf die andere Seite der Bahn, wobei die Kufen sich anhörten wie Messer, die geschärft wurden. Ich war wie eine Ente, die jede Erinnerung an das Land von sich abschüttelt, wenn sie in ihr ureigenstes Element hineingleitet.

Jeweils nach einer Stunde gab es eine Unterbrechung, und eine Maschine, einem Rasenmäher ähnlich, wurde über das Eis geschoben, um es zu glätten. Die oberste Schicht sammelte sich in dem schaufelartigen Behälter vor der Maschine, ein wachsender Berg aus schneeigem, rauhreifähnlichem Geflocke, und wurde vorwärtsgeschoben, während die Maschine die Oberfläche abschabte, die im Lauf der letzten Stunde von Dutzenden von Schlittschuhen zerkratzt worden war, die seitwärts über das Eis schlierten, um zum Stillstand zu kommen, oder abrupt auf ihrer eigenen Spur wendeten oder Löcher in die Oberfläche gruben, indem sie das gezackte vordere Ende der Kufe hineinbohrten, um sich mit mehr Schwung und Tempo abstoßen zu können. Das alles wurde binnen weniger Minuten entfernt, und darunter lag wieder eine reine, unberührte Fläche, milchweiß schimmerndes, jungfräuliches, makelloses Eis. Fünfzehn Minuten nach dieser Prozedur gehörte die Bahn nur den ernsthaften Läufern, die übten, was sie während einer Unterrichtsstunde gelernt hatten, und zur Musik aus den Lautsprechern Tänze einstudierten. In der Mitte wurden Figuren geübt, und mit ein paar anderen machte ich weiter, fing an, Zweien, Dreien, Vieren, alle einstelligen Ziffern, auf dem seidigen neuen Eis erscheinen zu lassen. Es war eine ganz andere Art des Eislaufens. Man kam nirgendwohin, war, fast meditativ, einzig und allein konzentriert auf das Eis, um die Qualität der Spuren einzuschätzen, die unter den eigenen Kufen zum Vorschein kamen. Ich weiß nicht mehr richtig, wie es ging, aber die Kanten waren das Entscheidende: welche Kante – innen oder außen – man beim Rückwärtsfahren benutzte, um den oberen Schwung der Zwei zu bilden, wie man wendete und auf der inneren (oder äußeren) Kante weiterfuhr, um den Schwanz hervorzubringen. Man gravierte die Ziffer immer und immer wieder in das Eis ein, bis sie endlich ausgewogen war und der obere Bogen den genau richtigen Schwung und der Schwanz die genau richtige Länge hatte. Damals meckerte ich ständig über dieses formalisierte Laufen. Ich wollte einfach nur dahinsausen, wollte mitten im Lauf herumwirbeln und rückwärts laufen, wollte wenden, wollte nach vorn stürmen, wollte kleine Sprünge machen, bei denen meine Beine auf- und zuklappten wie eine Schere, wollte die Spitzen meiner Kufen ins Eis bohren, um die Geschwindigkeit noch mehr zu erhöhen, wenn ich landete. Aber die Ziffern, hieß es, waren die Grundbausteine des freien und eleganten Laufens. Sie lehrten mich Balance und Kontrolle. Die Zwei lehrte mich, zu wenden und das Gewicht zu verlagern, was irgendwann dazu führen würde, daß ich genau so laufen konnte, wie ich es wollte, aber ich mußte daran arbeiten, mußte meine Technik perfektionieren. Ich wollte meine Technik nicht perfektionieren, ich konnte auch ohne perfekte Technik so ziemlich alles tun, was ich wollte, und ich besaß ein natürliches Gespür für Balance. Es war langweilig, die Zwei immer und immer wieder auf das Eis zu malen, wenn ich statt dessen frei hätte dahinfliegen können.

Heute liebe ich die Vorstellung dieser langsamen, konzentrierten, exakten und sinnlosen Aktivität. Die Augen auf die Kufen gerichtet, immer wieder nach hinten blickend, um die Qualität der Spur, die man hinterlassen hat, zu überprüfen, zu sehen, daß sie nicht ganz korrekt ist, nicht geschwungen genug oder ungleichmäßig gerundet, festzustellen, daß der Schwanz zu lang ist, nicht scharf genug definiert, und noch einmal anzufangen, um es besser zu machen, es irgendwann richtig zu machen. Das ist es, was ich mir inzwischen für mich vorstelle, nicht die beeindruckenden Drehungen und Pirouetten oder jene wundervolle Bewegung mit durchgedrücktem Rücken, wenn man sich weit nach hinten lehnt und die Füße so stellt, daß die Hakken aufeinander deuten, die Beine gespreizt, und einen trägen, rückwärts gelaufenen, zentrifugalen Halbkreis beschreibt. Ich beobachte, wie die ganz großen Eiskunstläufer den herrlichsten Gebrauch von ihrer Technik machen, tagträume jedoch davon, auf dem Eis zu sein und mich der geheimnisvollen Kunst hinzugeben, eine irgendwann perfekte Drei auf der glasigen, unberührten Oberfläche des Eises erscheinen zu lassen.

Meine Mutter fand mein endloses Figurenüben auf dem Eis nicht sinnlos. Sie war bereit, Tag für Tag auf der eisigen Bank hinter der Bande zu sitzen. Nie dachte sie daran, sich selbst auf dem Eis zu versuchen. Für sie, wie auch für meine Lehrerin, waren die Figuren ein Mittel zum Zweck. Sie würden mich zur neuen Sonja Henie machen, der großen Eiskunstläuferin, die inzwischen ein Filmstar geworden war. Ich würde die jüngste Eiskunstlaufweltmeisterin sein, die es je gegeben hatte, und sie würde die Mutter dieser Weltmeisterin sein. Es würde Ruhm bedeuten, Geld, Reisen und eine vorteilhafte Heirat, und sie würde mich auf dem Weg zu all diesen wundervollen Dingen begleiten.

Meine Mutter träumte davon, mich zu einer Eisprinzessin zu

machen, aber irgend etwas lief schief. Irgendwann weigerte ich mich, mit dem Training weiterzumachen, und außerdem kam auch das Leben dazwischen. Was sie bekam, zu ihrer bitteren Enttäuschung, obwohl ich glaube, daß die Ironie ihr wahrscheinlich entging, war eine Eisprinzessin von völlig anderer Art.

Wann immer ich in den letzten dreißig Jahren auf die übliche Art, auf die man Unterhaltungen normalerweise anfängt, nach meinen Eltern gefragt wurde, lautete meine Antwort, daß mein Vater 1966 starb und ich meine Mutter seitdem weder gesehen noch etwas von ihr gehört habe. Oft fragen die Leute daraufhin, meiner Meinung nach widersinnigerweise, ob sie denn noch lebt. »Ich weiß es nicht«, antworte ich darauf, weil ich es nun einmal nicht weiß.

»Aber würden Sie es denn nicht gerne wissen?«

»Nein.«

»Das gibt es doch nicht«, beharrt dann jedesmal eine mit Schwester Winniki verwandte Seele.

Es scheint keine Grenzen für die Reichweite und die Macht der Populärpsychologie zu geben. Alle Welt weiß heutzutage, daß Mütter ein wesentlicher Bestandteil der Ausstattung einer jeden Psyche sind und daß, obwohl Beziehungen zu Müttern vielleicht schwierig oder sogar fürchterlich sein mögen, die Bindung an sie obligatorisch ist. Alle Welt weiß selbstverständlich auch, daß die Leugnung einer derartigen Bindung bedeutet, daß man unfähig ist, sich der Realität der Mutterbindung zu stellen.

»Finden Sie das nicht schrecklich beunruhigend?«

»Nein, ich finde es wundervoll.«

Aber da ich genauso ein Kind meiner Zeit bin wie alle anderen auch, bin ich trotz all meiner Zweifel und Irritationen nicht immun gegen die Macht der Populärpsychologie. Ich wußte, was ich bezüglich der Abwesenheit meiner Mutter fühlte, vermutete jedoch, daß das, was ich fühlte, eine Vermeidung der wirklichen Gefühle war, von denen alle anderen annahmen, daß ich sie haben müßte. Ungute Gefühle, traurige Gefühle, Schuldgefühle. Diese Art von Gefühlen. Im Zuge der Selbsterkenntnis fing ich von Zeit zu Zeit an zu graben und versuchte, in die Schichten unterhalb meiner Zufriedenheit mit der Situation vorzudringen, aber abgesehen von dem ausgeprägten Wunsch, die Situation und folglich meine Zufriedenheit mögen unverändert fortbestehen, konnte ich keine unterschwelligen seismischen Tumulte finden, die nur darauf warteten aufzubrechen. Natürlich hat die psychoanalytische Theorie auch darauf eine Antwort parat – wie sollte ich in der Lage sein, mein eigenes Unbewußtes zu erforschen? Niemand, so behauptet sie, mit Ausnahme von Freud, kann das. Nur zu wahr, wenn man akzeptiert, daß es ein lauerndes Unbewußtes gibt, dessen Ziel es ist, nicht nur unserem wachen, sondern auch unserem schlafenden Ich Informationen vorzuenthalten. Wie sollte ich in der Lage sein, etwas zu wissen, von dem ich nicht wußte, daß ich es wußte? Ein unschlagbares Argument. Andererseits aber gab es ein paar Dinge, die ich über mich selbst wußte und die ich genausogut vor mir selbst hätte geheimhalten können, und einige dieser Dinge waren durchaus schwierig und schmerzlich. Vielleicht schützte das Rätsel, das meine abwesende Mutter umgab, mich vor etwas noch Schlimmerem, mit dem ich nicht fertig werden würde. Das tat es tatsächlich. Es schützte mich vor ihr, falls sie noch am Leben war. Aber wenn das der Fall war, sollte ich meinem Unbewußten dann nicht dankbar sein für den Schutz, den es mir gewährte? Es ist doch neurotisch, Schmerzen zu suchen, wenn statt dessen ganz normales Unglücklichsein zu haben ist, oder? Die Psychoanalyse hat uns dazu gebracht, unser Unbewußtes für einen Feind zu halten, den man überwinden muß, aber vielleicht ist es viel eher ein Partner im Überlebenskampf. Was, vom Puritanismus oder auch vom Sadismus einmal abgesehen, macht schmerzliches Bewußtsein von der Art, wie unser Unbewußtes es angeblich zu verhindern sucht, denn schon so wünschenswert? Jene durch und durch analysierte Person, deren Unbewußtes offen liegt, die ihre Psyche beherrscht: Was für Träume hat sie, was für Spiele kann sie spielen, und mit wem kann sie sich von gleich zu gleich unterhalten in einer Welt, in der die allermeisten von uns sich mit einem weitaus undurchsichtigeren inneren Leben durchwursteln? Reine Abwehr natürlich, aber trotzdem. Ich gab es auf, nach schmerzlichen Erinnerungen zu suchen, und begnügte mich mit naiver Gelassenheit. Was ich nicht wußte, schien mir nicht weh tun zu können.

Größtenteils hat die Quantentheorie keinen großen praktischen Nutzen für mich oder mein Leben. Wenn ich bei Sainsbury's einkaufe, morgens versuche, aus dem Bett zu kommen, meine Umsatzsteuererklärung mache oder mir den Kopf darüber zerbreche, was ich anziehen soll, ist die Quantentheorie mir kaum eine Hilfe. In einem Bereich jedoch besitzt sie eine bemerkenswerte Relevanz.

Lassen Sie uns unter gebührender Würdigung Erwin Schrödingers (und John Gribbins Erläuterung in *Jenseits der Zeit*, die ich hier paraphrasiere) ein gedankliches Experiment durchführen. Stellen Sie sich eine Kiste vor. In dieser Kiste befinden sich eine Flasche mit Blausäure, ein bißchen radioaktives Material, ein Geigerzähler – und meine Mutter. Der Apparat ist so verdrahtet, daß der Zerfall des radioaktiven Materials den Geigerzähler aktiviert, der daraufhin einen Mechanismus in Gang setzt, der die Flasche mit der Blausäure zerbricht, die dann den Tod meiner Mutter herbeiführt. Wir bauen das Experiment auf, machen den Deckel der Kiste zu und warten, bis die Chancen, daß der radioaktive Zerfall eingetreten ist, genau fünfzig zu fünfzig stehen. In welchem Zustand befindet sich meine Mutter, *bevor* wir den Deckel öffnen, um nachzusehen?

Der gesunde Menschenverstand sagt uns, daß meine Mutter entweder lebendig oder tot ist. Der Quantentheorie zufolge aber sind Ereignisse wie der radioaktive Zerfall eines Atoms und dementsprechend auch seine Folgen erst dann real, wenn sie beobachtet werden. Der Fall kann erst dann entschieden werden, wenn jemand den Deckel der Kiste öffnet und nachsieht. Der Zustand des radioaktiven Materials in der geschlossenen Kiste wird als »Überlagerung von Zuständen« bezeichnet, eine unentwirrbare Mischung aus zerfallenen und nicht-zerfallenen Möglichkeiten. Sobald die Kiste geöffnet wird und wir hineinsehen, wird eine der möglichen Optionen zur Realität, während die andere sich in Luft auflöst. Aber bevor wir hineinsehen, existiert alles, was sich in der Kiste befindet, einschließlich meiner Mutter, in einer Überlagerung von Zuständen, so daß meine Mutter, solange die Kiste geschlossen bleibt, quantentheoretisch gesprochen gleichzeitig lebendig und tot ist.

Seit diesem gedanklichen Experiment bin ich der Meinung, daß die psychoanalytische Theorie, was immer sie zur Frage meiner Mutter zu sagen hat, erst gegen Schrödinger antreten und ihn besiegen müßte, bevor sie mich überzeugen könnte. Zur Wahl steht dabei die Annahme, daß ich dreißig Jahre lang jegliche Neugier über die Existenz meiner Mutter unterdrückt habe, weil das Denken an sie für mich unerträglich gewesen wäre, oder aber, daß ich ohne mein eigenes Wissen zufrieden, um nicht zu sagen harmonisch, ein anerkanntes Phänomen des bekannten physischen Universums auslebte. Wir könnten noch einen Schritt weitergehen und sagen, daß, solange der Deckel einer zweiten Kiste, in der es um Psychoanalyse versus Quantentheorie geht, ungeöffnet bleibt, die Wahl zwischen den beiden Theorien in einer Überlagerung von Zuständen verharrt.

Zweifellos wäre diese zweite Kiste ein kleines bißchen geöffnet und die Entscheidung leicht zugunsten der Seelenklempner verschoben worden, wenn mein Wunsch, den großen weißen Kontinent zu sehen, erst aufgetreten wäre, *nachdem* die Kiste mit meiner Mutter geöffnet und ihr Quantenzustand ein für allemal geklärt wurde. Aber die Mutter-Kiste war zum betreffenden Zeitpunkt noch verschlossen, und es gab nur den klitzekleinsten Hinweis darauf, daß sie je geöffnet werden könnte. Trotzdem räume ich ein, daß diese klitzekleine Drohung existierte, und lasse den Deckel der zweiten Kiste im Namen der Fairneß wenigstens einen Spaltbreit offen.

Zum letzten Mal sah ich meine Mutter am 22. April 1966. Vielleicht finden Sie es bezeichnend, daß ich dieses Datum noch so genau weiß, aber ich erinnere mich nur deshalb so genau daran, weil ich weiß, daß ich sie zwei Tage nach dem Tod meines Vaters zum letzten Mal sah. Das Datum, das in meinem Gedächtnis steht, ist also das Datum seines Todes.

Als ich vierzehn war, wurde ich nach einer Überdosis Nembutal in die Nervenklinik in Hove eingeliefert, wo ich viereinhalb Monate lang festsaß, weil der Psychiater, der mich behandelte, mich weder zu meiner Mutter noch zu meinem Vater zurückschicken wollte. Mein Vater lebte damals in Banbury, meine Mutter in Hove. Die Mutter einer Schulfreundin aus London hörte davon und erbot sich, mich bei sich zu Hause aufzunehmen, was ich, mein Psychiater und meine Eltern dankbar annahmen. Als mein Vater 1966 starb, lebte ich immer noch in ihrem Haus, inzwischen achtzehn Jahre alt und zwei Monate vor meinem Abitur.

Zwei Tage nach dem Tod meines Vaters stand meine Mutter

plötzlich vor der Tür und überreichte mir einen Schirm. Ein Geschenk. Für Aprilschauer und stürmisches Wetter. Es war kein gewöhnlicher Schirm. Er war hell, puderblau und geformt wie eine Pagode, die oben in einer zarten Spitze auslief, während eine gebogte Rüsche aus passendem puderblauem, chiffonähnlichem Nylon den unteren Rand zierte. Chiffonstreifen am Horizont – weit und breit keine Wolke am blitzblauen Himmel – auf der Sonnenseite der Straße – wenn es schon regnet, dann rote Rosen – auf jeden Regen folgt auch wieder Sonnenschein.

Ich hatte seit über einem Jahr keinen Kontakt zu meinem Vater gehabt, und abgesehen von einem häßlichen Zwischenfall an meinem Krankenhausbett in Hove, hatte meine Mutter ihn weitaus länger nicht gesehen. Er war an einem Herzanfall gestorben, seinem zweiten innerhalb weniger Monate. Nach dem ersten Anfall hatte Pam, die Frau, mit der er zusammenlebte, meiner Mutter geschrieben und sie gebeten, mich zu informieren. Sie hatte es nicht getan.

Meine Mutter setzte sich zu uns an den Mittagstisch. Sie war in einer fast fiebrigen Hochstimmung. *Sie war froh, daß er tot war. Geschah ihm recht, dem Schweinehund. Nein, sie war keine Heuchlerin. Sie hatte immer gesagt, hatte sie es nicht immer gesagt?* – doch, das hatte sie –, *wenn sie ihn tot im Rinnstein liegen sähe, würde sie ihm höchstens einen Tritt versetzen und weitergehen. Und genau das würde sie tun, wenn sie ihn jetzt im Sarg liegen sähe. Sie würde ihm ins Gesicht spucken. Und lachen. Aber Tatsache war, daß sie nicht glaubte, daß er wirklich tot war. Garantiert stellte er sich nur tot, der verlogene, hinterhältige Schweinehund, der er war, damit er ihr die 5 Pfund Unterhalt pro Monat nicht mehr zahlen mußte. Garantiert ...*

Die Frau, bei der ich lebte, war während dieser Szene zugegen und erinnerte mich an dieser Stelle, wohl in der Überzeugung, daß ich mehr brauchte als einen blauen Schirm, an einen Abiturkurs, den ich nicht versäumen durfte. Ich sollte mich lieber beeilen, sagte sie, sonst würde ich noch zu spät kommen. Ich rannte so schnell aus dem Haus, um zu dem nicht existierenden Kurs zu kommen, daß ich mein Portemonnaie vergaß, deshalb ging ich zur Camden High Street und suchte Zuflucht in der dortigen Bibliothek. Ich würde ein oder zwei Stunden warten, damit meine Mutter Dampf ablassen und wieder ihrer Wege gehen konnte. Die Bibliothek hatte ein großes Fenster zur Straße hin, und als meine Mutter an die High Street kam, wandte sie sich, statt nach links abzubiegen und zur nächsten U-Bahn-Station und Bushaltestelle zu gehen, unerklärlicherweise nach rechts und marschierte genau am Fenster der Bibliothek vorbei. Das heißt, nicht wirklich vorbei. Sie kreischte bereits, als sie durch die Tür stürmte. Ich saß stumm da, während sie tobte und weinte und lauthals meine Fehler aufzählte, allen voran der, genau wie er zu sein: verlogen, falsch, hinterlistig, herzlos. Alles wahr, in diesem Zusammenhang. Es war eine hochdramatische Unterhaltungseinlage für mehrere Tippelbrüder, die sich in der Bibliothek aufwärmten, eine Handvoll richtiger Studenten und ein paar Mütter mit ihren Kindern, die ihre Bücher für die Woche auswählten und an die sie sich wandte, damit sie Zeuge der Tragödie einer Frau mit einer absolut unnatürlichen Tochter werden konnten. Dann, als sie ihre Arie hinter sich gebracht hatte, rauschte sie von der Bühne ab und hinterließ eine Stille, wie die Bibliothek sie im normalen Verlauf eines Tages nur selten erlebte. Ich beobachtete, wie sie am Fenster vorbei in Richtung U-Bahn-Station Camden Town verschwand, um von dort, wie ich vermutete, nach ihrem aufregenden Tag in London nach Hove zurückzufahren. Ich sah sie nie wieder.

Der Tod meines Vaters war ein außergewöhnliches Ereignis, der dramatische Auftritt meiner Mutter war es nicht, obwohl sie sich in diesem Fall, wahrscheinlich durch meinen Vater aus der Fassung gebracht, selbst übertroffen hatte, wie ich zugeben mußte. Auf eine Szene wie diese folgte für gewöhnlich ein längeres Schweigen, dann setzte sie sich wieder mit mir in Verbindung. Ich war also nicht weiter überrascht, eine Weile nichts von ihr zu hören.

Dieses Mal dauerte das Schweigen meiner Mutter immer länger an, und ich unternahm nichts dagegen. Ich wollte nicht mit ihr sprechen, und die Tatsache, daß auch sie nicht mit mir sprechen wollte, war für mich eine Erleichterung, da dadurch der nächste unerfreuliche Auftritt hinausgeschoben wurde. Das Schweigen währte erst Monate, dann Jahre, dann Jahrzehnte. Ich schmiß die Schule kurz vor den Prüfungen, suchte mir ein möbliertes Zimmer, verfiel in Depressionen und trat meine zweite Phase der Hospitalisierung an. Achtzehn Monate später stand ich vor der Wahl, für den Rest meines Lebens die Runde durch die Londoner Irrenhäuser zu drehen oder es mit dem wirklichen Leben zu versuchen. Ich besuchte ein Lehrerkolleg, nahm eine Stellung an einer Gesamtschule in Hackney an, heiratete, änderte meinen Namen, bekam mit dreißig meine Tochter, schrieb meinen ersten Roman, veröffentlichte ihn, als ich fünfunddreißig war, und schrieb weitere Romane. Ab und zu dachte ich an die Möglichkeit, daß meine Mutter sich mit mir in Verbindung setzen könnte, und eine leise Panik flackerte in mir auf. Ich dachte nie daran, selbst Kontakt zu ihr aufzunehmen. Es gab Zeiten, in denen es den Anschein hatte, mein ganzes Leben wäre dem Versuch gewidmet, mich selbst in Schwierigkeiten zu bringen, aber selbst in meinen schlimmsten Augenblicken war ich schlau genug, die Finger von dieser Sorte Schwierigkeit zu lassen – zu vertraut, zu qualvoll. Irgendwann fing ich an, es als einen Akt der Güte zu betrachten. Die eine wirklich großzügige Handlung meiner Mutter, die ich benennen konnte: Sie ließ mich in Ruhe. Ich wußte natürlich, daß sie mich in ihren eigenen Augen verstieß und sich von einer Tochter lossagte, deren Mangel an Dankbarkeit monströs war, obwohl ich in diesem Fall tatsächlich dankbar war. Trotzdem sah es meiner Mutter gar nicht ähnlich, jemanden so lange in Ruhe zu lassen. Es war völlig untypisch für sie. Sie hatte keine Freunde oder Verwandte, jedenfalls keine, mit denen sie redete. Ich war alles, was sie noch hatte, um ihren Bedarf an Enttäuschungen zu decken. Aber ich vermutete, daß sie einen festen Freund hatte. Einmal, als sie mich in der Klinik in Hove besucht hatte, war ein Mann dabeigewesen. Er war in mein Zimmer gekommen, ein kleiner, übergewichtiger Mann mit einem weißen Bart – eigentlich ganz sympathisch aussehend, dachte ich –, und hatte mir eine geknallt, wobei es mehr die Überraschung als die Wucht des Schlags war, die mich das Gleichgewicht verlieren und aufs Bett fallen ließ. »Das ist für das, was du deiner Mutter angetan hast«, sagte er, nahm ihren Arm und marschierte mit ihr aus dem Zimmer. Ich hatte ihn vorher noch nie gesehen und sah ihn auch hinterher nie mehr wieder, aber vielleicht war er immer noch da und stand ihr zur Seite, und auch ihm war ich dankbar.

Nach Jahren des Schweigens kam ich zu dem Schluß, daß sie entweder eine befriedigendere Person als mich gefunden hatte, um die herum sie ihr Leben leben konnte, oder daß sie tot war. Selbstmord wäre eine Möglichkeit gewesen, falls die Vergangenheit etwas war, woran man sich halten konnte, aber die Wahrscheinlichkeit, daß sie Selbstmord begehen oder es zumindest versuchen könnte, ohne absolut sicherzustellen, daß ich davon erfahren würde, kam mir sehr gering vor. Meine Tochter Chloe wuchs allmählich heran und fing an, Fragen nach ihrer anderen Großmutter zu stellen, zu der sie sonntags nie zum Tee eingeladen wurde. Ich erklärte ihr die Situation so vorsichtig wie möglich. Väterlicherseits besaß sie eine ganze Schar von Verwandten: Onkel, Tanten, Cousins, Cousinen, Großonkel, einen Großvater und eine Großmutter. Ich wußte wirklich nicht, was aus meiner Mutter geworden war, und glaubte nicht, daß Chloes Leben, vor allem aber mein eigenes, sich zum Besseren wenden würde, wenn ich es herausfand. Ich hatte ihre Adresse schon vor langer Zeit verloren und vergessen. 1966 hatte sie in Hove gelebt, aber inzwischen konnte sie Gott weiß wo gelandet sein. Fasziniert von dieser fehlenden Oma und zutiefst bewegt bei dem Gedanken, daß sie vielleicht über diese Erde wandelte, ohne auch nur zu ahnen, daß sie mit einer Enkelin gesegnet worden war, kam Chloe, als sie ungefähr zwölf war, auf die grandiose Idee, nach Brighton zu fahren. »Könnte doch sein, daß wir ihr auf der Straße über den Weg laufen«, sagte sie.

Ich hatte das Gefühl, ihr den wahren Charakter meiner Mutter nicht so recht vermittelt zu haben. Vielleicht war ich beeinflußt gewesen von der konventionellen Überzeugung, daß Kinder eher die üblichen Familiengeschichten zu hören bekommen sollten; also erzählte ich ihr jetzt ein wenig mehr über ihre verschwundene Großmutter und versuchte, ihr klarzumachen, wie unwahrscheinlich es war, daß sie sich als die liebe, nette, kleine alte Dame entpuppen würde, die sie sich vorstellte. Das schien ihre Neugier etwas zu dämpfen. Aber dann fuhren wir eines Tages doch nach Brighton. Ich war zu einer Lesung eingeladen worden und muß mich emotional wohl ziemlich wagemutig gefühlt haben, als ich zusagte. Chloe begleitete mich, um Steine ins Meer zu werfen und hochelegant Tee im Grand Hotel zu trinken.

»Hör mir gut zu, mein Kind«, sagte ich, als wir im Zug saßen. »Wenn du eine hysterische, kreischende alte Frau siehst, die möglicherweise mit einem Küchenmesser in der Hand über die Straße gestürmt kommt und mich mit Beschimpfungen überhäuft, rennst du los, als wäre der Teufel hinter dir her. Mit ein bißchen Mühe gelingt es dir sicher, mich einzuholen.« Sie lachte, aber ich verbrachte den ganzen Tag damit, mich so weit wie möglich von Hove fernzuhalten und mir meine Nervosität möglichst nicht anmerken zu lassen, während ich ständig über die Schulter nach hinten sah und jedes Geschäft und jedes Café, das wir betraten, gründlich sondierte, um auszuschließen, daß es die Art von alter Dame enthielt, die sich in meine Mutter verwandeln könnte.

Um herauszufinden, ob meine Mutter noch lebte oder tot war, hätte ich die Kiste öffnen müssen. Wie durch ein Wunder war meine Mutter ganz von allein in diese Kiste hineingeklettert und hatte den Deckel zugemacht. Wenn ich diesen Deckel angehoben hätte, dann hätte ich festgestellt, daß die eine Option Realität war, während die andere sich in nichts auflöste. Ich wollte nicht, daß sich die Option, daß sie noch am Leben war, als real herausstellte. Meinetwegen konnte sie ruhig am Leben sein, aber unter keinen Umständen wollte ich das, was daraus resultieren konnte. Manchen Realitäten *kann* man entrinnen. Die zweite mögliche Realität, nämlich die, daß sie tot war, hätte den Status quo zwar bewahrt, aber das Risiko, die falsche Realität zu finden, bloß um eine Neugier zu befriedigen – die ich nicht einmal zu haben schien –, war mir zu groß.

Und was war mit den Gefühlen? Wie konnte diese primäre mütterliche Bindung spurlos an mir vorübergegangen sein? Unverkennbar hatte ich entweder einen fatalen emotionalen Schaden davongetragen, oder ich war im Besitz der gesündesten Psyche seit Beginn der psychoanalytischen Annalen. Es gab noch eine dritte Möglichkeit: Ich war einfach schlecht, so herzlos und gefühllos, wie meine Mutter es immer behauptet hatte. Für diese letztere Option sprach, daß ich ihr so gelassen ins Gesicht sehen konnte. Wenn der Gedanke, schlecht und gefühllos zu sein, nicht dazu führte, daß ich mich schlecht fühlte, war ich wahrscheinlich einfach schlecht. Falls überhaupt, so war diese

Schlechtigkeit der Punkt, an dem meine Bindung an meine Mutter existierte. Sie war ein Bereich der Übereinstimmung zwischen uns, zwar mit unterschiedlichen Implikationen für jede von uns, aber doch etwas, bei dem wir übereinstimmten. Wenn Schwester Winnikis geistige Freunde und Verwandte mich fragten, ob das Rätsel meiner verschwundenen Mutter mich nicht beunruhigte, meinten sie damit, ob ich keine Schuldgefühle hatte, weil ich nicht wußte, was aus ihr geworden war und es mir so völlig egal war. Und ich hatte keine Schuldgefühle. Was mich zu allem machte, was oben aufgezählt wurde: emotional geschädigt, gesund wie ein Pferd und schlecht. Aber frei von Schuldgefühlen. Und vielleicht war das ein Geschenk, das mir aus freien Stücken, wenn auch unwissentlich, von meiner Mutter gemacht worden war. Wenn ich mit dem unabwägbaren Zustand meiner Mutter in ihrer geschlossenen Kiste leben konnte, konnte ich auch mit meinem eigenen unabwägbaren Zustand leben. Widersprüche schrecken mich nicht. Ich leide von Zeit zu Zeit unter Depressionen. Es gefällt mir nicht, aber ich bin nicht überrascht oder verblüfft darüber. Mein Arzt auch nicht. »Sie haben sich nie mit Ihrer Entbehrung und Ihrer Verzweiflung auseinandergesetzt«, sagt er, glaubt er doch fest an die heilende Kraft der Psychoanalyse. Aber ich setze mich auf meine Weise damit auseinander. Ich tue es die ganze Zeit, und, wie ich meine, recht gut.

In ihrem letzten Jahr vor dem Abitur fragte Chloe eines Tages, wie man in Erfahrung bringen kann, ob jemand tot ist. Ich reagierte ausweichend, da es meines Wissens nur eine Person gab, deren Lebendig- oder Totsein in Frage stand.

»Du könntest die betreffende Person fragen. Wenn sie dir nicht antwortet, würde ich davon ausgehen, daß sie tot ist.«

Aber gut, sagen wir, daß mein Liberalismus und mein Glaube an den Nutzen von Bildung die Oberhand gewannen.

»Du könntest feststellen, ob es eine Sterbeurkunde gibt.«

Komisch, wie einfach und offensichtlich es war und wie unsinnig es meine Standardantwort »Ich weiß nicht, ob meine Mutter noch lebt« klingen ließ.

»Wie?«

»Früher war die Registratur für Geburts-, Heirats- und Sterbeurkunden im Somerset House untergebracht, aber sie sind irgendwann umgezogen.«

Plötzlich – wie wunderbar das Unbewußte doch manchmal funktioniert – konnte ich mich nicht mehr erinnern, wohin besagte Registratur umgezogen war.

»Tu es nicht.« Mehr eine Bitte als ein Befehl.

»Ich will nur wissen, ob sie tot ist, das ist alles.«

»Wenn du keine Sterbeurkunde findest, beweist das noch gar nichts. Sie könnte noch einmal geheiratet haben und unter einem anderen Namen gestorben sein.«

»Aber wenn es eine Sterbeurkunde gibt, wissen wir wenigstens Bescheid. Und wenn es keine gibt, könnte ich die Heiratsurkunden überprüfen und herausfinden, ob sie ihren Namen geändert hat.«

Die Geschichte entwickelte sich allmählich zu einem ausgewachsenen Forschungsprojekt. Meine Tochter, die Schnüfflerin, wurde geboren.

»Und wenn es weder eine neue Heiratsurkunde noch eine Sterbeurkunde gibt?«

»Dann wissen wir, daß sie noch lebt.«

»Genau.«

»Das ist alles. Wir wissen es einfach.«

Es kommt nicht oft vor, daß mir bewußt wird, was für einen Unterschied dreißig Jahre im Weltverständnis eines Menschen ausmachen. Chloes Überzeugung, daß sie nichts weiter unternehmen würde, wenn sie herausfand, daß ihre so geheimnisvoll abwesende Großmutter noch lebte, war in diesem Augenblick durchaus echt. Hier hatte ich den Beweis dafür, daß die Lebenserfahrung einem tatsächlich einen kleinen Vorsprung in puncto Menschenkenntnis verschaffen kann.

»Ich verbiete es dir.«

»Das kannst du nicht.«

»Ich weiß.«

Ich stellte einen hastigen Satz neuer Regeln auf, wohl wissend, daß sie ebenso lächerlich waren wie Chloes Überzeugung, daß mit dem Nichtauffinden einer Sterbeurkunde alles ausgestanden wäre.

»Wenn du es wirklich tun willst, dann auf eigene Faust. Ich will nichts darüber wissen. Du wirst alle Kosten selbst tragen. Ich werde diese Geschichte auf gar keinen Fall finanzieren.«

Sie war einverstanden, wollte aber wissen, ob ich wirklich sicher sei, daß ich nichts davon hören wollte. Sie wisse genau, sagte sie, daß ich *in Wirklichkeit* doch interessiert sei. Die Populärpsychologie und Schwester Winniki schlichen durch mein Haus. Chloe hatte eine Idee: Wenn es eine Sterbeurkunde gab, würde sie es mir sagen, wenn nicht, würde sie kein Wort verlauten lassen.

Ich wies sie auf den fatalen Fehler in ihrer Logik hin, wußte aber, daß es keinen Zweck hatte. Ich hatte einfach nie bedacht, daß die Existenz von Schrödingers Kiste für mich vielleicht gnädiges Nichtwissen bedeutete, gleichzeitig aber jemand anders den Deckel anheben könnte. Meine einzige Hoffnung lag darin, daß Abiturvorbereitungen und ein aktives Privatleben langweilige Nachforschungen im St. Catherine's House in den Hintergrund drängen würden.

Niemand hatte auch nur ein Wort über Dinge dieser Art verloren, als ich schwanger war. Wenn man schwanger ist, erzählen sie einem Sachen, die man zum betreffenden Zeitpunkt kaum registriert: wie wenig Schlaf man bekommen wird, wie viele Sorgen einem bevorstehen und wie groß die Veränderungen sein werden, die auf einen zukommen. Man nickt ergeben und bringt es irgendwie fertig zu glauben, daß nichts davon auf einen selbst zutreffen wird, bis ungefähr zwölf Stunden nach der Geburt des Babys. Aber kein Mensch sagt einem, daß sie eines Tages achtzehn Jahre alt und wißbegierig und selbständig sein und ihre Nase in Sachen stecken werden, die den größten Teil des eigenen Lebens auf völlig befriedigende Weise im dunkeln lagen. Kein Mensch sagt einem, daß sie das, was einzig und allein deine eigene Angelegenheit war, plötzlich als ihre Angelegenheit betrachten werden. Kein Mensch sagt einem, daß sie dank der Schulbildung, auf die man immer soviel Wert gelegt hat, mit dem Rüstzeug ausgestattet sein werden, herauszufinden, was man dreißig zufriedene Jahre lang erfolgreich unter den Teppich gekehrt hat. Kein Mensch sagt einem, daß ihr Bedürfnis, ihre Fähigkeiten zu erproben, die Arrangements, die man mit seiner eigenen Psyche getroffen hat, über den Haufen werfen wird. Oder vielleicht haben sie es auch gesagt, und ich habe bloß nicht zugehört.

Ich bekam eine Gnadenfrist von ungefähr einem Jahr. Referate, Partys und Examensängste hielten die genealogische Neugier in Grenzen. Aber im Herbst 1995, als die Abschlußfeiern vorbei waren und die Prüfungsergebnisse vorlagen und ich meine Kabine für die Antarktiskreuzfahrt im späten November gebucht hatte, kam das Thema wieder auf den Tisch.

»Wo ist St. Catherine's House?«

Wie es aussah, hatte sie selbst mitten im Examensfieber die Zeit gefunden, ein paar kleine Voruntersuchungen durchzuführen.

»Sieh doch selbst nach«, sagte ich, meinen passiven Widerstand verstärkend.

»Mutter!« Sie nennt mich »Mutter«, wenn sie das Gefühl hat, streng mit mir sein zu müssen. »Du weißt genau, daß du froh sein wirst, wenn du weißt, was aus ihr geworden ist.«

»Tochter, du irrst dich.«

»Aber du bist neugierig. Egal was du sagst.«

»Falls es irgendwie angenehmer für dich sein sollte, es in dem Wissen zu tun, daß ich es doch wissen will, möchte ich dich hiermit wissen lassen, daß ich wirklich, ernstlich und tiefinnerlich *nicht* wissen will, was aus meiner Mutter geworden ist.«

Sie setzte ein herablassendes Lächeln von der Art auf, wie Therapeuten und eigene Kinder es aufzusetzen pflegen, schnappte sich das Telefonbuch und verließ kurz darauf das Haus.

»Ich fahre ins St. Catherine's House. Bis dann.«

Etwa eine Stunde später klingelte das Telefon.

»Wie hieß sie mit Mädchennamen, wie schreibt man Rene, und wo wurde sie geboren?«

»Ich hab dir doch klar und deutlich gesagt, daß ich dir nicht helfe.«

»Hör doch erst einmal zu. Ich will mir nur ihre Geburtsurkunde und die Heiratsurkunde mit deinem Vater besorgen. Daran ist doch nichts auszusetzen, oder? Abgesehen davon hätte ich sowieso nicht genug Geld, um mir auch eine Sterbeurkunde ausstellen zu lassen, selbst wenn es eine gäbe, aber ich kann nicht danach suchen, ohne ihren Mädchennamen und ihr Geburtsdatum zu kennen. Erst dann können sie überprüfen, ob sie noch einmal geheiratet hat, für den Fall, daß sie unter einem anderen Namen gestorben ist.«

»Ich hasse dich. Rayner. Rene ist nicht ihr richtiger Name. Sie hieß Rachel, glaube ich, aber ich bin mir nicht sicher. Ich weiß nicht, wann sie geboren wurde, ich glaube, sie war Ende Dreißig, als sie mich 1947 bekam. Meines Wissens ist sie im East End geboren.«

»Großartig. Die Bücher decken jeweils fünf Jahre ab. Das müßte reichen.«

Obwohl mein Kopf nein sagte, sagte mein gutstaatsbürgerliches Ich, daß sie dasselbe Recht auf diese Information hatte wie ich selbst. Es war keineswegs so, daß ich allmählich anfing, mich doch für diese Sache zu interessieren. Ich wollte nur nicht der Grund dafür sein, daß eine an sich bewundernswerte Übung in Grundlagenforschung im Keim erstickt wurde. Das war alles. Wirklich.

Ein paar Tage später trafen die beiden Urkunden mit der Post ein. Chloe schwenkte sie über dem Küchentisch vor meiner Nase herum. Ich schüttelte den Kopf.

»Ich will sie nicht sehen. Ich weiß, daß sie geboren wurde, und ich weiß, daß sie verheiratet war.«

»Und was ist mit ›vormals Sherotsky‹?«

»Zeig her.«

Ich hatte völlig vergessen gehabt, daß sie schon einmal verheiratet gewesen war, als sie meinen Vater kennenlernte. Und zwar mit einem Mann namens Sherrick, fiel mir jetzt wieder ein, der irgendwas mit Textilien zu tun gehabt hatte. Ich erinnerte mich an ihr: »Ich hätte mit ihm verheiratet bleiben sollen.« Wie es aussah, hatte auch Sherrick seinen Namen geändert, so wie mein Vater, um weniger ausländisch zu klingen, weniger jüdisch. Die Heiratsurkunde war tatsächlich interessant. Rachel Sherotsky, umbenannt in Sherrick, geborene Rayner, über deren Familienstand es hieß: »vormalige Frau von Jack Sherotsky, genannt Sherrick, von dem sie geschieden wurde«, hatte James Simmonds geheiratet, Name urkundlich geändert, dessen Familienstand lautete: »vormaliger, jetzt geschiedener Ehemann von Melissa Simmonds, geborene Rosen, ledig«. James Simmonds war der Sohn von Samuel Zimmermann, seines Zeichens Getränkehändler, der in einem neuen Land ein neues Leben angefangen und in der Petticoat Lane ein Café eröffnet hatte. Rachel Simmonds' Vater, Morris Rayner, war finanziell anscheinend unabhängig gewesen. Rachel und James gaben ihren Wohnsitz zur Zeit der Eheschließung beide mit 38 Paramount Court an, und in der Spalte für Rang oder Beruf stand bei ihm ein nicht sehr aussagekräftiges »Generalvertreter«, während Rachels Spalte für die Berufsangabe durchgestrichen war. Er war fünfunddreißig, sie sechsunddreißig Jahre alt, als sie am Heiligabend 1946 die Ehe schlossen.

Ein bißchen Nachzählen an den Fingern ergab, daß sie anläßlich dieses glücklichen Ereignisses schon im zweiten Monat mit mir schwanger gewesen sein mußte.

»Upps«, sagte Chloe.

»Upps«, sagte ich.

All die »geboren« und »genannt« und »vormals«. All die Namen, ihre und seine, geändert und abgelegt. Weit und breit keine Rene in Sicht. Aber endlich hatten immerhin meine beiden Großväter einen Namen bekommen, wenn auch nicht ihre Frauen: Samuel und Morris.

Die Geburtsurkunde meiner Mutter förderte dann immerhin *eine* Großmutter zutage: Esther Rayner, geborene Shinars. Und Morris war, wie sich herausstellte, von Beruf Friseurmeister gewesen. Rachel, Mädchen, war am 24. Oktober 1910 in der 376 Commercial Road im Bezirk Mile End Old Town geboren worden. Das waren die urkundlich belegten Fakten über meine Mutter. Aber nichts davon hatte auch nur das geringste mit der erwachsenen Frau zu tun, die 1966 aus meinem Leben verschwunden war oder aus deren Leben ich damals verschwunden war. Nichts davon öffnete die Kiste.

»Interessant, findest du nicht auch?« brach Chloe das Schweigen.

Es dauerte, bis Chloe noch einmal ins St. Catherine's House fuhr, folglich war es Anfang Oktober, etwa sechs Wochen bevor ich in die Antarktis fahren sollte, als ich wieder einen Anruf von ihr bekam. Sie hatte zwar gesagt, daß sie weggehen wollte, nicht aber, wohin.

»Mum, in den Büchern gibt es eine Rachel Simmonds, die 1988 im Krankenhaus starb.« Sie klang vorsichtig. »Was meinst du?«

»Ich meine, es klingt, als könnte sie es sein.«

»Soll ich eine Kopie der Sterbeurkunde beantragen? Es könnte auch jemand anders sein. Es steht nicht Rene da, und das Krankenhaus war nicht in Hove.«

»Mach's«, sagte ich. »Ich zahle.«

Auf See

Der Flug von London nach Buenos Aires fühlte sich endlos an, zuerst beschleunigt, dann schier unerträglich verlangsamt durch das kleine Zeichentrickflugzeug auf dem Monitor, das uns zeigte, wo auf der Landkarte wir uns gerade befanden und wie weit wir es noch hatten. Am Anfang war es ermutigend gewesen, unser Abbild auf seinem Weg nach Süden zu beobachten, über die Grenzen Großbritanniens und den Kanal hinweg. Das Problem fing etwa im südlichen Spanien an, als Afrika und der Atlantik in Sicht kamen und sich herausstellte, wie klein der Teil des Globus war, den wir bis jetzt hinter uns gebracht hatten. Ich schaffte es nicht, nicht auf den Monitor zu sehen und die Dinge einfach ihren Lauf nehmen zu lassen, aber andererseits kann ich mich auch nicht erinnern, wann ich es je geschafft hätte, den Dingen einfach ihren Lauf zu lassen. Als wir Nordafrika passiert hatten, einen vage westlichen Kurs einschlugen und schließlich in südlicher Richtung erst auf die Küste Südamerikas zu- und dann an ihr entlangflogen, war es eine Art Tortur geworden. Ich hatte die Augen zugemacht, wild entschlossen, ganz, ganz lange nicht hinzusehen, mußte dann aber doch verstohlen hinlinsen, nur um mich zu vergewissern, daß das winzige Flugzeug sich wenigstens ein kleines bißchen bewegt hatte. Es hatte nicht. Jedenfalls sah es nicht danach aus. Der Monitor und meine verstohlenen Blicke waren zu gleichförmig, um ein wirkliches Gefühl von Vorankommen entstehen zu lassen, und es war beunruhigend, daß wir mit über 800 Kilometern die Stunde dahinflogen und anscheinend trotzdem nirgends hinkamen. Ich versuchte, die Zeit hoch in der Luft zwischen dem Hier und dem Dort zu vertrödeln; hier, aber nirgendwo, nicht einmal eine Grenzkontrolle, um mir das Gefühl zu geben, daß ich auf dem Weg nach Dort mehrere Hiers passierte. Ich bilde mir ein, daß ich es liebe, auf dem Weg von einem Ort zum anderen in der Schwebe zu verharren, aber das scheint nicht der Wahrheit zu entsprechen. Der Drang, irgendwo anzukommen, und sei es nur die nächste Station der Reise, ist ziemlich stark. Das, so ging es mir durch den Kopf, traf auch auf das Schreiben zu. Ich liebe die *Vorstellung*, mich mitten in einem Buch zu befinden, mitten in der Arbeit zu stecken, aber die Realität sieht so aus, daß ich ständig die Seiten zähle und mir ausrechne, wie bald ich mit dem verdammten Ding fertig sein werde. Wenn ich dann tatsächlich fertig bin, kommt natürlich die Trauer und das niederschmetternde Gefühl, letztlich nur auf dem Weg zu meinem nächsten Buch gewesen zu sein. Jedes Buch anscheinend nur eine Wegestation, ein Grenzland, das auf dem Weg zum nachfolgenden Buch durchquert werden mußte. Wo war der Endbahnhof? In dem Flugzeug, in dem ich saß, kannte ich wenigstens die genaue Route, die wir nehmen würden: von Heathrow nach Buenos Aires, von Buenos Aires nach Ushuaia in Feuerland, mit Umsteigen in Rio Gallegos in Patagonien, und dann das Schiff zur antarktischen Halbinsel. Wahrscheinlich endet auch die Bücherroute irgendwann im großen Whiteout. Lieber nicht daran denken.

Irgendwann kamen wir nach São Paolo, was eine nicht unbeträchtliche Überraschung war, da São Paolo nicht auf unserem Plan gestanden hatte. Wir gingen für einen nicht vorhergesehenen Aufenthalt von etwa einer Stunde auf der Landebahn des Flughafens nieder, da unser Treibstoff, wie der Pilot uns mitteilte, wegen des extremen Gegenwinds, den wir unterwegs gehabt hatten, knapp – wie knapp? – geworden war. Ich war heilfroh, daß er diesen extremen Gegenwind nicht schon früher erwähnt hatte. Ich würde nicht sagen, daß ich ein nervöser, sondern eher ein unter den normalsten Umständen sehr tapferer Fluggast bin. Ich will damit sagen, daß ich, sobald die Maschine, in der ich mich befinde, mit alarmierender Geschwindigkeit über die Startbahn rast, genau weiß, daß ich bald sterben muß, und von einer tiefen Ruhe erfüllt werde, wie nur zutiefst hysterische Menschen sie kennen. Jeder ungewöhnliche Umstand würde meinen fatalistischen Faden augenblicklich zum Zerreißen bringen.

Jedenfalls fand ich es seitens der Tankwarte in Heathrow reichlich unachtsam, Gegenwinde, selbst welche von der extremen Art, unberücksichtigt gelassen zu haben, als sie uns auf einen dreizehnstündigen Flug vorbereiteten. Dahinter steckt jedoch eine Art Logik, wie sich später herausstellte. Ein vogelbeobachtender British-Airways-Zahlmeister, der auch an der Kreuzfahrt teilnahm, erklärte mir, daß es für jeden Flug eine kritische Treibstoffmenge gibt. Genug, um einen dahin zu bringen, wo man hinwill, ist gut. Zuviel (in unserem Fall also genug) Treibstoff an Bord führt dagegen wegen des zusätzlichen Gewichts dazu, daß man mehr Treibstoff verbraucht. Daher ist in der Welt der Fliegerei, wie auch im wirklichen Leben, weniger anscheinend manchmal mehr. Zum Glück war auf dem Flugplatz von São Paolo jemand zu Hause, und sie hatten sogar ein bißchen Treibstoff für uns übrig, und so entstand, abgesehen von der Qual, eine weitere Stunde auf einem ohnehin schon langen Flug verbringen zu müssen, kein weiterer Schaden.

Zu Hause kann ich mit Leichtigkeit dreizehn oder vierzehn Stunden mit Lesen, Videos, Nachdenken und Vor-mich-hin-Starren vertrödeln und tue das auch oft, aber irgendwie lassen dieselben Aktivitäten in einem Flugzeug die Zeit keineswegs auf vergnügliche Weise vergehen. Natürlich ist da all das viele Sitzen, das für manche Menschen unerträglich sein mag, aber ich selbst bin alles andere als eine aktive Person. Mein Problem war eher das Gefühl, der schauderhafte Hollywood-Film, den ich mir notgedrungen ansah, weil er die einzige Alternative zu dem verflixten Miniaturflugzeug war, und das Gesicht von Brad Pitt könnten das letzte sein, was ich in diesem Leben sehen würde. Ich konnte mir nichts Deprimierenderes vorstellen. Wenn sie uns Beethovens späte Quartette vorgespielt hätten oder Dinah Washington, die Jerome Kern sang, und uns dazu Rembrandts Selbstporträts gezeigt hätten oder Fotos von Robert Mitchum in seiner schwermütigen Bestzeit, wäre ich bestimmt ein weitaus zufriedenerer Passagier gewesen.

Irgendwann kamen wir dann doch nach Buenos Aires, wo wir vor dem vier- oder fünfstündigen Weiterflug nach Ushuaia früh am nächsten Morgen die Nacht verbringen sollten. Es war die erste Gelegenheit, die anderen Passagiere aus Großbritannien, die an der Kreuzfahrt teilnehmen würden, zu identifizieren und kennenzulernen. Insgesamt waren wir nur sechs, die sich inmitten der amerikanischen Mehrheit zu einem kleinen Grüppchen zusammendrängten, während wir begrüßt und darüber informiert wurden, wo wir etwas zu essen finden konnten. Sie sahen schrecklich robust und abgehärtet aus, die Mitglieder dieses britischen Kontingents, ich selbst natürlich ausgenommen. Abgesehen von dem bereits erwähnten British-Airways-Zahlmeister, der einen eleganten dunklen Anzug mit Krawatte trug, bestand die bevorzugte Reiseausrüstung aller anderen aus Wanderstiefeln, Knickerbockern und Jagdsitzen, obwohl ich in der schwülen, benzingeschwängerten Hitze des hochsommerlichen Buenos Aires fand, daß mein T-Shirt und meine weite Baumwollhose einiges hatten, was für sie sprach. Außer einem Ehepaar und mir waren die anderen Briten Vogelbeobachter, die großen Wert darauf legten, ernst genommen zu werden. Für mich waren diese Vogelfritzen eine bislang völlig unbekannte

Gattung von Enthusiasten, aber im Lauf der nächsten drei Wochen würde ich zweifellos mehr über sie in Erfahrung bringen.

Abgesehen davon, daß ich mich zwischen zwei Nickerchen zu einem Essen mit Mona aufraffte, einer sehr betagten Vogelbeobachterin aus Edinburgh, die mich zu ihrer Reisemahlzeitenbegleiterin erkoren hatte, verschlief ich meinen Aufenthalt in Buenos Aires. Auf dem Rückweg würden wir einen ganzen Tag und eine ganze Nacht in Buenos Aires verbringen können, und ich fühlte mich viel zu erschlagen, um auch nur daran zu denken, mich den anderen Briten anzuschließen, die geschlossen losmarschierten, um ein renommiertes Vogelparadies am Rand der Stadt zu erkunden, vor allem wo das Paradies meines Betts nur eine kurze Fahrt mit dem Lift entfernt war. Es ist eine Tatsache, daß ich, obwohl ich schon oft in Paris war, den Eiffelturm immer nur aus der Ferne gesehen habe. Ich fragte mich, wie es wohl sein mochte, auf neue Erfahrungen versessen zu sein, aber nicht lange. Dann sank ich genüßlich und neugierlos in den Schlaf.

Mona wurde ständig nach ihrem Alter gefragt, woraufhin sie die vermessene amerikanische Person, die es wagte, ihr eine derart ungehörige Frage zu stellen, jedesmal mit einem Blick aus ihren leicht eingesunkenen Augen fixierte und in hohen, verächtlichen Edinburgher Tönen antwortete: »Ts-ts-ts, was ist das denn für eine Frage?« Ich mußte annehmen, daß Mona ihr Alter nicht aus Eitelkeit nicht preisgeben wollte, da ihr winziger, gebeugter Körper, ihr spärliches, plusteriges Haar und ihr schlichtes, frisch geschrubbtes, faltiges Gesicht unmöglich für etwas anderes als für entschieden betagt gehalten werden konnten. Vielmehr war es wohl so, daß ihre Zurückhaltung einer gewissen Vornehmheit entsprang und dem lange vor Generation X angesiedelten Gefühl, persönliche Fragen entsprächen nicht dem guten Geschmack. Beim Essen erzählte sie mir, daß ich bald erleben würde, wie ihr Körper sich in der trockenen Luft der Polarregion aufrichten würde. Sie war der festen Überzeugung, es sei die Feuchtigkeit, die ihren Rücken dazu brachte, sich so zu krümmen, daß ihre normale Blickrichtung bodenwärts verlief. Ihr Appetit war unglaublich, und ich beobachtete voll des Staunens, wie sie ein Steak von der Größe ihres Tellers, einen gewaltigen Berg Pommes frites und die Reste meiner Portion verdrückte. Als die Dessertkarte kam, gab sie sich plötzlich geziert. »Oooh, nein, ich kann nicht. Ich habe schon viel zuviel gegessen. Vielleicht ein winziges Schokoladeneis? Ich liebe Eis.« Der Kellner und ich redeten ihr gut zu, und leise über ihre eigene Sündhaftigkeit kichernd, vertilgte sie den gigantischen Eisbecher, der ihr serviert wurde, in einem Tempo, das an einen Film im Schnelldurchlauf erinnerte. Mir war schleierhaft, wo all diese Massen in dem winzigen gekrümmten Raum von Monas Körper abgeblieben sein konnten.

Sobald Mona einmal angefangen hatte zu reden, hörte sie nicht mehr auf. Vorausgesetzt, die Schicklichkeit blieb gewahrt, plapperte sie mit alarmierendem Enthusiasmus über alles, was ihr gerade durch den Kopf ging, und während der beiden Mahlzeiten, die wir in Buenos Aires und am folgenden Tag in Ushuaia gemeinsam einnahmen, fand sie nicht die Zeit, mir auch nur eine einzige Frage über mich selbst zu stellen. Bei dem, was ihr durch den Kopf ging, handelte es sich größtenteils um Vögel. Ich lernte von ihr eine Menge über die Vogelbeobachterei, aber nur sehr wenig über die Vögel und fand heraus, daß das Beobachten oder vielmehr das Einfangen eines Vogelsubjekts im Fernglas, nicht jedoch die Kreatur selbst die eigentliche Leidenschaft der vogelbeobachtenden Bruderschaft auf dieser Reise war. Mona, die von ihrem Mann Ted gut versorgt zurückgelassen worden war und gelernt hatte, selbst ein scharfes Auge auf ihre Aktien zu haben, hatte schon die ganze Welt bereist. Im letzten Jahr oder so war sie in Kuba, Hispaniola, Bhutan und Fidschi gewesen, immer auf der Suche nach Vögeln, die sie ihrer Liste hinzufügen konnte. Für das nächste Jahr standen Australien, Bolivien und Surinam auf dem Plan. »Früher habe ich Nummern gesammelt, jetzt sammle ich Familien«, sagte sie kryptisch. »Übrigens ist das hier für mich kein besonders interessanter Trip. Wissen Sie, es gibt nicht sehr viele verschiedene Vogelarten in der Antarktis, und sie stehen alle nicht auf meiner Liste, aber es gibt da einen ganz bestimmten Vogel aus einer ganz bestimmten Familie, den man nur in Patagonien findet. Hinter dem bin ich her.«

Außerdem sammelte Mona Fingerhüte und besaß eine wertvolle Briefmarkensammlung, was meine bisherige Überzeugung, daß das Sammeln von Dingen eine männliche Aktivität sei, über den Haufen warf. Aber immerhin war es Ted gewesen, der sie in die Welt der Akkumulation eingeführt hatte. »Er hat mir so viel beigebracht.« Nicht nur das Sammeln von Briefmarken und Vögeln, sondern auch Moorwandern und Golf. Ihre lange und anscheinend zufriedene Ehe war kinderlos geblieben, aber Ted war ein Naturliebhaber gewesen. »Wenn ich nicht angefangen hätte, mich für seine Interessen zu interessieren, was wäre denn dann aus mir geworden? Ich wäre einfach zurückgelassen worden.« Und als sie dann tatsächlich zurückgelassen wurde, hatte sie wenigstens diese Interessen, wie eine gute Investition, die sie auf Trab hielten. Die einzige Wolke, die anscheinend über ihrer Ehe geschwebt hatte, war Teds Weigerung gewesen, sich mit der Realität des Todes auseinanderzusetzen, was seine lange und schließlich tödliche Krankheit für beide um so schmerzlicher machte. »Es wurde nie erwähnt. Er konnte es nicht ertragen, darüber zu sprechen, nicht einmal, wenn es ihm gutging. Aber ich glaube, zum Schluß wußte er, wie krank er war. Eines Tages fand ich einen Brief der Versicherungsgesellschaft mit den Einzelheiten seiner Police auf der Anrichte. Ted wußte, daß ich dort staubwischen würde.« Das war seine Art, Abschied zu nehmen. Zu mehr war er nicht in der Lage.

Am folgenden Morgen, auf dem Flug nach Ushuaia, erweiterte ich meine Bekanntschaft mit den anderen Kreuzfahrtteilnehmern. Big Jim, der neben mir saß, war ein derartiger Koloß von einem Mann, daß er über seinen Sitz hinausquoll und die Hälfte von meinem mitbelegte. Als der Steward ihm eine Verlängerung für seinen Sicherheitsgurt brachte, ließ seine Leibesfülle sich nicht länger ignorieren. Aber Big Jim gab den Leuten immer gleich bei der Vorstellung zu verstehen, daß er sich seines Umfangs durchaus bewußt war, einfach um das Thema vom Tisch zu haben. Zwar sagte er nicht direkt: »Hallo, ich bin Jim, und ich bin sehr fett«, aber annähernd. »Ist Ihnen warm genug?« fragte er mich, auf die Frischluftventile über uns deutend. »Mir ist immer warm genug, ich habe ja meine eigene Isolierung dabei.« Ich lächelte, aber als der Imbiß kam und wir unsere Tische herunterklappen mußten, ruhte der von Big Jim so schräg auf dem Plateau seines Bauches, daß sein Tablett gefährlich auf die Rückseite des Sitzes vor ihm zurutschte. Er konnte nur essen, indem er den Tisch wieder hochklappte und das Tablett auf seinem Bauch absetzte, der nur wenige Zentimeter unter seinem untersten Kinn begann. Seine Beschämung und seine Verlegenheit waren fast mit Händen greifbar, und ich saß neben ihm und versuchte verzweifelt, mich so groß wie möglich zu machen.

Big Jim war praktischer Arzt in einem Wüstenstädtchen in der Nähe von Palm Springs, was einen vermuten lassen konnte, daß seine Lektüre eines Buchs mit dem Titel »Umgang mit Bluthochdruck« einem professionellen Interesse und nicht persönlicher Verzweiflung entsprang. Er las nicht lange. Ich erfuhr, daß er sechs Katzen und eine Garage voller Hollywood-Videos besaß, die er sammelte. »Ich war noch nie schlank«, sagte er aus keinem anderen Anlaß als dem, daß das Thema ihm ständig im Kopf herumging, »aber 1989 erkrankte ich an Drüsenkrebs, und meine Frau kam bei einem Autounfall ums Leben. Nicht gerade ein gutes Jahr. Nach der Behandlung wurde ich immer dicker und dicker und bin es seitdem immer geblieben.« In seinem Sprechzimmer hat er einen niedrigen Hocker, auf den er sich setzt, wenn er Kinder behandelt. »Ich bin so riesig, daß ich ihnen angst mache, wenn ich mich nicht auf ihre Ebene hinunterbegebe.« Inzwischen reist er regelmäßig allein. In den letzten Jahren war er in Äthiopien, Simbabwe, Ägypten und Südafrika gewesen. Während seiner Abwesenheit versorgt eine Frau aus dem Ort seine Katzen. Einfach nur in einem Flugzeugsitz zu sitzen erforderte schon spezielle Aufmerksamkeit, und als er sich beim Aussteigen durch den schmalen Gang zum Ausgang quetschte, sah das definitiv gefährlich aus, nicht zuletzt wegen der Schlange hinter ihm, die nie nach draußen kommen würde, wenn er in der schmalen Tür steckenblieb. Ich konnte mir nicht annähernd vorstellen, mit welchen Schwierigkeiten seine exotischen Dritte-Welt-Reisen verbunden sein mußten.

In Rio Gallegos mußten wir für den fünfundvierzigminütigen Weiterflug über den Beagle-Kanal nach Ushuaia, der Hauptstadt von Feuerland oder Tierra del Fuego, in ein kleineres Flugzeug umsteigen. Ich machte mir Sorgen wegen Big Jim. Ein *kleineres* Flugzeug! Während wir im Flughafengebäude darauf warteten, an Bord gehen zu können, lernte ich Little Big Jim kennen, weniger voluminös als Big Jim, einfach nur bierbäuchig und normal übergewichtig, ein allmählich grau werdender US-Amerikaner mit erwartungsvollem Gesicht und einem Anflug des schüchternen, aber nicht naiven Ernest Borgnine an sich. Er erzählte mir, er komme aus Saratoga Springs im Bundesstaat New York. Ich hatte vor mehreren Jahren die Weihnachtstage ganz in der Nähe verbracht, teilte ich ihm mit, in der Heimatstadt des Mannes, mit dem ich damals zusammenlebte, Ballston Spa, hatte er vielleicht schon mal davon gehört? Und natürlich war er in Ballston Spa geboren und aufgewachsen, und der Vater meines damaligen Lebensgefährten war sein Englischlehrer gewesen. Ich war darüber nicht sehr begeistert, da mein antarktischer Traum keine dummen Zufälle beinhaltete, die allen das Gefühl geben würden, etwas gemeinsam zu haben. Jetzt schon war mir alles nicht mehr einsam genug. Aber dafür konnte der watschelnde, einsame Little Big Jim schließlich nichts.

Während all diese Jims stattfanden, flogen wir über oder warteten in einer Landschaft, so gottverlassen, wie Gott sie nur je verlassen hatte. Wenn ich über Big Jims kolossalen Bauch nach unten sah, war stundenlang, so weit das Auge reichte, nichts als graugrünes, struppiges, flaches Land zu sehen. Ich kannte Fotos vom Mond, die mehr Charakter besaßen. Wir flogen mehrere Stunden über diese absolut gesichtslose Landschaft hinweg. Das hier war das Nirgendwo in einem Ausmaß, wie ich es noch nie erlebt hatte. Zwar nicht weiß, aber doch grenzenlos und leer. Nicht einmal das Meer hatte eine derart ereignislose Stille zu bieten. Und dann plötzlich landeten wir mitten in all diesem Nichts auf dem Flugplatz von Rio Gallegos, einer Handvoll Gebäude, umgeben von der Abwesenheit von allem anderen. Tatsächlich ist Rio Gallegos berühmt. Butch Cassidy und Sundance Kid überfielen hier eine Bank, nachdem sie vor ihren hartnäckigen Verfolgern in den Süden geflohen waren. Unvorstellbar, daß es hier eine Bank gegeben haben soll, aber jetzt gab es sogar einen Flugplatz und eine Espressomaschine und Flugzeuge, die sich in die Luft erhoben, um Leute Hunderte von Meilen weiter in dieser oder jener Richtung in den nächstgelegenen anderen Orten mitten im Nichts abzusetzen.

Abgesehen von ein paar zusammengestoppelten Hügeln, die anscheinend jeden Ehrgeiz aufgegeben haben – zweifellos ebenjene, in denen Butch und Sundance mit ihrer Beute Unterschlupf gesucht hatten (was machten sie bloß mit dem Geld?) –, gibt es in Rio Gallegos nur eines: Wind. Einen ganz speziellen patagonischen Ende-der-Welt-Wind, der uns seine Bekanntschaft aufdrängte, als wir aus dem Flugzeug kletterten und über das Gelände zum Flughafengebäude gingen. Er warf sich uns pfeifend entgegen wie ein Schlag ins Gesicht. Ein Wind, zu dem man hätte tanzen können, wenn die Musik, die er hervorbrachte, nur melodischer gewesen wäre. Dieser Wind kennt keine Unterbrechungen. Er ist unaufhörlich. Er ist das Wesen von Rio Gallegos. Er bläst und braust, pfeift und heult über die endlosen flachen Weiten von Patagonien, und wenn man ihm in den Weg gerät, hält man ihn gerade lange genug auf, um zu spüren, von wie weit her er gekommen ist und wie weit er noch vor sich hat und wie unbedeutend die Handvoll Gebäude oder auch man selbst für ihn ist. Kein bebender Schmetterlingsflügel hätte hier die Chance, seine Spur auf dem globalen Wettersystem zu hinterlassen. Im Vergleich zum patagonischen Wind sind Turbulenzen ein Witz.

»Au weia, das ist ja ein *höllischer* Wind«, sagte Little Big Jim, seine Baseballmütze festhaltend, als wir uns zu dem Flugzeug vorkämpften, das uns nach Ushuaia bringen sollte. Und er hatte recht.

Nach einem frühen Abendessen – oder fast noch einem späten Tee – mit Mona saß ich in meinem Zimmer im Hotel del Glaciar in den Hügelausläufern über Ushuaia, die Füße auf dem Sims des offenen Fensters, und starrte zum namensgebenden Gletscher hinüber, der etwa eine halbe Meile entfernt war. Ich hatte noch nie einen Gletscher gesehen, und auch von diesem hier sah ich nicht besonders viel, nur ein Stückchen geriffeltes, glänzendes Weiß in einer Kerbe des Berges über uns. Trotzdem, da war er, und ich sah zu ihm hinüber, was so ungefähr alles an Enthusiasmus war, was ich in diesem Augenblick aufbrachte.

Das Hotel dagegen machte einen vertrauten Eindruck: eine Mischung aus Schweizer Chalet und Holiday Inn, holzverkleidet, ausgestattet mit diesen Null-acht-fünfzehn-Plastikbädern, die sie wahrscheinlich in einem Stück reinknallen, komplett mit Badewanne, Wasserrohren, Waschbeckenverkleidung aus künstlichem Marmor, Seifenstückchen und allem. Es war fürchterlich überheizt, was der Grund dafür war, daß ich das Fenster offen hatte. Die Luft, die ins Zimmer strömte, war höchstenfalls erfrischend, obwohl wir uns auf dem 56. südlichen Breitengrad befanden, so weit südlich, wie ich noch nie gewesen war, aber nicht so weit südlich, wie ich noch kommen würde.

Ich saß und starrte, schlaff vor Reisemüdigkeit und ein bißchen wirr im Kopf, zutiefst beschämt über meinen Mangel an inneren Ressourcen, vor allem wo Mona, die schließlich uralt war, so fit wie ein Turnschuh gewesen war, als ich sie nach dem Essen verlassen hatte. Den Gletscher anzustarren war Schritt zwei meines Programms zur Wiederherstellung meines geistigen Wohlbefindens. Schritt eins waren ein langes Bad, zwei Aspirin, eine Schlaftablette und das Miniaturfläschchen Scotch gewesen, das Mona mir geschenkt hatte; sie trinkt am liebsten Sherry, da die Stewardeß aber keinen hatte, hatte sie Mona statt dessen das Fläschchen Bells gegeben. Dann die Füße auf das Fensterbrett legen und in Unterhose und T-Shirt auf den anspruchslosen Gletscher starren. Zum Schluß dann Schritt drei, ins Bett kriechen und das beunruhigende Gefühl wegschlafen, immer noch unterwegs zu sein, obwohl ich mein Zuhause schon vor einer Zeit, die mir wie eine Ewigkeit vorkam, verlassen hatte. Ich wollte endlich da ankommen, wo ich hinwollte, was in diesem Augenblick das Schiff war, insbesondere meine Kabine auf dem Schiff. Ich sehnte mich so sehr nach dieser Kabine, wie ein Maulwurf sich nach seinem dunklen Loch unter der Erde sehnt. Sie war alles, was ich wollte. Die Kabine war mein einziges Ziel; die Antarktis, was immer ich davon zu sehen bekommen würde, war in den Hintergrund gerückt. Aber zuvor mußte noch der größte Teil des morgigen Tages in Ushuaia überstanden werden, da wir erst um fünf Uhr nachmittags an Bord gehen konnten. Das Schiff hieß *Akademik Vavilov*. So wie man vielleicht den Namen einer geliebten Person vor sich hin murmelt, flüsterte ich diesen Namen dem Gletscher zu, der ihn ohne Eile oder Überraschung zur Kenntnis nahm. In dieser Hinsicht sind Gletscher nützlich, wie ich feststellte.

Am nächsten Morgen war ich so weit wiederhergestellt, daß ich einen frühen Spaziergang zum Gletscher unternehmen konnte, bevor ich den Bus besteigen mußte, um an der Rundfahrt durch Ushuaia und seinen Nationalpark teilzunehmen. Ich schaffte es jedoch nicht bis zum Gletscher, da ein Wald mir den Weg verstellte, dunkelgrün, nicht feucht und modrig unter den Füßen wie ein englischer Wald, sondern knisternd und knackend wegen der trockenen, annähernd an den Gefrierpunkt heranreichenden Luft. Ich war noch nicht sehr weit vorgedrungen, als ich auf ein totes pelziges Ding stieß, das auf meinem Weg lag und, wie ich vermutete, von einem anderen, größeren pelzigen Ding getötet worden war. Da Kaninchen, Guanakos und Füchse die einzigen Säugetiere in Patagonien sind, hätte es mir eigentlich leichtfallen müssen, das tote pelzige Ding zu identifizieren, aber es sah nicht aus wie etwas, das einmal ein Kaninchen gewesen war, und falls es ein Fuchs war, mußte er einem Kannibalen unter seinen eigenen Artgenossen zum Opfer gefallen sein, denn Guanakos waren doch Vegetarier, oder? Teile des Dings waren bis auf die Knochen abgenagt. Ein Bein, steil in die Luft gereckt, bestand nur noch aus Schien- und Wadenbein, trocken und weiß, aber was immer sich daran gütlich getan hatte, konnte keinen großen Appetit gehabt haben, weil der Rest noch intakt war und sogar richtig kuschelig aussah. Wie es schien, bestand dieses abgelegene südliche Land nicht nur aus monumentalen, schneebedeckten Bergen, die bis zu einer Höhe von 5000 Fuß aufragten, um dann steil zum eleganten Schwung des Beagle-Kanals abzufallen, sondern es beheimatete Leben, das genauso lebte und starb wie überall sonst auf der Welt. Das überraschte mich. Noch mehr überraschte mich die Tatsache, daß ich es mir anscheinend anders vorgestellt hatte. Ich hatte mir nichts als Landschaft gewünscht, und statt dessen hatte ich Reisegefährten, stand kurz davor, eine Busrundfahrt durch Ushuaia zu machen, die Stadt am Ende der Welt, und wurde nun auch noch mit dem Beweis unser aller Sterblichkeit konfrontiert. Ich war nicht auf der Suche nach dem Drama von Leben und Tod, sondern auf der Suche nach dem, was davor und danach ist oder nicht ist. Nach unveränderlichen Dingen. Leeren Dingen. Vergessen. Als ich auf das tote pelzige Ding in den Wäldern unter dem Gletscher starrte, fiel mir wieder ein, daß ich nach den unsterblichen Dingen suchte.

Auf den ersten Blick war an Ushuaia nichts Unsterbliches. Ushuaia ist eine Grenzstadt, eine Goldrauschstadt, bloß daß das Gold nicht in den Hügeln liegt, sondern in der Steuerfreiheit, die die argentinische Regierung der Stadt vor kurzem zubilligte. Was Ushuaia so bemerkenswert macht, ist die Tatsache, daß es die Hauptstadt von Tierra del Fuego ist, einem Gebiet, das für die meisten von uns in der Phantasie beheimatet ist, allein schon durch den Klang der Worte, ganz zu schweigen vom Gefühl seiner absoluten Unerreichbarkeit. Es ist der Ort, den Robert FitzRoy, der Kapitän der *Beagle*, und sein Tischgefährte Charles Darwin aufsuchten, bevor sie weiter nach Galapagos fuhren, der Ort, dessen Bewohner Darwin zu der Überzeugung gelangen ließen, daß sie frühere, primitive Formen des perfekten Menschen waren, zu dem er und seine Landsleute sich entwickelt hatten. »Ich hätte kaum geglaubt, wie groß die Verschiedenheit zwischen wilden und zivilisierten Menschen sei: sie ist größer als zwischen einem wilden und einem domestizierten Tier, insofern beim Menschen eine größere Veredelungsfähigkeit vorhanden ist.« FitzRoy stellte Gott auf die Probe, nahm drei junge Fuegianer mit nach Hause, schickte sie auf die Sonntagsschule, steckte sie in Kleider für feine Leute und brachte ihnen Tischmanieren bei. Heutzutage erinnern mehrere Souvenirläden in der Hauptstraße von Ushuaia an den berühmtesten dieser Studenten der Zivilisation und nennen sich Jemmy Button. Aber selbst für viktorianische Verhältnisse war das Experiment kein glückliches Unterfangen, weder für FitzRoy noch für die drei Fuegianer.

Den anderen Fuegianern, die zu Hause blieben, erging es unter der argentinischen Regierung nicht viel besser, als die Tierra del Fuego zum territorialen Kampfgebiet zwischen Argentinien und Chile wurde. Zu Darwins Zeiten hatte es 10 000 Indianer gegeben; 1960 gab es nur noch 360; und jetzt sieht man, wenn man durch die Stadt geht, nur noch den allerleisesten indianischen Einschlag in einigen wenigen Gesichtern. Chile und Argentinien erhoben beide Anspruch auf das Gebiet und führten Krieg gegeneinander, um die Rechtmäßigkeit ihres Anspruchs unter Beweis zu stellen, bis ein Papst die derzeitige Grenzlinie festlegte und pontifizierte oder jedenfalls so ähnlich. Das alles hat etwas Grundlegendes mit Öl und mit der Tatsache zu tun, daß der Antarktisvertrag denen, die in der Region einen Fuß auf dem Boden haben, in etwa zwanzig Jahren oder so erlauben wird, die dortigen Bodenschätze auszubeuten. Der Finger der Tierra del Fuego mit dem dazugehörigen Fingernagel Ushuaias deutet fest auf die Antarktis und ihren unberührten Hort an mineralischen Reichtümern. Vor nicht allzulanger Zeit erbauten die Chilenen Porto Williams, ein kleines Stück südlich von Ushuaia auf der anderen Seite des Beagle-Kanals, was die Argentinier dazu veranlaßte, Ushuaias so schon zweifelhaften Status als Kleinstadt zu dem einer ausgewachsenen Stadt anzuheben. Jetzt besitzen sie die Stadt am Ende der Welt, und um die Legitimität dieses Anspruchs zu untermauern, haben sie sogar einen Golfplatz angelegt. »Ich habe noch nie jemanden dort spielen sehen«, sagte Stefan, unser sarkastischer junger Reiseführer, der in Ushuaia geboren und aufgewachsen ist. »Das liegt daran, daß niemand in Ushuaia Golf spielen kann. Aber jetzt sind wir nicht nur die südlichste Stadt der Welt, sondern auch die Besitzer des einzigen Golfplatzes am Ende der Welt.«

Die Steuerfreiheit ließ Ushuaia explosionsartig anwachsen. Elektronikfirmen überschlugen sich, um den Vorteil zu nutzen, und Wanderarbeiter drängten wegen der hohen Löhne scharenweise nach Süden. »Die Leute denken immer, daß hier nur rauhe Burschen leben«, sagte Stefan mit einem nachsichtigen Schulterzucken. »Aber heutzutage ist das Leben hier angenehm. Manchmal fällt zwar der Strom oder die Wasserversorgung aus, aber das kommt überall vor. Na ja, überall in Argentinien. Wir kriegen HBO, MTV und CNN. Genau wie anderswo.« Stefan ist Fuegianer und stolz darauf, obwohl ich es bedauerte, daß er sich wegen des Falkland-Krieges bei den Briten entschuldigte, als wir den Bus verließen, und nicht einmal abwartete, ob wir uns im Gegenzug ebenfalls entschuldigen würden.

Als Teil der Rundfahrt besuchten wir den Nationalpark, der sich bis hinunter zum Beagle-Kanal erstreckt. »Wir haben hier etwas, was sich Rote Flut nennt«, warnte uns Stefan. »Denken Sie nicht einmal im Traum daran, die Muscheln zu essen – fünfzehn Minuten, und das Spiel ist aus.« Der Nationalpark besteht größtenteils aus riesigen alten Biberdämmen, deren Erbauer vor langer Zeit von einem munteren Missionar hierhergebracht worden waren, zusammen mit den Kaninchen und den Graufüchsen. Da die Tiere keine natürlichen Feinde besaßen, vermehrten sie sich prachtvoll und richteten wahre Kaninchen-, Biber- und Graufuchsverheerungen an, wobei die Biberdämme besonders zerstörerische Auswirkungen auf die Landschaft hatten. Zwischenzeitlich wurden die Biber größtenteils erschossen, und es waren keine neuen Dämme zu sehen, aber die alten, verlassenen Dämme waren monumentale Konstruktionen aus bleichsüchtigen Stämmen, die kreuz und quer über Bächen und Flüssen lagen, schön und gespenstisch; Abenteuerspielplätze, die ihre Kinder verloren hatten. Stefan wies uns gewissenhaft auf einige der Vogelarten hin, die das wirkliche tierische Leben des Archipels ausmachen. Seetaucher, Hochlandgänse, Sturmschwalben, Riesenpieper. Hübsche Namen, für mich aber nichts anderes als ein Haufen Enten. Ungeachtet ihrer vorher bekundeten Vogelmüdigkeit angesichts der Allgegenwart der Spezies in der Region, hüpfte Mona auf dem Sitz neben mir aufgeregt auf und ab und richtete ihr Fernglas hierhin und dorthin, wenn irgendwelche gefiederten Flugobjekte an uns vorbeirauschten. Ich selbst warf gerade einen Blick auf meine Uhr, um zu sehen, wie lange es noch dauern würde, bis ich endlich in meine Kabine kam, als ein *wirklich* interessanter Vogel vorbeiflatterte, und so verpaßte ich ihn natürlich.

Um das Ende der Straße kam ich allerdings nicht herum. Genauer gesagt handelt es sich um das Ende der Route 3, die in Alaska beginnt und sich 17 000 Meilen durch Nord- und Südamerika schlängelt, bis sie schließlich an einem hölzernen Ponton anlangt. Hier gelang es mir, eine halbe Stunde oder so einfach nur dazusitzen und die Beine über den Beagle-Kanal baumeln zu lassen. Hier bin ich, dachte ich, am Ende der Welt. Am Beagle-Kanal. Am *Beagle-Kanal*! Ich wußte nicht so recht, was ich davon halten sollte, abgesehen davon, daß ich die Muscheln nicht essen sollte, aber es war eine ungestörte halbe Stunde, und dafür war ich dankbar. Die Mündung des Beagle-

Kanals war ein großer, glasiger See aus sanft gekräuseltem, stählernem, blaugrauem Wasser. Nur ein Vogel störte gelegentlich die Stille. Strahlendweiße Wolken, von hinten von der Sonne angeleuchtet, waren umgeben von schweren Regenwolken, die das Licht zwar verdüsterten, aber ihre Niederschlagsladung für sich behielten. Auf meinem Ponton sitzend, starrte ich in die Ferne, wo eine schmale Wasserstraße zwischen schwarzen Felsen und dahinter schneebedeckte Gipfel die Richtung anzeigten, die wir an diesem Abend einschlagen würden. Der Ponton am Ende der Welt war nicht das Ende der Welt. Von hier an wurde die Welt wäßrig und floß oder stürmte weiter nach Süden, und ich würde bald ebenfalls in diese Richtung fahren. Das war doch was.

Die ungestörte halbe Stunde hatte mich richtig süchtig gemacht, und beim Mittagessen in der Kantine des Nationalparks am Ende der Welt setzte ich mich allein an einen Tisch und verbarrikadierte mich hinter Bruce Chatwins *In Patagonien*, um meinen neuen Freunden zu verstehen zu geben, daß ich keine Gesellschaft brauchte. Dabei machte ich die Bekanntschaft der Katze am Ende der Welt, einer langhaarigen, gelassenen, grellroten Fuegianerin, gut im Futter dank des frei verfügbaren Angebots an Enten und Kaninchen. Sie tippte mir aufs Knie, schob das Buch auf meinem Schoß beiseite, nahm sich eine oder zwei Minuten Zeit, den besten Winkel zu finden, streckte sich behaglich der Länge nach auf meinen Oberschenkeln aus und schnurrte wie eine Kaffeemühle. Sie schien nichts dagegen zu haben, als Buchstütze verwendet zu werden, und so verbrachten die fuegianische Katze und ich eine zufriedene Stunde miteinander, für mich die zweite an diesem Tag, für sie zweifellos die x-te, und genossen unser beider Fähigkeit, uns absolut still zu verhalten. Ich hätte mich daran gewöhnen können. Ein paar Wochen einfach nur dazusitzen, die fuegianische Katze auf dem

Schoß, zu lesen, Kaffee zu trinken, zu rauchen und auf den Beagle-Kanal hinauszusehen hätte mir durchaus gefallen können. Wie die besten Zeiten zu Hause, nur mit einer hochkarätigeren Aussicht.

Aber schon war das Mittagessen vorbei, und wir wurden aufgefordert, wieder in den Bus zu steigen, um Ushuaia selbst zu besichtigen. Ich verabschiedete mich von der Katze, die sich reckte, die Schultern zuckte und davonstolzierte, um sich eine andere unaufregende Tätigkeit zu suchen, während ich mir in Erinnerung rief, daß ich schließlich ein Abenteuer erleben sollte, und zum Bus zurückging.

Ushuaia ist ein kollektiver Akt der Phantasie, von keinen stadtplanerischen Auflagen eingeschränkt. Ursprünglich, von 1902 bis 1947, war es eine Strafkolonie, einfach nur ein Ort, wo Argentinien seine Strafgefangenen hinschickte. Die ungewöhnlich hohe Baumgrenze bezeugt, welche Mühen sie darauf verwandten, die Bäume zu fällen, um ihre Unterkünfte zu errichten, und als das erledigt war, um etwas zu tun zu haben. Als Ushuaia dann politisch nützlich wurde, schloß man das Gefängnis, und die Leute fingen an, das Land für Schaffarmen und für den Ruhm und die Ehre Argentiniens zu kolonialisieren. Heute gibt es sogar eine Hauptstraße, und sie hat sogar einen Namen, San Martin, was aber nur daran liegt, daß alle argentinischen Hauptstraßen San Martin heißen. Zollfreie Elektronikgeschäfte und Souvenirläden mit Ende-der-Welt-Krimskrams säumen sie, dazu ein paar Restaurants und die eine oder andere Bäckerei. Bis zu einem gewissen Grad ist diese Hauptstraße sogar mit Bürgersteigen versehen, auch wenn sie immer wieder aufhören und sich ohne Vorwarnung oder Grund in Schotter verwandeln. Die Schaufenster der Geschäfte sind dunkel und trübselig, die Waren wahllos hineingequetscht. Sie zeigen, was verfügbar ist, laden aber nicht zu genüßlichem Herumstöbern und Erkunden ein. Insgesamt ist die Straße nichts anderes als ein langgezogenes Lagerhaus, eine zweckdienliche Verkaufsstelle, nur dazu da, Kisten und Kartons mit diesem und jenem zu verschieben. Bei der letzten Zählung im Jahr 1991 hatte Ushuaia 29 464 Einwohner. Stefan, unser Reiseführer, meint, daß diese Zahl sich seitdem gut und gern verdoppelt haben könnte.

Was Ushuaia an Schönem zu bieten hat, liegt abseits der Hauptstraße an den steilen Hügeln hinter der Stadt, wo sich auf jedem Zentimeter längs der ungepflasterten Wege Gebäude drängen, bei deren Anblick die Herzen der Bühnenbildner von Oz höher schlagen würden. Wenn man den Leuten nicht vorschreibt, wie oder wo sie bauen sollen, lassen sie sich anscheinend die ungewöhnlichsten und lächerlichsten Konstruktionen einfallen – holzverkleidete Dreiecke, Rechtecke mit Spielzeugdächern und himmelhoch aufstrebenden, völlig überflüssigen Türmen – und bemalen sie kunterbunt in den primären Rot-, Blau- und Gelbtönen eines Kindermalkastens. Es gibt schäbige Hütten und komplizierte architektonische Gebilde. Häuser, die aussehen, als wären sie aus einer mehrstöckigen Torte herausgeschnitten worden. Häuser aus Holz, Häuser aus Beton, sogar Häuser aus Plastik. Dazu Zelte, alles friedlich Seite an Seite. Hier sieht man Ushuaia in all seiner gedrängten, brillanten, absurden, steuer- und geschmacksfreien Pracht und muß lächeln. Vielleicht weil es einen an die Häuser erinnert, die man als Kind gebaut hat, aus jenen bunt angemalten Bauklötzen, dreieckigen Dächern, Säulen, elementaren Fenstern und Türmen, die, wenn man sie bekam, ordentlich in einer Schachtel verpackt waren, was aber nicht lange so blieb. Häuser quetschen sich so dicht aneinander, daß man kaum eine Hand dazwischen bekommt, manche werden gerade erst zusammengeschustert, hölzerne Skelette, kreuz und quer mit Latten benagelt und mit Zeitungspapier und Plastikfolie abgedeckt. Manche sind so klein, daß sie einem wie überdimensionierte Hundehütten vorkommen, und nicht wenige von ihnen stehen auf Gleitschienen. Bislang gibt es zwar noch keine Planungsbestimmungen, aber falls es irgendwann welche geben sollte, sind diese Pioniere darauf vorbereitet und werden ihre Häuser einfach woandershin schleppen, wo sie den Stadtplanern nicht im Weg sind. Bis dahin werden überall, wohin man sieht, noch mehr Häuser hochgezogen, und der Klang von Hämmern, Sägen und Zementmischern füllt die Luft, zusammen mit dem Staub und den Abgasen alter Rostlauben, die durch die Schotterstraßen scheppern.

Auf einer Seite der Stadt herrscht im Hafen ein lebhaftes Gedränge von Schiffen, die den Südatlantik befahren, um Mitarbeiter der Antarktisstationen und Touristen zwischen Ushuaia und Antarktika hin- und herzuschippern. Dazu kommen Fischerboote, die sich auf Grundfische spezialisiert haben, eine aufblühende neue Industrie. Es gibt Forschungsschiffe, die in den kalten Gewässern nach Eisfischen fahnden oder den Krillbestand zählen. Es gibt Versorgungsschiffe. Rostige Fischerboote liegen neben weißen Kreuzfahrtschiffen, und der Hafen ist erfüllt von der gleichen Geschäftigkeit wie die Straßen der Stadt, es wird gekauft und verkauft, es herrscht ein ständiges Kommen und Gehen. Auf der anderen Seite des dichtgedrängten Labyrinths der menschlichen Behausungen liegen grünbewachsene Hügel und dahinter die La-Martial-Berge, deren zerklüftete Gipfel mit den weißen Kappen bis in die Wolken reichen. Dazwischen liegt das Chaos am Ende der Welt. Nur ein kleines bißchen Chaos zwischen dem Meer und den Bergen, aber genug, um den Elementen zu verstehen zu geben, daß die Zivilisation Einzug gehalten hat. Überall, auf den Straßen, im Hafen, zwischen den Häusern, vor den Geschäften und in den Geschäften, eilen Menschen in Parkas irgendwohin. Sie haben Geschäfte zu erledigen, Dinge zu verkaufen, Touristen herumzuführen, Verträge abzuschließen. Das ist Ushuaia, die südlichste Stadt der Welt. In der Sprache der Ureinwohner bedeutet Ushuaia »Bucht, die sich dem Sonnenuntergang zuwendet«. Ushuaia ist ein Wunder an Rührigkeit, und es fühlt sich ebenso lebendig und vibrierend an wie New York oder Las Vegas. Mag sein, daß es sogar die alleraufregendste Stadt der Welt ist. Aber ist es jetzt bitte, bitte endlich Zeit, an Bord zu gehen?

Die Entfernung zwischen Ushuaia und Kabine 532 ähnelte jenen unendlichen Entfernungen, die Science-fiction-Schriftsteller heraufbeschwören, wenn sie ihre Helden ganze Galaxien per Zeitreise durchqueren lassen; oder auch jener anderen, viktorianischen Entfernung, die Lewis Carroll beschreibt, als er Alice durch den Spiegel zurück in ihr Kinderzimmer klettern läßt. Vielleicht war das Betreten ihrer Kabine für den Rest meiner Mitpassagiere gleichbedeutend mit Abreise, für mich war es der Augenblick der Ankunft, die exakte Definition des Unterschieds zwischen nicht am richtigen Ort sein und ankommen.

Ich war noch nie auf einem Kreuzfahrtschiff gewesen und hatte folglich gewisse Befürchtungen gehabt. Würde ich unter den Versuchen irgendwelcher Leute, meine Kabine als schwimmendes Hotelzimmer zu gestalten, leiden müssen? Ich fürchtete gemusterte Teppiche, Vorhänge und Bettbezüge, jene amorphe Blumigkeit in fahlen Farben, die den Vorzug haben soll, niemandem zu mißfallen und gleichzeitig vage Erinnerungen an ländliche Behaglichkeit zu wecken: den weder zu aufdringlichen noch zu unauffälligen Effekt, den moderne Null-acht-fünfzehn-Hotels anstreben. Als ich die Tür öffnete, machte ich mich auf eine Enttäuschung gefaßt und fand statt dessen auf drei mal zweieinhalb Metern die Erfüllung eines Wunschtraums.

Die *Akademik Vavilov* war nicht von Anfang an als Kreuzfahrtschiff gedacht gewesen und als Vorbereitung auf ihre neue Rolle auch nicht generalüberholt worden, um diesen Anschein zu erwecken. Unser Reiseveranstalter war zwar kanadisch, die aus sechs Schiffen bestehende Flotte aber russisch. Die *Vavilov* und ihre Schwesterschiffe waren eiserprobte ozeanographische Forschungsschiffe gewesen, die die nördlichen Meere der Arktis befahren hatten, um Messungen vorzunehmen, Wetterverläufe zu analysieren und den Meeresinhalt zu untersuchen. Seit dem Zusammenbruch der UdSSR war die Wissenschaft unbezahlbar geworden, und um die Schiffe und ihre Besatzungen über Wasser zu halten, hatte man sie an den kanadischen Reiseveranstalter verpachtet. Sie konnten bis zu siebzig zahlende Passagiere aufnehmen, aber die Kabinen waren nach wie vor auf die Grundbedürfnisse und die Effizienz von Leuten zugeschnitten, die eine Arbeit zu verrichten hatten, und nicht auf den hypothetischen Geschmack von Ferienreisenden.

Ich glaube nicht, daß ich je zuvor in einem Zimmer war, das nichts enthielt, was ich nicht haben wollte, und alles, was mein Herz begehrte. Nicht einmal meine eigenen Zimmer besitzen diese Art der Klarheit. Alle nur erdenklichen Dinge finden ihren Weg in meine Wohnung, Dinge, die ich einmal haben wollte und schon lange nicht mehr haben will, nur bin ich noch nicht dazu gekommen, sie wegzuwerfen. Andenken, die niemand mehr eines Blickes würdigt, sammeln Staub an, Chloes Sachen (meistens Stiefel), aber auch meine eigenen, bleiben liegen, wo sie gerade fallen gelassen wurden und werden zu einem festen Bestandteil der Räume. Selbst mein geheiligtes Schlafzimmer besitzt unerklärliche Ecken, in denen sich Schuhe ansammeln, von denen ich die meisten wahrscheinlich nie wieder tragen werde, die es aber irgendwie schaffen, meiner Sehnsucht nach Leere zu trotzen. Und in meinem kleinen, weißgekachelten Badezimmer, als Altar an den Minimalismus gedacht, prunkt inzwischen ein vergoldeter Cherub, ein Weihnachtsgeschenk meiner Tochter, der mich aus einer Ecke des Spiegels mit wachsamen oder möglicherweise auch ironischen Augen beobachtet, ganz zu schweigen von den angebrochenen Flaschen, Tuben und Dosen mit Lotions, Shampoos und wunderwirkenden Cremes, die ich, obwohl sie die Ruhe meines Badezimmers stören, gegen mein besseres Wissen aus keinem triftigeren Grund aufbewahre als dem, daß ich sie eines Tages doch noch aufbrauchen werde. Ich würde es nicht unbedingt Chaos nennen, tatsächlich verdrehen meine schlampiger veranlagten Freunde die Augen angesichts der Kontrolle, die ich über meine Umgebung ausübe, aber es ist auch nicht hundertprozentig richtig.

Kabine 532 dagegen war so richtig, wie es richtiger nicht ging, und in Anerkennung dieser Tatsache stieß ich erst einen Seufzer aus und lachte dann leise über die Unwahrscheinlichkeit meines Hierseins, weit weg von allem und, für den Augenblick, vollkommen zufrieden mit meiner Umgebung. Schlichte weiße Wände, ein Schreibtisch, ein Bücherregal darüber, Einbauschränke längs der einen Wand mit einem kleinen integrierten Kühlschrank, ein schmaler Kleiderschrank in der Lücke zwischen dem Fußende des Betts und dem Badezimmer, tiefe Staufächer über dem Bett und ein winziges Badezimmer, in dem man sich kaum um sich selbst drehen konnte, mit einem Abflußloch im Boden, durch das es sich, wenn man den einfachen Plastikvorhang vorzog, in eine Duschkabine verwandelte. Das Bett, eine richtige Koje mit hölzernen Seitenwänden, stand an der Wand gegenüber dem Schreibtisch und hatte beigefarbene Vorhänge, die man zuziehen konnte, um es vom Rest der Kabine abzutrennen. Es war zu meinem Entzücken ganz in Weiß bezogen. Laken, Kissenbezüge und dünnes Federbett, glatt und straff und makellos. Weiß, alles weiß. Der Tür gegenüber befand sich ein großes, rechteckiges Fenster – also gut, ein Bullauge –, das sich weit öffnen ließ. Sonst nichts. Es war eine Mönchszelle.

Nicht die mittelalterliche Version, die meinem genußsüchtigen Soma viel zu strikt und rigoros wäre, sondern eine modernere Version für einen neuzeitlicheren Mönch, verzärtelt durch Zentralheizungen und die Annehmlichkeiten dicker Federkissen und Anhänger der dekadenten Überzeugung, daß körperliches Wohlbehagen dem Funktionieren des Geistes förderlich ist.

Ich öffnete das Fenster und richtete mich ein. Stöpselte meinen Computer ein, verstaute Papiere in Schreibtischschubladen und Bücher in Regalen und packte meine Kleider aus, die in dem schmalen Kleiderschrank und den zahlreichen Wandschränken mühelos Platz fanden. Als ich fertig war, war das Zimmer immer noch fast so leer, wie ich es vorgefunden hatte, bis auf den ermutigend zweckmäßigen Laptop und die Bücher, die die Kabine als meinen Arbeitsbereich auswiesen und dazu beitrugen, das jubelnde Gefühl des Wohlbefindens zu rechtfertigen, das ich empfand, als ich mich in dem Raum umsah, in dem ich die nächsten zwei Wochen verbringen würde.

Dieser Gedanke versetzte mir auf der Stelle einen Stich. Wieso nur zwei Wochen? So schnell es ging, löschte ich das aufflackernde Bild aus, das mich zwei Wochen später zeigte, wie ich, bereits ein Expassagier, wieder von Bord ging. Diese zeitmordende Technik, die ich überaus nützlich finde, wenn ich spät in der Nacht unruhig auf den töchterlichen Schlüssel im Schloß lausche oder im Schnelldurchlauf auf die Fertigstellung eines Manuskripts vorspule, das keinerlei Fortschritte zu machen scheint, hat leider die Angewohnheit, sich manchmal unvermittelt gegen mich zu kehren – sie ist immer und unterschiedslos einsatzbereit – und mir die besten Zeiten wegzufressen, so daß ich mitten in der schönsten Vorfreude auf einmal das Gefühl habe, die erfreulichen Dinge müßten gar nicht erst passieren, da sie in meiner Vorstellung bereits vorüber und vorbei sind. Das Gefühl des Friedens, das meine absolut vollkommene

Umgebung in mir hervorgerufen hatte, machte einer Art Panik Platz, dem Gefühl, daß die Zeit mir davonlief. Also versuchte ich es mit einer zweiten, weniger zuverlässigen Technik, bei der es darum geht, einzig und allein in Sekunden zu leben, sie festzuhalten, mir jede einzelne bewußtzumachen, die Zeit an sich bewußt wahrzunehmen und dadurch zu dehnen. Der Trick funktioniert ganz gut, wenn man allein und ungestört ist, läßt sich aber nur schwer durchhalten, sobald sich die geringste Geschäftigkeit bemerkbar macht. Wir sollten innerhalb der nächsten Stunde die Segel setzen, falls man das bei einem maschinengetriebenen Schiff überhaupt sagen kann. Anschließend sollte eine Versammlung stattfinden oder vielmehr eine kurze Einsatzbesprechung, ein »Briefing«, wie man uns im knappen Werbungsstil über Lautsprecher mitgeteilt hatte. Ich hätte bis dahin das Schiff erkunden können, beschloß aber, lieber noch eine Weile an der Zeit festzuhalten, und legte mich auf meine Koje. Ich spielte sogar mit dem Gedanken, die Bettvorhänge zuzuziehen, aber das kam mir dann doch ein bißchen verfrüht vor, und außerdem hatte ich immer noch das Gefühl, daß Schwester Winniki irgendwo in der Nähe lauerte und mich in Grund und Boden lachen würde.

Die spanischen Klänge des Hafens von Ushuaia wehten durch das offene Fenster, und aus dem Lautsprecher in meinem Zimmer drangen immer wieder russische Fetzen, da der Kapitän seiner Besatzung den Befehl erteilte, die Großbrassen zu entern, oder was immer Kapitäne ihrer Besatzung befehlen, wenn es allmählich losgehen soll. Die Geräusche der Welt, die in sicherer Entfernung von mir ihren Gang ging, intensivierten meine Tatenlosigkeit, meine Betrachtung von leerem Raum, umgeben von vier Wänden und praktischen, eingebauten Notwendigkeiten. Ich sah mit großer Bedachtsamkeit auf nichts im besondern und registrierte ganz bewußt das Nichts, das ich mir ansah. Bei diesem Tempo würde ich meine Kabine eine ganze Ewigkeit besitzen können.

Trägheit ist schon immer mein grundlegendster Wesenszug gewesen. Grundlegend in dem Sinn, daß sie der einzige Wesenszug ist, von dem ich überzeugt bin, ihn zu besitzen, und anhand dessen man mich erkennen und in Erinnerung behalten kann, und auch in dem Sinn, daß ich am grundlegendsten ich selbst bin, wenn ich ihn praktiziere. Ich kann mich an keine Zeit erinnern, in der die Vorstellung, einen Spaziergang machen zu müssen, keine Qual für mich gewesen wäre: ein Vorschlag, der meinen steten Wunsch gefährdet, genau da zu bleiben, wo ich gerade bin. Ich sehe mich selbst als Kind und als Erwachsene mit einem Buch in einem Sessel sitzen und höre (als Kind) die Anweisung und (als Erwachsene) die höfliche Aufforderung, an die Luft zu gehen und irgend etwas zu tun. Ich kann mir nicht erklären, wieso eine Person, die mit sichtlichem Wohlbehagen in einem Sessel sitzt, in anderen den Wunsch weckt, sie augenblicklich in Aktion zu versetzen. Als Kind schleppte ich mich notgedrungen aus der Wohnung, wenn die Nörgeleien zu beharrlich wurden, suchte Zuflucht auf der Hintertreppe oder am hintersten Ende des Flurs, gleich neben dem bronzenen, gitterartig verkleideten Heizkörper, und nahm meine Nicht-Aktivität wieder auf. Als Erwachsene, vor allem wenn ich bei anderen Leuten zu Besuch war, gab ich mir früher ungeachtet meiner beträchtlichen Bekümmerung alle Mühe, legte mein Buch weg, zog Pullover, Jacke und Stiefel an (es ist immer kalt, wenn ich Freunde besuche) und trat den vorgeschlagenen Spaziergang an, obwohl jeder einzelne Schritt für mich die schrecklichste Verschwendung schönster Sitzzeit bedeutete. Inzwischen haben Alter und Reife mich gelehrt, derartige Vorschläge mit einem höflichen, aber bestimmten »Nein danke« abzulehnen. Ziel dieser Spaziergänge ist es, kalt und naß zu werden und auf die Freuden eines gemütlichen Pubs oder Cafés zuzusteuern, bevor man sich dann wieder in Kälte und Nässe hinausbegibt, um an den warmen, heimeligen Ort zurückzukehren, den man von Anfang an nicht hätte verlassen sollen. Ich verstehe, daß Menschen Abwechslung brauchen, daß sie eine bestimmte Sache, um sie genießen zu können, durch eine andere Sache unterbrechen müssen, aber ich selbst habe das nie für nötig befunden. Ich kann nicht einsehen, welchen Sinn es haben soll, etwas zu unterbrechen, was befriedigend ist.

Natürlich hätten wir da noch die Landschaftsfrage, die Schönheit der Landschaft, die frische Luft, das Gefühl, Teil der natürlichen Welt zu sein – sogar das Gefühl, Teil der städtischen Welt zu sein. Ich mag Landschaften, bin aber recht zufrieden damit, sie gemütlich in einem Sessel sitzend durch ein Fenster zu betrachten. Ich bin eine unbedingte Befürworterin von Zimmern mit Aussichten. Was die frische Luft angeht, so bin ich nicht besonders versessen darauf. Obwohl frische Luft, wie ich zugeben muß, belebend ist, habe ich persönlich nur sehr selten das Bedürfnis, belebt zu werden. Bleibt der Punkt, Teil der natürlichen oder der städtischen Welt zu sein. Dazu kann ich nur sagen, daß ich die meiste Zeit sehr wohl weiß, daß ich ein Teil dieser Welten bin, außer wenn ich mir gerade nicht ganz so sicher bin, aber ich habe nicht festgestellt, daß das Durchwandern einer Landschaft oder einer belebten Straße meine diesbezügliche Überzeugung je verfestigt hätte. Ich bin alt genug, um zu wissen, daß die meisten Menschen Aktivitäten als nützlich und bestätigend empfinden, aber ich selbst gehöre nicht zu diesen Menschen. Im Gegenteil, ich empfinde Aktivitäten als alarmierend und befremdend, was einer der Gründe dafür ist, weshalb ich am liebsten allein in Urlaub fahre und weshalb das Teilen einer Kabine, was mich bedeutend billiger gekommen wäre, völlig außer Frage gestanden hatte. Es würde auf dieser

Reise genügend Aktivitätsansprüche an mich geben, auch ohne die muntere Aufforderung irgendeiner Kabinengenossin, mich von meiner Koje zu erheben und an die frische Luft zu gehen und einen Deckspaziergang zu machen. Die Tatsache, daß ich eine Reise zum unzugänglichsten Teil der Welt unternahm, war für mich noch lange kein Grund für eine über das absolut notwendige Maß hinausgehende Munterkeit.

Als die Maschinen der *Vavilov* schließlich anfingen, unter mir zu summen, und das Schiff sich langsam vom Dock löste, blieb mir keine andere Wahl, als das Inkrafttreten der Zeit zur Kenntnis zu nehmen. Der Beginn der Schiffsreise setzte einen Zeitplan in Gang, der die Reise langsam, aber sicher aufzehren würde, ganz unmittelbar jedoch meinem Faulenzen auf der Koje ein Ende machte. Ich beschwichtigte meine Sorge über die unvermeidlichen Unterbrechungen meiner zeitfreien Momente mit dem Versprechen, in regelmäßigen Abständen in diese Koje zurückzukehren. Ferien vom Zeitplan. Obwohl natürlich festgelegte freie Zeiten, die sich in einen größeren Zeitplan einfügten, nicht die Freiheit von allen Verpflichtungen darstellten, die ich anstrebte. Ich habe mir oft sagen lassen müssen, daß ich ein solches völlig verpflichtungsfreies Leben, wenn ich es denn tatsächlich führen könnte, hassen würde, daß ich mich langweilen und unruhig werden und mich schmerzlich danach verzehren würde, Teil der an Zeiten und Notwendigkeiten gebundenen Welt zu sein. Diese Behauptung wird sich nie wirklich beweisen lassen, da selbst ich weiß, daß ein absolut planloses Leben unerreichbar ist und daß mein Wunsch, die wie auch immer gearteten Aufgaben, die ich zu erledigen habe, so schnell wie möglich hinter mich zu bringen, um dann endlich die Freiheit zu haben, nie wieder irgend etwas tun zu müssen, eine Phantasie ist oder jedenfalls eine Beschreibung des Zustands, den man normalerweise als »Tod« bezeichnet – immer vorausgesetzt, daß das Verwesen meines Körpers sich nicht wie eine Störung anfühlen würde. Ich weiß aber auch, daß in den Phasen, in denen ich über freie verpflichtungslose Zeit verfügen konnte, die Langeweile und die Rastlosigkeit, die mich gelegentlich überkommen, auf eigentümliche Weise ein Teil des Genusses waren und meinem Gefühl des Wohlbefindens nicht den geringsten Abbruch taten. Es ist keineswegs so, daß ich mich nie langweile, aber anscheinend macht es mir nichts aus, mich zu langweilen. Und wenn ein besser sozialisierter Teilbereich meines Gehirns mir sagt, daß irgend etwas faul ist an der Tatsache, daß ich Langeweile für einen befriedigerenden Zustand halte als die Drohung von Aktivität, so nehme ich dies ohne jedes Unbehagen zur Kenntnis. Gut möglich, aber trotzdem. Sollte ich im Alter einsam, hinfällig und völlig isoliert sein, werde ich vielleicht feststellen, daß ich mich geirrt habe und meine Phantasievorstellung ein Trug war, genährt durch die Unmöglichkeit, sie je zu erreichen. Sehr gut möglich, aber trotzdem. So wie die Dinge zur Zeit stehen, ist mir ein Anruf, der eine Aktivität vorschlägt, nie so willkommen wie einer, der sie absagt. Dabei ist es nicht die Routine an sich, die mir Probleme macht. Es gibt eine Art inhärente Routine, die die Quintessenz jeder befriedigenden Zeit ist. Wenn ich allein zu Hause bin, stehe ich auf, arbeite, esse, schlafe, arbeite, schlafe, esse in einem erfreulichen Kreislauf, der von meinen körperlichen Bedürfnissen diktiert wird. Ich bin hungrig, also esse ich. Ich bin müde, also schlafe ich. Und die Arbeit, vor allem die lange Plackerei an einem ausgewachsenen Manuskript, ist keine unangenehme Störung, sondern fügt sich problemlos in die körperlichen Bedürfnisse ein. An einem sonnigen Feiertag, an dem niemand irgendwelche Spaziergänge vorschlägt, legt sich der Tag entsprechend den Diktaten der Sonne in befriedigende Falten, bestehend aus sonnenbaden, arbeiten, essen und schlafen. Ich habe weder etwas gegen die Bedürfnisse meines Körpers noch gegen die Bewegungen unseres Planeten, und ich bin durchaus bereit, nach ihren Rhythmen zu leben. Es sind die von außen kommenden Anforderungen, jene, die von Leuten mit anderen Zeitplänen aufgestellt werden, die ich so lästig finde. Ich habe nach ihnen gelebt und tue es immer noch, aber von ihnen frei zu sein ist etwas, wonach ich mich in meinem tiefsten Inneren sehne. Das Auslaufen der *Vavilov* war wie jener erste Telefonanruf. Das »Bald« wurde in Bewegung gesetzt. Bald würden wir zu dem Briefing gerufen werden. Bald würde ich meine Mitreisenden kennenlernen, und die Regelmäßigkeit unserer Tage würde beginnen. Es würde Mahlzeiten und Vorträge und Landausflüge geben. Ich lag auf meiner Koje und versuchte ingrimmig, an den wenigen Momenten festzuhalten, die mir noch blieben, bevor alles anfing, aber allein dieser Ingrimm machte dem Frieden ein Ende, und ich merkte, daß ich bereits auf das nächste Ereignis wartete.

Das Briefing besaß große Ähnlichkeit mit einer Schulversammlung am ersten Tag nach den großen Ferien. Die siebzig Passagiere und die sieben Mitglieder des Expeditionsteams füllten den Versammlungssaal bis auf den letzten Platz. Wir alle wollten für einen guten Start sorgen und machten uns lächelnd miteinander bekannt, bis wir von Butch (nein, er hieß nicht wirklich so, aber für mich wird er immer Butch sein), unserem Expeditionsleiter, der mit dem Rest seiner Truppe vor uns stand, zur Tagesordnung gerufen wurden.

Die Regeln. *Eine Hand für das Schiff* galt immer und überall. Sorgen Sie dafür, daß Sie immer und überall eine Hand frei haben, um sich festhalten zu können, sowohl unter als auch auf Deck. Erscheinen Sie pünktlich zu den Mahlzeiten. Deponieren Sie alle nassen Sachen in der Kleiderkammer auf Deck 1: keine dreckigen Stiefel in Gängen oder Kabinen. Halten Sie sich bei Landgängen immer in Sichtweite eines Expeditionsleiters, und begeben Sie sich, wenn Sie gerufen werden, sofort zum Sammelpunkt zurück. Nehmen Sie nichts, nicht einmal einen Stein, nicht einmal eine herumliegende Feder, von diesen Landgängen mit, und lassen Sie nichts, aber auch gar nichts, an Land zurück. Halten Sie sich strikt an die Anweisungen der Schiffsbesatzung, und benutzen Sie immer den Matrosenhandschlag – Hand an Handgelenk –, wenn sie in die Zodiacs (die schwarzen, motorisierten Gummidinghis, mit denen wir an Land gehen würden) einsteigen oder wieder aussteigen. Wir waren jederzeit auf der Brücke willkommen, hatten uns aber leise zu verhalten und durften die diensthabenden russischen Matrosen unter keinen Umständen stören.

Butch war Amerikaner. Er war groß, hatte einen bulligen Hals, einen Walroß-Schnurrbart und eine tiefe, sonore Stimme, und wenn er sprach, legte seine Stirn sich in tiefe Sorgenfalten, als müsse er seinen Sätzen erst mühsam Gestalt verleihen, bevor er ihnen erlaubte, an die Luft zu entweichen. Sprechen fiel ihm nicht leicht. Bündigkeit gehörte nicht zu den Dingen, die seine Führungsqualitäten ausmachten. »Die Zodiacs wurden irgendwie entwickelt, entworfen, erfunden von einem Mann, von dem Sie vielleicht schon mal gehört haben – Jacques Cousteau. Man betritt sie auf einer Gangway.« »Die Schwimmweste ist ein Ding für Sie über Wasser zu halten.« »Ihre Interessen unterscheiden sich beträchtlich von weshalb Sie an Land gehen.« Doch, wir bekamen alle Informationen, die wir brauchten, aber verpackt in einen Wust aus Worten, der es schwermachte, sich darauf zu konzentrieren, was statt wie es gesagt wurde. Butchs Umständlichkeit hatte etwas Rührendes, ein Mann der Tat, der sich heillos in Worten verstrickte. Die Gesichter seiner Mitarbeiter waren ausdruckslos, aber ein oder zwei von ihnen konnten ihre Ungeduld nicht ganz verhehlen.

Während Butchs Ansprache wurde das Schiff unter uns zunehmend lebendig und hob und senkte sich merklich, als es das offene Wasser der Drake-Passage erreichte. Es war nichts Dramatisches, nichts, was ein normaler Seemann auch nur registriert hätte, aber für mich war es ein Augenblick der Erkenntnis: Wir waren tatsächlich auf dem Meer, fuhren tatsächlich über die kapriziöse Oberfläche von Klaftern von Wasser. Als bei einer etwas stärkeren Bewegung des Schiffs ein Murmeln durch die Passagiere ging, teilte Butch uns mit, daß wir uns auf dem unberechenbarsten Gewässer des ganzen Planeten befanden und uns in den nächsten Tagen vielleicht »irgendwie durchgerüttelt« vorkommen würden. Wir sollten darauf gefaßt sein und an diesem Abend alles, was beweglich war, in Schränken und Schubladen verstauen, da damit zu rechnen war, daß es gegen ein Uhr morgens ein bißchen »lebhaft« werden könnte. Seinem Namen zum Trotz endete das »Briefing« erst kurz vor sieben Uhr, für welchen Zeitpunkt eine Rettungsübung angesetzt war. Wir kehrten in unsere Kabinen zurück, um unsere Schwimmwesten aus den Schubladen unter unseren Kojen zu holen und auf den Alarm zu warten, auf den hin wir uns an den uns zugewiesenen Rettungsstationen versammeln sollten.

Die beiden orangefarbenen Rettungsboote sahen aus wie U-Boote im Miniaturformat und waren absolut nicht zu vergleichen mit den offenen Ruderbooten, die man aus Filmen und gemäßigteren Gewässern kennt. Im Fall einer ungeplanten Begegnung mit einem Eisberg würden wir alle unsere wärmsten Sachen anziehen, Ruhe bewahren und uns an den Rettungsstationen versammeln, um sodann in die dunklen Innenräume der Boote zu steigen und die Luken zu schließen. In diesen Breiten, so wurde uns eingeschärft, konnte ein menschlicher Körper es höchstens zehn Minuten im Wasser aushalten, bevor die Unterkühlung einsetzte.

»Für den allergrößten Notfall gibt es noch ein Reservesystem«, sagte eine Stimme hinter mir, als wir nach der Übung wieder nach innen trotteten. »Sie sollten es sich mal ansehen, es ist auf dem Deck gleich unter uns.« Ich drehte mich um. Die Sprecherin war eine magere, ziemlich große, grauhaarige Frau mit strahlendblauen Augen. Neben ihr lachte ein kleinerer, zierlicherer, bärtiger Mann mit bemerkenswert ähnlich wachen Augen leise in sich hinein. Die beiden waren ungefähr Mitte Sechzig, er vielleicht ein wenig älter als sie. Während der ganzen Rettungsübung hatten sie Witze darüber gerissen, wie groß die Chancen, in diesen überdachten Eimern zu überleben, wohl sein mochten. Die beiden, vor allem die Frau, gefielen mir auf Anhieb. Ich mochte ihren Akzent, ihre lauten, lärmenden Stimmen, ihren trockenen Humor und ihren weltstädtischen Schliff, der durch ihre kernige Freiluftfitneß durchschimmerte. Bei ihrem Stil, der unverkennbar New Yorkerisch und jüdisch war, fühlte ich mich so wohl wie seit Beginn der Reise nicht mehr. Als ich nach unten ging, entdeckte ich einen völlig verrosteten weißen VW-Golf, der absurderweise an der Reling festgezurrt war.

Nachdem ich meine Schwimmweste wieder in ihrer Schublade verstaut hatte, gab eine fröhliche Stimme über Lautsprecher bekannt, die Bar sei jetzt für Drinks vor dem Abendessen geöffnet. Ich begab mich in den zwei Treppen tiefer gelegenen Speisesaal und fand die Bar bereits umlagert von Leuten, die sich miteinander bekannt machten. Daniel, der Barkeeper, mixte mir einen Manhattan mit Stückchen von einem riesigen Brocken Gletschereis, den wir in Ushuaia an Bord genommen hatten. Er war jetzt schon in Höchstform und gerade dabei, Big Jim zu erzählen, daß er eigentlich Schauspieler sei und aus Toronto stamme. Er habe für diese Fahrt angeheuert, sagte er, weil er verliebt sei. »So wie man aus unglücklicher Liebe zur Fremdenlegion geht?« erkundigte ich mich. »Nein, nein, sie liebt mich auch. Wir sind schrecklich ineinander verliebt.« Die offene Verliebtheit des jungen Daniel mußte man gesehen haben. Mit verträumtem Blick schilderte er uns die Schönheit und Anmut seiner Geliebten, einer Argentinierin aus Buenos Aires. Auf dem antarktischen Ozean den Barkeeper zu spielen bot ihm die Möglichkeit, in ihrer Nähe zu sein – obwohl die Entfernung zwischen Buenos Aires und der antarktischen Halbinsel sicher fast genauso groß war wie die nach Kanada. »Ich schreibe ihr jeden Tag, manchmal sogar zweimal pro Tag«, strahlte Daniel, während er sich daranmachte, die Drinks für den nächsten Gast zu schütteln und zu mixen. »Natürlich kann ich die Briefe erst aufgeben, wenn wir nach Südgeorgien kommen, und dann erst wieder, wenn wir in Ushuaia zurück sind, aber ich wäre nicht glücklich, wenn ich ihr vor dem Schlafengehen nicht schreiben würde.« Während ich, meinen passablen Manhattan schlürfend, davonschlenderte, hoffte ich, daß Daniels Geliebte wußte, was für einen Schatz sie da hatte. Dann fragte ich mich, ob es nicht vielleicht besser wäre, wenn sie es nicht wußte. Manchmal können Schätze eine schreckliche Last sein. Aber ich beschloß, einfach davon auszugehen, daß Daniels Geliebte in keiner Hinsicht so war wie ich selbst und alles genauso herrlich war, wie es sich anhörte, und sie glücklich und zufrieden leben würden bis an ihr seliges Ende. Danach konzentrierte ich meine romantischen Anwandlungen auf die Vorstellung, einen mit Gletschereis gekühlten Manhattan zu trinken, und setzte sie unverzüglich in die Tat um.

Ich entdeckte Little Big Jim und lächelte ihn an, wurde aber abgelenkt durch den Anblick des jüdischen Paars von vorhin, das in einer Nische neben der Bar saß, ging zu ihnen und wurde herzlich aufgefordert, mich zu setzen, als ich fragte, ob der Platz neben ihnen noch frei sei. »Und? Haben Sie sich das Reserverettungssystem angesehen?« fragte Emily mit einem Lächeln.

»Wenn das Schiff untergeht, springen wir einfach rein und brettern mit Vollgas los«, setzte Manny hinzu, warf den Kopf zurück und lachte dröhnend. Ich war froh, daß die beiden an Bord waren und ich gleich am ersten Abend ihre Bekanntschaft gemacht hatte.

Emily und Manny führten seit fünfundvierzig Jahren eine streitsüchtige Ehe. Auseinandersetzungen waren ihr Modus. Was immer einer von ihnen sagte, weckte den Widerspruch des anderen oder wurde von ihm öffentlich kommentiert. Sie führten einen lebenslangen Kampf miteinander. Für die Dauer der Happy Hour genoß ich ihre Kabbeleien, ihre schlagfertigen Unstimmigkeiten und ihre hingebungsvollen Meinungsverschiedenheiten.

»Ach, er ist so ein Miesepeter«, sagte Emily zu mir, als Manny über das kleinbürgerliche Erscheinungsbild unserer Mitpassagiere herzog. »Natürlich ist er bedeutend älter als ich.«

»Hört, hört. Dabei ist sie selbst auch nicht mehr die Jüngste. Immer muß sie mit mir streiten. Sie muß einfach das Gefühl haben, im Recht zu sein.«

»Und er muß immer das letzte Wort haben.«

»Immerhin ist es immer ein gutes Wort.«

»Bla, bla, bla.«

Dazwischen Geplauder darüber, wo wir herkamen und weshalb wir hier waren. Es war ein privates Duett zwischen den beiden, das die Grenzen des Privaten überschritten hatte. Aber es war so lebendig und lebhaft, daß ich meine Verlegenheit als Außenstehende überwinden und die Unterhaltung, die mir geboten wurde, genießen konnte. Für den Augenblick zog ich es vor, weder darüber nachzudenken, was sich in fünfundvierzig Jahren der Nichtübereinstimmung alles angestaut haben mochte, noch mich zu fragen, wie das private Gesicht dieses komischen Krieges wohl aussah, und die Vorstellung einfach nur zu genießen.

Ich war eine unbeteiligte Zuschauerin und konnte den eventuellen Schmerz, der mit alldem verbunden war, ignorieren. Obwohl Manny zu bemüht wirkte und es mir allmählich ein bißchen unbehaglich zumute wurde, fühlte ich mich zu den beiden hingezogen, nicht nur wegen ihres Unterhaltungswerts, sondern auch, weil ich gern an meiner unhinterfragten Vorstellung festhalten wollte, daß ihre Streitereien vielleicht einfach ihre Art waren, Zuneigung auszudrücken. Jedenfalls fand ich ihre Form der Gemeinschaft wahrscheinlicher und sogar anstrebenswerter als Daniels Aufenthalt im Reich der zuckersüß eingefärbten romantischen Liebe.

Ich bin mir durchaus bewußt, daß ich mich zu unbekannten Paaren der älteren Generation hingezogen fühle, Paaren, die meine Eltern sein könnten und die auf einen Außenstehenden den Eindruck machen, viele gemeinsame Jahre durchschifft zu haben und zu einem Einvernehmen gelangt zu sein. Ich habe diese Tendenz bei mir selbst beobachtet, als ich vor einigen Jahren zwei Wochen auf einer winzigen karibischen Insel verbrachte. Sie bewohnten die Hütte gleich neben meiner, Franzosen, in den Sechzigern, ruhige Leute, die einen zufriedenen Eindruck machten. Wir sprachen nie miteinander, lächelten uns aber immer ein »Guten Morgen« zu und teilten eines Nachmittags stummes Erstaunen und Entzücken über einen riesigen Leguan, der sich zwischen unseren Hütten sonnte. Ein anderes Mal, als eine mit vielen Segeln bestückte Schönheit von einer Yacht an uns vorbeirauschte, reichte er mir wortlos sein Fernglas, während wir dastanden und ihr seidiges Dahingleiten beobachteten. Jeden Morgen wanderte ich nach dem Frühstück, mit Buch, Sonnenmilch und tragbarem CD-Player ausgerüstet, zu einem abgelegenen Strand auf der anderen Seite der Insel, um dort in der Sonne zu liegen und aufs Meer hinauszustarren. Das französische Paar, das nach mir auf die Insel gekommen war, fand diesen Strand ebenfalls, teilte ihn sich mit mir und breitete seine Handtücher in guter, störungsfreier Distanz von meinem Stammplatz aus. Wir winkten einander zu, wenn sie oder ich kamen oder gingen. Niemand sonst verirrte sich je hierher, höchstens einmal, um sich kurz umzusehen und dann weiterzugehen. Ich genoß die distanzierte Gesellschaft der beiden. Es war, als bestätigten und intensivierten sie mein genußvolles Vertrödeln der Stunden. Ich liebte ihre stillschweigende Billigung, oder was ich dafür hielt, und die unaufdringliche Art, wie wir einander zulächelten und uns gegenseitig mit Gesten verständigten, als sich einmal ein wundervoller Vogel mit langem Hals auf dem Strand zwischen uns niederließ. Vor ihrer Abreise kamen sie in meine Hütte, um sich zu verabschieden, und wir beglückwünschten uns dazu, so hochgradig befriedigende Nachbarn gewesen zu sein. Als sie am nächsten Tag nicht am Strand erschienen, fehlten sie mir richtig. Nicht daß es mir etwas ausmachte, allein zu sein, aber mir wurde klar, wie sehr ich sie als ferne, billigende Elternfiguren gesehen hatte, die mich gern hatten, mich aber in Ruhe ließen. Ich vermißte sie und kam mir gleichzeitig ein bißchen albern vor, weil ich mir in der Welt jenseits meiner Psyche dieses imaginäre »gute« Elternpaar herangezüchtet hatte. Du bist ganz schön bedürftig, dachte ich, aber schließlich war ja nichts weiter passiert. Was war schon dagegen einzuwenden, Leute zu vermissen, selbst wenn es die falschen Leute waren, solange ich mich nicht in ihr Leben verstrickt hatte?

Emily und Manny Roth waren nicht nur das liebevoll verbundene ältere Paar, das ich mir so gerne vorstellte, sie waren außerdem lebhaft und redegewandt, und dazu auch noch jüdisch. Es war also nicht überraschend, daß ich sie faszinierend fand. Aber schon beim Abendessen verwandelten meine Phantasievorstellungen sich in einen Scherbenhaufen. Obwohl ich den

Roths nicht näherkam, als man es eben tut, wenn man sich an einem Tisch gegenübersitzt, hatte ich mich ihnen mehr genähert, als meine anfällige Phantasie es verkraften konnte. Ich lernte den Wert des Schweigens und der räumlichen Distanz schätzen, die ich zu meinen Traumeltern am Strand der Karibik gewahrt hatte.

Die Roths lebten schon seit Jahren in Santa Fe.

»Und was machen Sie so?« fragte ich.

»Ich bin Kämpferin«, schnappte Emily. »Ich habe zwei Kinder großgezogen, und ansonsten kämpfe ich, wenn der Kampf Kämpfer braucht.«

»Mann o Mann, und was für eine Kämpferin sie ist«, höhnte Manny, aber in seiner Stimme lag auch Stolz.

»Und wogegen kämpfen Sie?«

»Gegen alles und jedes. Ich liebe Kämpfe, vor allem Nahkampf. Ich bin eine richtige Straßenkämpferin, und ich bin kein bißchen weniger rabiat als früher, aber jetzt, wo ich fünfundsechzig bin, mache ich mir doch manchmal Sorgen, daß jemand mir die Zähne oder ein Auge ausschlagen könnte. Ich bin vorsichtiger geworden als früher, ein bißchen müde vielleicht. Jedenfalls konzentriere ich meine Kämpfe jetzt mehr auf unsere nähere Umgebung.«

Amüsiert und fasziniert angesichts dieser vehementen, überdramatischen Selbstbeschreibung vermutete ich ein politisches Engagement und stellte mir Protestmärsche im Zuge der Bürgerrechtsbewegung vor, gegen den kalten Krieg, gegen die Hinrichtung der Rosenbergs, Anti-McCarthy, Anti-Vietnam, gegen die Misere der mexikanischen Einwanderer. Ich hatte recht, was das politische Engagement anging, lag mit der Richtung aber völlig daneben.

»Ach ja«, fuhr Emily mit einem Seufzer fort. »Heutzutage schreibe ich nur noch Briefe und mache Lobbyarbeit, damit die Regierung endlich aufhört, den Indianern und ihrer ständig wachsenden Brut das Geld nur so hinterherzuwerfen. Immerhin haben wir die ganz große Schlacht schon gewonnen. Den Kampf gegen die Kommunisten, um unsere Leute aus der Sowjetunion rauszuholen.«

»Unsere Leute?«

»Die Juden. Wir haben die Juden aus Rußland rausgeholt, zurück nach Hause.«

»Nach Hause?«

»Nach Israel natürlich! Wo sonst wäre Zuhause?«

Ich konnte mir zwar vorstellen, wie man das Recht der sowjetischen Juden auf Auswanderung mit Anti-Vietnam- und Bürgerrechtsdemonstrationen unter einen Hut bringen konnte, aber die Bemerkung über die Indianer deutete auf eine andere Geisteshaltung hin. Mit einem flauen Gefühl im Magen beschloß ich, erst einmal die Klärung der marginal weniger beunruhigenden Option anzustreben.

»Sie sind also Zionisten?«

»Was denn sonst, und in allen politischen Fragen rechter als Attila der Hunnenkönig«, beantwortete Emily meine gestellte wie auch meine ungestellten Fragen voller Stolz und mit der Inbrunst eines wiedergeborenen Straßenkämpfers, der auf Streit aus ist. »Wir sind Kahane-Anhänger. Junge, Junge, haben wir vielleicht gejubelt, als wir von dem Attentat auf Rabin hörten. Geschah ihm recht. Niemand wollte ihn an der Macht haben, bis auf die Araber und ein paar Sozialisten.«

Rabbi Meir Kahane, ein Brooklyner Jude, war der Gründer der Jüdischen Verteidigungsliga, einer ultraorthodoxen, militant-fundamentalistischen Gruppierung, die das Ziel hat, alle Juden nach Israel zurückzuführen. Er wurde 1990 bei einem Attentat getötet, nachdem er sein ganzes Leben damit verbracht hatte, die Araber, die Schwarzen und alle Juden, die sich an andere Kulturen angepaßt hatten, zu diffamieren. Vor allem letztere. Auf einer Gedenkfeier für Kahane in Jerusalem, die nach Yitzak Rabins Ermordung stattfand, rechneten Kahane-Anhänger die Ziffern des Namens des Rabin-Attentäters entsprechend der Kabbala durch und kamen zu dem Schluß, daß sie das Wort »Messias« ergaben.

»Israel ist nun einmal die angestammte Heimat der Juden«, erklärte Manny, als er mein bedrücktes Gesicht sah.

»Nicht für mich.«

»Dann sind Sie keine Jüdin«, sagte Emily fast sanft. »Sie leben in einem Zustand der Leugnung. Sie sind eine Jüdin, die ihren Sinn verloren hat.«

»Sie sind überhaupt keine Jüdin«, beharrte Manny.

»Sie sind verloren«, teilte Emily mir traurig mit.

»Und wieso leben Sie immer noch in Santa Fe? Wieso nicht in Israel?«

Oh, sie hatten dort gelebt. Sie waren nach Israel emigriert, aber es hatte nicht funktioniert. Nach zwei Jahren waren sie in die Staaten zurückgekehrt.

»Wieso?«

»Es waren uns zu viele Juden da«, grinste Manny und lachte dann dröhnend.

»Aber wir sind nach Israel geflogen, als die Scuds fielen. Um in der Zeit der Not bei unserem Volk zu sein.«

Die Roths brachten mich ziemlich aus der Fassung. Aber seltsamerweise fühlte ich mich nach wie vor zu Emily hingezogen, obwohl ich ihre Einstellung verabscheute. Das Zusammensein mit ihr war leichter, sie klang weniger messianisch und wärmer als Manny, aber ich vermutete, daß in Wahrheit sie die fanatischere der beiden war. Natürlich war sie nicht als praktizierende Jüdin aufgewachsen. Ich sehnte das Ende des Essens herbei, weil ich das Gefühl hatte, erst die Hälfte von dem gehört zu haben, was sie glaubten, und ich nicht wollte, daß sie mir auch noch den

Rest erzählten. Soweit es sie betraf, war ich eine verlorene Jüdin, und das muß für sie ebenso abstoßend gewesen sein, wie sie es in meinen Augen waren. Ich fragte mich, ob ich mich trotz meines Entsetzens über ihre Ansichten immer noch nach ihrer Anerkennung sehnte. Wieder diese Elterngeschichte, und sie hatte nicht das geringste damit zu tun, was sie oder ich über egal was dachten. Ich fühlte mich niedergeschmettert, von ihnen und von mir selbst.

Endlich war das Essen vorbei, aber ich konnte mich erst in meine Kabine flüchten, nachdem Butch eine weitere Begrüßungsrede gehalten und uns den Kapitän vorgestellt hatte, der mit einigen seiner Offiziere an einem Tisch in der Ecke saß. Kapitän Kalaschnikov, sehr klein, in seiner schmucken Uniform aber jeder Zoll ein Kapitän, erhob sich und verbeugte sich feierlich. Als das erledigt war, verteilte Butch den Plan für den morgigen Tag. Das Blatt war mit einem Tagesgedanken überschrieben. Masefield: »Ich muß zurück, zum Meer hinab, zu Himmel und einsamer See ...« Frühstück um acht. Um zehn ein Vortrag über das antarktische Festland und die subantarktischen Inseln. Mittagessen um zwölf. Ein weiterer Vortrag um zwei, ominös betitelt mit »Leben auf See – vogelfrei?« Um vier Tee und kleiner Imbiß. Happy Hour ab sechs, Abendessen um acht und zum Abschluß des Tages ein Video von *Auf der Flucht*. Hatte ich nicht gesagt, daß ich einen Zeitplan auf mich zukommen fühlte? Ich spürte eine leise Panik in mir aufsteigen, als ich mich fragte, wie ich die Zeit finden sollte, auf meiner Koje zu liegen und aufs Meer zu starren. Aber wenigstens konnte ich jetzt in Kabine 532 zurückkehren.

Es war etwa halb zehn und immer noch hell. Als ich meinen Korridor erkundete, entdeckte ich eine Tür am hinteren Ende und dahinter ein kleines, offenes Deck mit zwei Bänken. Ein einsamer Fleck im Freien zum Sitzen und Schauen. Der Wind besaß die Wucht eines Faustschlags, und unter einem eierschalengrauen Himmel war das Meer von einem leuchtenden Blau, wie der Inhalt einer Flasche königsblauer Tinte, pelikanblau, und kabbelig. Kleine, von gischtigem Schaum gekrönte Wellen liefen über die Oberfläche. Aber unter all dieser Geschäftigkeit wirkte das Meer selbst ungeheuerlich tief und absolut still, als hätte das, was sich auf seiner Oberfläche abspielte, nicht das geringste mit ihm zu tun. Abgesehen vom Wind war es nicht sehr kalt. Als ich mich erst auf der einen und dann auf der anderen Seite über die Reling beugte und auch noch nach hinten blickte, war nichts zu sehen da draußen, nur die Krümmung des Horizonts. Wir befanden uns wirklich mitten im Nirgendwo, und so weit das Auge reichte, war nichts zu sehen als Meer und Himmel. Kein Weiß, das nicht, aber wirkliche Leere. Die Verkrampfung des Abends mit den Roths fiel ein wenig von mir ab, als ich auf diese unendliche Weite hinausblickte und mir in Erinnerung rief, daß drei ganze solche Tage vor uns lagen. Unser erster Zwischenstopp war für Südgeorgien vorgesehen, 800 Meilen südöstlich von Ushuaia gelegen, und dazwischen gab es nichts, nur Meer, Himmel und Weite. An diesem Punkt des Planeten konnte man ihn ganz umrunden, ohne auch nur auf ein einziges Stückchen Land zu stoßen, bevor man wieder da anlangte, wo man aufgebrochen war. Diese Tatsache ist der Grund für die Winde und Stürme, die sich in diesen Breitengraden zu wahren Orkanen auswachsen; es gibt nichts, was sie daran hindern könnte, um die Welt herumzufegen und wie ein Eisläufer immer mehr Tempo zuzulegen. Ich hatte es nicht eilig, Land zu sehen. Um ehrlich zu sein, schreckte mich sogar der Gedanke, daß unser Schiff irgendwann anhalten würde und ich dann an Land gehen mußte, um alles zu erkunden. Aber drei Tage auf dem Wasser waren ein so genüßlich langer Zeitraum, daß es mir gelang, alle Gedanken an das Land zu verdrängen. Ich war verzaubert vom

Meer, und dann noch so viel davon. Schnee und Eis und weiße Regionen traten für den Augenblick in den Hintergrund.

Etwa eine Stunde später kehrte ich zu meiner Koje zurück, kroch unter die dünne Decke und beobachtete eine Weile den Himmel vor meinem Bullauge, bevor ich meinen *Moby Dick* aufschlug, den ich auf diese Reise mitgenommen hatte, weil ich das Gefühl hatte, wenn überhaupt, dann wäre dies der richtige Zeitpunkt, meine Abneigung gegen Seefahrerromane zu überwinden. Als ich auf der dritten Seite angelangt war, schnurrte ich vor Begeisterung über die Energie und Freiheit von Melvilles erzählerischem Stil, aber gegen Mitternacht war ich, obwohl es draußen immer noch silbrig hell war, todmüde von der ungewohnten Seeluft und wahrscheinlich auch von meiner alarmierenden Begegnung mit den Roths und schlief ein.

Plötzlich saß ich mit weit aufgerissenen Augen hellwach im Bett. Es mußte Morgen sein, weil es in der Kabine hell war. Aber die Uhr stand auf halb zwei, und obwohl es, wenn ich in London gewesen wäre, eine der üblichen, verhangenen Mittagsstunden hätte sein können und ich total verschlafen hätte, war es in Wahrheit die Mitte einer südlichen Sommernacht. Ich hatte die Vorhänge meiner Koje nicht zugezogen, und die mangelnde Dunkelheit mußte in mein Gehirn eingesickert sein und es so in Verwirrung versetzt haben, daß es sich auf einen neuen Tag vorbereitete. Ich stand auf und sah aus dem Fenster, wo zu meiner Erleichterung immer noch nichts als endloses Meer zu sehen war. Ich liebte die Fremdartigkeit dieses nicht endenden Tageslichts und meiner desorientierten Physiologie. Ich las eine Weile und schlief dann erneut ein, aber nicht lange. Um halb vier war ich wieder hellwach und bereit, den Tag zu beginnen. Dieses Mal blieb ich einfach liegen und registrierte allmählich, daß die Bewegungen des Schiffs sich verändert hatten, und folglich auch meine Bewegungen mit ihm.

Das Schlingern hatte jetzt ernsthaft eingesetzt. Das Schiff stampfte auf und ab, aber nicht ruckhaft, sondern in einem langen, wogenden Rhythmus. Meine Koje stand quer zur Länge des Schiffs, so daß ich das Stampfen von Heck zu Bug als seitlich empfand, quer über meinen Körper hinweg, als würde ich in einer Hängematte hin- und hergewiegt. Es war eine Art Tanz, den mein Körper zur Musik des Schiffs vollführte, das wiederum zum Rhythmus des Meeres tanzte. Eine dreifache Synkopierung: das Meer, das Schiff und ich, in getrennter, aber harmonischer Bewegung. Wenn ich mich konzentrierte, konnte ich die Bewegungen jedes einzelnen dieser Elemente isolieren, erst die eine als zentral empfinden, dann die andere. Als ich mich insbesondere auf die Bewegung meines eigenen Körpers konzentrierte und das Meer und das Schiff in den Hintergrund zurücktreten ließ, hatte ich das Gefühl, sanft, ohne äußere Hilfe durch die Luft zu schweben, so wie Seevögel es tun, die Luftströmungen einfangen, mit der einen aufsteigen und sich auf die nächste herabfallen lassen, die sie wieder nach oben trägt.

Dann machte ich mir bewußt, welche unterschiedlichen Ebenen meine Bewegung verursachten – meine Koje, das Schiff, die Tiefen des Meeres –, bis ich schließlich vom Planeten selbst gewiegt wurde, auch vom Mond, nehme ich an, der schwach am taghellen Himmel sichtbar war, da auch seine Anziehungskraft die Bewegungen von Ebbe und Flut auslöste, die ich spürte. Ich befand mich nicht auf einem stürmischen Meer, das wußte ich. Das hier war nicht einmal annähernd zu vergleichen mit den wildesten Augenblicken, die die Drake-Passage zu bieten hatte. Es lag etwas Sanftes im Auf und Ab des Schiffs, das sich in das Hin und Her meiner Koje übersetzte. Hin und wieder schlug eine Welle gegen die Flanken des Schiffs, und es rollte und schlingerte von Seite zu Seite, so daß meine eigene Bewegung sich veränderte und ich der Länge nach statt von rechts nach links geschaukelt wurde. Und manchmal tauchte das Schiff steil nach unten ab, wenn es frontal von einer größeren Welle getroffen wurde, und bäumte sich dann wieder auf, was meine Eingeweide dazu veranlaßte, sich selbständig zu machen und den Ebenen, auf die ich bereits achtete, eine völlig neue Ebene hinzuzufügen. Eine Weile lag ich ganz still und versuchte, die unterschiedlichen Schaukelbewegungen zu einem Muster zu ordnen: meinen internen Rhythmus, der dem Rhythmus des Schiffs entsprach, der dem Rhythmus der See entsprach. Vielleicht hätte man es mit einem Ritt auf einem Pferd vergleichen können. Es war auf angenehmste und erfreulichste Weise befriedigend, das hier zu tun oder vielmehr nicht zu tun, sondern einfach nur dazuliegen, ein Lächeln auf dem Gesicht, und mich am nächtlichen Tageslicht mitten auf dem Ozean zu erfreuen.

Mein Aufenthalt in der Klinik in Hove war in den Winter gefallen, und ich hatte viele Stunden damit verbracht, am leeren Kiesstrand zu sitzen, aufs Meer zu starren und zu beobachten, wie die Möwen kreisten, der Schnee fiel und der Wind die Wellen peitschte. Wasserflächen hypnotisieren mich. Körper im Wasser erfreuen mich. Ein Bad hat nur ganz am Rande etwas mit Sauberkeit zu tun; ich bade, um mein geistiges und körperliches Wohlbehagen wiederherzustellen. In warmem Wasser zu liegen erhöht meine Lebensqualität wie kaum etwas anderes. Körper auf Wasser ebenfalls. An sonnigen Orten kann ich den größten Teil des Tages damit verbringen, auf einer Luftmatratze auf dem Wasser zu liegen, mich von den Wellen an den Strand tragen zu lassen, mit den Armen wieder hinauszupaddeln und mich von der Brandung treiben zu lassen. Dieses Gefühl entspricht ungefähr dem Genuß, den ich empfand, als ich auf der Durchfahrt durch die Drake-Passage in meiner Koje lag. Natürlich war da auch noch jenes andere wäßrige Schweben – im Fruchtwasser des Mutterleibs, wo die mütterlichen Bewegungen sicherlich kleine Wellen verursachen, die einen wiegen und schaukeln. Ich wunderte mich, daß ich noch nie darüber nachgedacht hatte, daß meine Mutter – *meine* Mutter – meine Brutstätte gewesen war. Das heißt, natürlich mußte ich schon einmal daran gedacht haben, war aber anscheinend sofort wieder vor dem Gedanken zurückgeschreckt, weil er so unglaublich war, so unwahrscheinlich. Aber es war nicht zu verkennen, wo mein derzeitiges Behagen an Bord dieses Schiffs, meine Fruchtwasserphantasien, herstammten. Mein ganzes Leben lang habe ich versucht, dieser unausweichlichen Schlußfolgerung auszuweichen: Immer hatte ich mir lieber vorgestellt, ein Findling zu sein, meinetwegen sogar ein Wesen aus einer anderen Welt, als anzuerkennen, daß ich neun warme, zufriedene Monate im Leib meiner Mutter verbracht hatte. Daß mein erstes Behagen ihrem Körper zu verdanken war. Ihrem Körper, der mich nährte. Es war für mich ein unglaublicher Gedanke, aber die Intensität und die Sinnlichkeit meines Entzückens darüber, auf dem Ozean zu sein, machte ihn zur Gewißheit. Es mußte dort drin nett gewesen sein. Ich hatte meine Mutter damals noch nicht gekannt. Meine Mutter hatte noch nicht gewußt, wie ungünstig sich die Dinge für sie entwikkeln würden. Wir beide unschuldig und unwissend. Eine gute Zeit wahrscheinlich. Aber die Vorstellung, daß *meine* Mutter, die Mutter, die ich kannte, mich im Inneren ihres Körpers genährt hatte, machte mich schwindlig.

Wie auch, wo ich gerade an meine Mutter dachte, die Möglichkeit – oder sogar, wenn ich ehrlich war, die Wahrscheinlichkeit –, daß ich in Kürze, nach dreißig Jahren, erfahren würde, ob sie lebte oder tot war. Seit Chloe die Sterbeurkunde aufgestöbert hatte, hatte ich mir die beiden möglichen Zustände meiner Mutter ein- oder zweimal ins Bewußtsein gerufen und versucht, mir beide als real vorzustellen. Aber während ich mich auf die Vorstellung konzentrierte, sie könnte noch am Leben sein, hatte ich nur das gleiche Schwindelgefühl empfunden, das ich im Augenblick bei der Vorstellung empfand, der Fötus meiner Mutter gewesen zu sein: ein Schwindelgefühl im Kopf und im Solarplexus, als stünde ich auf einem hohen Gebäude und sähe nach unten. Die Vorstellung dagegen, sie sei tot, beschwor keinen einzigen Gedanken in mir herauf, nicht den Hauch eines Gefühls. Wenn jemand sehr lange nicht anwesend war, ist es wahrscheinlich schwer, beim Gedanken an die Fortsetzung dieser Abwesenheit etwas zu empfinden, selbst wenn die Dinge sich dadurch verändert haben, daß die betreffende Person nicht mehr existiert. Die Abwesenheit ist nur endgültiger. Definitiver. Die Populärpsychologie sagte mir, daß mit der Gewißheit um den Tod meiner Mutter irgendwelche Gefühle verbunden sein mußten. Nichts dergleichen. Aber andererseits gab es ja noch keine Gewißheit um ihren Tod. Ich ermahnte mich selbst, mir mehr Mühe zu geben, sagte mir, daß ich den einen oder anderen Gedanken, sogar das eine oder andere Gefühl, in bezug auf meine Mutter und ihre mögliche Nicht-Existenz oder Existenz haben mußte, aber da ich nicht zu wissen schien, wie ich wissen sollte, was ich dachte, ganz zu schweigen davon, wie ich fühlen sollte, was ich fühlte, tröstete ich mich wie Scarlett O'Hara mit dem Gedanken, daß morgen schließlich auch noch ein Tag war.

Auf der Stelle verschwand das Schwindelgefühl, und ich lag wieder genüßlich auf meinem schwimmenden Bett, hundertprozentig da, wo ich sein wollte. Und drei Tage lang konnte ich es bleiben. Ich konnte lesen, konnte im Bett liegen und von Zeit zu Zeit an Deck und auf die Brücke gehen, um mir anzusehen, wie die Dinge außerhalb meines Fensters standen, und mich zu vergewissern, wo wir waren; nicht daß es eine Rolle gespielt hätte, aber ich wollte trotzdem wissen, wo ich mich auf der Karte befand. Der Himmel vor meinem Fenster war von taubengrauen

Wolken verhangen, und alles, was ich sehen konnte, war ein schattiges Weiß, es sei denn, ich richtete mich auf, dann sah ich die tintige See und schattiges Weiß. Der Horizont war sehr weit weg.

Wie ging es Jennifer?

MRS. ROSEN: In all den Jahren haben wir oft gesagt ...
MR. ROSEN: ... Oh, dieses arme Mädchen.
MRS. ROSEN: ... Nein, wir haben gesagt, wie es wohl Jennifer geht?
MR. ROSEN: Ja, das haben wir oft gesagt. Wie es wohl Jennifer geht?

Ich erinnere mich ungefähr genauso deutlich an Jennifer, wie ich mich an die junge Jane Eyre erinnere, an Mary aus *Der geheime Garten*, an Peter Pan und an Alice. Oder vielmehr weniger deutlich, da die letzten vier leicht erreichbar in meinem Bücherregal stehen und ich meine Bekanntschaft mit ihnen mit schöner Regelmäßigkeit erneuert habe. An Jennifer dagegen habe ich mich über eine immer größere Distanz von Jahren nur erinnern können, und mit jedem Erinnern, jedem Zurückdenken, entgleitet ihre lebendige, tatsächliche Existenz als ein Wesen aus Fleisch und Blut meinem Zugriff ein Stückchen mehr. Als Person ist Jennifer für mich weit weniger substantiell als Klingklang, die durch den Willen anderer ins Sein zurückgerufen werden kann. Jennifer leuchtet nicht auf, wenn ich, mich erinnernd, in die Hände klatsche; sie besitzt nur ein schwaches inneres Licht. Bis vor sehr kurzer Zeit hat sie nicht einmal ihren eigenen Namen beibehalten.

Die Sache mit Jennifer ist die, daß es, anders als im Fall der Kindercharaktere aus den Büchern, die ich früher gelesen habe und immer wieder lesen kann, in den letzten dreißig Jahren keine unabhängige Bestätigung für ihre Existenz gab. Keine

Fotos, keine schriftlichen Aufzeichnungen, keine andere Person, die, sich an sie erinnernd, mit mir über sie gesprochen hätte. Sie hat einzig und allein in meinem Kopf existiert und tritt nur so wie die Charaktere in den Büchern, die ich schreibe (von denen sie manchmal einer ist), in die Welt hinaus. Sie ist nicht gewisser als jedes andere Produkt meiner Phantasie. Ich könnte sie erfunden haben – ich habe sie bei Gelegenheit tatsächlich erfunden.

Als Schriftstellerin liegt für mich eine beträchtliche Freiheit in der Unbestimmtheit Jennifers. Das Kind, das so oft in meinen Romanen vorkommt, verfügt manchmal über Erfahrungen, an die ich mich erinnere, häufig aber auch nicht. Ich bin nicht an die Vergangenheit gebunden, an den absoluten Drang, entweder die Wahrheit zu sagen oder Dinge zu erfinden. Ich besitze die Freiheit, mit der Person, die Jennifer war, gewesen sein könnte, nie hätte sein können, herumzuspielen. Manchmal hat es den Anschein, als könnte ich eben wegen der Distanz, die zwischen uns liegt, näher an sie oder an etwas Wesentliches in ihr herankommen. Jedenfalls sind Romane eine komische Sache. Wenn ich in meinen Romanen Ereignisse verwende, die sich während meiner Kindheit – übrigens auch während meiner Zeit als Erwachsene – tatsächlich zugetragen haben, werden sie, ganz davon abgesehen, daß ich sie oftmals entsprechend den Bedürfnissen des Buchs verändere, allein durch das Niederschreiben und das Einbinden in einen Roman von dem erinnerten Ereignis losgelöst. Sobald sie niedergeschrieben sind, besitze ich zwei unterschiedliche Erinnerungen: das ursprüngliche Ereignis, völlig intakt und, wie ich es empfinde, von mir handelnd, und das niedergeschriebene Ereignis, das parallel dazu in deutlichen Farben ausgemalt existiert, sich aber ausschließlich auf den fiktiven Charakter bezieht, den ich geschaffen habe. Wenn die Jennifers, die ich in meine Romane aufnehme, ich sind, dann eigenständige, wuchernde Ichs; Ichs mit einer ganz eigenen Autonomie – wenigstens innerhalb der Grenzen ihrer Geschichte. Jennifer selbst, das verblaßte Kind, bleibt dabei so blaß wie eh und je. Es ist nichts Neues in den multiplen Versionen von Jennifer. Als Kind habe ich viel Zeit damit verbracht, mir selbst Geschichten zu erzählen. Die Heldinnen und Helden, die im Zentrum dieser Geschichten standen, waren ich, gleichzeitig aber auch nicht ich. Sie hatten eigene Namen, ein anderes Alter, lebten unter völlig anderen Umständen. Sie lebten bis ins kleinste Detail ausgefeilte Abenteuer und Romanzen, aber auch Wunschträume aus. Sie waren, so glaube ich, schon immer fiktive Jennifers.

Jennifers Verblassen fing mit dem Jahr 1966 an, dem Jahr, in dem mein Vater starb und meine Mutter verschwand. Von da an gab es in meinem Umfeld außer mir selbst niemanden mehr, der sie gekannt hatte. Vielleicht war das Verblassen nicht das erste, was geschah. Jennifer löste sich los, wurde zu einem eigenständigen Charakter, zu einer Person mit einer eigenen Geschichte. Obwohl ich vom Kopf her wußte, daß sie und ich ein und dieselbe Person waren, wurde sie emotional immer distanzierter und legte sich ein komplettes, abgeschlossenes eigenes Leben zu, das zwar strukturell mit mir verbunden, existentiell jedoch von mir getrennt war. Ich konnte mich mit größerer Deutlichkeit an ihr Umfeld erinnern als an ihre gelebte Erfahrung. Ich kannte Geschichten über sie, Vorfälle, die sich in ihrem Leben ereignet hatten, und ich konnte sie mir wie eine Serie lebender Bilder vor Augen führen, aber sie war eine von mir getrennte Inkarnation, kein gegenwärtiges, sich erinnerndes Ich. Wie es heißt, tauscht der Körper alle sieben Jahre seine Zellen komplett aus, und es fällt mir leicht, das zu glauben. Jennifer bewohnte ihre eigene Existenz, war physisch eine andere Person, nicht ich, nicht Teil des Kontinuums, das ich bin. Ich mußte die Gedanken in Zweifel ziehen, von denen ich glaubte, mich zu erinnern, daß Jennifer sie gehabt hatte, sogar die Gefühle. Vielleicht war mein Zurückdenken an Jennifer wie das Spielen mit einer Marionette. Meine gegenwärtige Rückschau zog an ihren Fäden und schien sie ins Leben zu rufen. Aber wer konnte schon sagen, wie Jennifer wirklich gewesen war, wenn es als Richtschnur nur die Erinnerung gab?

Wenn ich mir Ereignisse, die Jennifer betrafen, bildlich vorstelle, ist sie immer mit auf dem Bild. Ich sehe sie nicht mit ihren Augen – so wie es bei einer »richtigen« Erinnerung der Fall wäre, falls es so etwas wie eine »richtige« Erinnerung überhaupt gibt –, sondern von außen, mit Augen, die sich außerhalb des Bilderrahmens befinden und daher – es sei denn, es wären die Augen Gottes – zum betreffenden Zeitpunkt nicht wirklich anwesend sein konnten. Gefährlich, wenn es niemanden gibt, der die Fakten des Ereignisses bestätigen oder widerlegen kann. »Ich« scheine mich an ein Ereignis zu erinnern, das ich, als jemand, der sechs mal sieben selbstauslöschende Jahre von Jennifer entfernt ist, unmöglich beobachtet haben kann. Es war Jennifer, die dieses Ereignis beobachtete und daran beteiligt war, aber sie ist inzwischen zu einem Teil des Bildes geworden und nicht mehr das sehende Auge, das sie ursprünglich gewesen sein muß. Wer erinnert sich an was? Wenn ich an Jennifer denke, die auf dem Schoß ihres Vaters sitzt, sehe ich sie von hinten, die Arme fest um einen silberhaarigen, schnurrbärtigen, gutaussehenden Mann geschlungen, der sie lachend neckt. Was zum Teufel ich dort gemacht habe (falls jener Augenblick tatsächlich existierte und nicht nur die Verbildlichung einer verallgemeinerten Erinnerung ist), ein Stück abseits stehend, ein Stück von dem Sessel entfernt, in dem die beiden sitzen, nicht substantieller als ein Paar beobachtende und möglicherweise ironische Augen, kann ich nicht sagen. Jennifer hatte Angst vor Geistern. Vielleicht hatte sie allen Grund dazu.

Jennifer lebte in panischer Angst vor Geistern. Im Dunkel der Nacht hausten sie in geschlossenen Schränken, unter Betten, in finsteren Winkeln und Nischen, hinter zugezogenen Vorhängen. Tagsüber lauerten sie hinter der Ecke des falschen Flurs, hinter ungeöffneten Türen, kamen mit laut hallenden Schritten auf der Granittreppe zu ihr, waren immer hinter ihr, wenn sie nicht mit dem Rücken zur Wand stand. Sie waren klassische Monster, diese Geister, keine Märchengestalten, sondern häßliche, heimtückische Kreaturen, die kleinen Mädchen nur Böses wollten. Sie liebten es, sich plötzlich auf einen zu stürzen, kreischend, mit langen, spitzen Fingernägeln, die sich in Fleisch krallen, und scharfen Zähnen, die sich hineinschlagen wollten. Sie waren die riesigen, mißgestalten, mythischen Wesen, die von Gott weiß woher oder wann ein Teil unser aller Psyche sind. Sie haßten Jennifer, wenn auch auf unpersönliche Art und Weise; sie haßten alle kleinen Kinder und lauerten ihnen auf. Jede Nacht hielt Jennifer Wache und beobachtete die dunkle Ritze der Schranktür, wartete darauf, daß sie sich knarrend öffnete und die mörderischen Bewohner preisgab. Sie lag im Bett und fühlte durch ihr Rückgrat hindurch die Anwesenheit des Ungeheuers, das unter ihr im Raum zwischen Matratze und Teppich hauste, wußte, daß es sich herausschlängeln würde, sobald alles still war, um sie zu Tode zu ängstigen. Manchmal lag sie ein oder zwei Stunden so da, starr vor Angst, aber irgendwann tat sie, was sie, wie sie genau wußte, tun mußte. Sie kletterte aus dem Bett, langsam, sehr leise, ließ sich auf Hände und Knie nieder und spähte unter das Bett. Dann ging sie zum Schrank und riß, während ihr Herz wie wild pochte, die Tür sperrangelweit auf. Das war die einzige Macht, die sie über die Geister hatte. Wenn man ihnen die Stirn bot, verschwanden sie. Immer. Aber sie wußte, daß sie zurückkommen würden. An besonders schlimmen Abenden mußte sie vier-, fünf-, sechsmal aufstehen, bevor sie endlich einschlafen konnte. Wenn man den Geistern ins Gesicht sah, verkrümelten sie sich, aber es war ein nie endender Kampf, und die nächtlichen Rituale waren für Jennifer einsam und beschämend. Sie schämte sich, weil sie, obwohl sie in ihrem tiefsten Inneren wußte, daß die Monster da waren, so wie sie wußte, daß ihre Eltern im Nebenzimmer waren, weil sie hören konnte, wie sie sich gegenseitig anschrien, gleichzeitig nicht an sie glaubte. Sie lebte mit ihnen, in tödlicher Angst vor ihnen, aber sie wußte auch, daß sie nicht wirklich existierten. Dieses Wissen machte die Geister nur um so beängstigender und erschreckender. Und es machte sie selbst um so einzigartiger in ihrer eigenen Existenz, tapfer gegen etwas ankämpfend, was nie da war, mutig gegen Schatten vorgehend, die sie mit ihrer Substanzlosigkeit verspotteten.

Seltsame Zeiten, diese nächtlichen Zeiten. Abgesehen von den Geistern waren da noch ihre Eltern, die sich anschrien. Nicht jeden Abend – gewiß nicht. Aber die Erinnerung erstreckt sich nicht auf Abende, an denen sie sich nicht im Nebenzimmer stritten. Manchmal kam es sogar zu Handgreiflichkeiten, und schlurfende Geräusche hallten durch die Wohnung. Ihre Mutter drohte, Schlaftabletten zu nehmen. »Nimm für mich gleich welche mit«, lautete seine Reaktion. Vorwürfe, Haß und Verzweiflung drangen laut und deutlich zu mir – meine Tür mußte immer einen Spalt offenbleiben. Ich brauchte den schmalen Lichtstreifen, um nach den Geistern sehen zu können; außerdem mußte ich wissen, wie der Abend meiner Eltern verlief. Abgesehen von der Geisterjagd, waren meine Abende der rituellen Magie gewidmet. Das Geräusch der Auseinandersetzungen meiner Eltern im Hintergrund, malte ich den Davidsstern auf meine Brust (Christen konnten das Kreuzzeichen schlagen, warum sollte ich also nicht den Davidsstern malen dürfen), sagte »Bitte, bitte, bitte« zu Gott und flehte ihn an, dem

Streit ein Ende zu machen. Ich mußte hundertmal »Bitte« sagen, und wenn ich mich verzählte, mußte ich noch einmal von vorn anfangen. Ich kam nie dazu, früh einzuschlafen, weil das Ritual soviel Zeit in Anspruch nahm. Manchmal ertappte ich mich dabei, daß ich mir etwas anderes wünschte – daß ich mir wünschte oder zum selben Gott betete, daß meine Eltern sterben oder meine richtigen Eltern kommen und mich holen würden. Dann war ich gezwungen, hundertmal »Es tut mir leid« zu sagen, obwohl es mir gar nicht leid tat, sondern ich nur ein schlechtes Gewissen hatte. Ab und zu schlug ich, um die Sache zu beschleunigen, einfach das Kreuzzeichen, statt den Davidsstern zu malen. Ich hatte das Gefühl, daß das Kreuz koscherer und vielleicht wirkungsvoller wäre. Aber wieder verlangten die Schuldgefühle, daß ich dann als Buße für meine Ketzerei einhundertmal den Davidsstern malte. Meine Abende waren wirklich ausgefüllt. Ich habe nie gelernt, leicht und problemlos einzuschlafen. Daß meine Eltern nie aufhörten, sich zu streiten, daß sie nie wirklich starben und daß nie jemand kam, um mich von ihnen fortzuholen, hielt mich nicht von meinen Ritualen ab, ob gut oder schlecht. Es kam, so dachte ich, nur darauf an, oft genug »Bitte« oder »Es tut mir leid« zu sagen. Als Kind war ich in Glaubensdingen sehr hartnäckig.

Sobald ich mir gestattet hatte, einmal fünf Minuten in Ruhe darüber nachzudenken, war es genauso leicht, mir Zugang zu den Fluren von Paramount Court zu verschaffen, von denen ich so lange geträumt hatte, wie an die Geburts- und Heiratsurkunde meiner Mutter heranzukommen. Ich rief einfach den Hausmeister an und erklärte ihm, daß ich früher einmal in Paramount Court gelebt hatte und jetzt ein Buch darüber schreiben wollte. Ein Brief meines Verlegers, in dem er meine Ehrbarkeit bescheinigte, machte die Sache perfekt.

»Sie werden doch nicht an irgendwelche Türen klopfen, oder?« fragte der Hausmeister, als ich vor ihm stand. »Wir haben nämlich eine Menge alter Leute hier.«

Ich versicherte ihm, daß ich mich nur für die Flure interessierte, aber während ich in seinem Büro stand, fiel mein Blick auf eine Tafel an der Wand, auf der die Namen aller Mieter verzeichnet waren. Die Namen Rosen und Levine sprangen mir ins Auge. Es waren die Nachnamen von zwei Kindern, mit denen ich früher oft gespielt hatte, Jonathan und Helen. Während ich auf den Lift wartete, der mich in den zweiten Stock bringen sollte, notierte ich mir die Namen. Es wunderte mich, daß ich mich nach über dreißig Jahren noch so deutlich an sie und an die Gesichter von Jonathan und Helen erinnern konnte. Noch unglaublicher kam es mir vor, daß ihre Eltern immer noch hier leben sollten. Wer blieb schon so lange am selben Fleck? Ich kannte keinen. Aber ich notierte mir die Namen trotzdem.

Im zweiten Stock, wo wir zuerst gewohnt hatten, trat ich aus dem Lift und mitten hinein in meine Erinnerung. Meine Erinnerung an den Flur war korrekt gewesen: helle Wände, hell gemusterter Teppichboden, das große Fenster gleich neben dem Aufzug, mit den horizontalen Gitterstäben, an denen ich oft geschaukelt hatte und von denen aus ich die Feuertreppe und die Feuerwehrzufahrt sehen konnte, wo Jonathan oder Helen oder Susan standen und mir Geheimbotschaften signalisierten. Ich ging durch die teppichgedämpfte Stille, nur durchbrochen vom leisen Murmeln der Fernseher und Radios hinter den geschlossenen Türen zu beiden Seiten, bis ans Ende des immer noch sehr lang wirkenden Flurs, wo die Nummer 38 lag, unsere Wohnung, gleich neben dem Zugang zur Hintertreppe. Ganz am Ende war die bronzene, gitterartige Verkleidung des Heizkörpers unter dem Fenster, an dem ich stundenlang gesessen und gelesen und mir eigene Spiele ausgedacht hatte. Ich ging zurück und schlenderte durch den Flur auf der zweiten Seite des Gebäudes, bog um die gefährliche Ecke, um die ich mich als Kind nur dann herumgewagt hatte, wenn ich mich sehr mutig fühlte. Jetzt hatte ich zwar keine Angst, aber ich fühlte mich fremd hier, falsch, es war nicht mein Territorium, was wahrscheinlich der Grund für die Angst war, die ich als Kind empfunden hatte. Ich gehörte nicht hierher, und je weiter ich ging, desto fremdartiger kam mir alles vor, bis ich an die dritte Ecke gelangte, hinter der das letzte, kurze Stück des Flurs lag. Ich blieb stehen und sah dieses Stück Flur entlang, hatte aber nicht das geringste Bedürfnis, bis zum Ende zu gehen.

Doch obwohl ich direkt in meine Erinnerung und meine Träume hineingewandert war, befand ich mich nicht in meiner Vergangenheit, sondern nur in einer Bestätigung der Erinnerung an meine Vergangenheit. Ich ging durch meine Träume, nicht durch meine Kindheit. Ich erinnerte mich an die Vergangenheit, durchlebte sie aber nicht aufs neue. Im Grunde genommen war das, was ich hier machte, keine neue Erfahrung, sondern nur eine Bestätigung der Richtigkeit meiner Erinnerung, was jedoch an und für sich eine Überraschung war. Ich hatte damit gerechnet, die Dinge anders vorzufinden, als ich sie in Erinnerung hatte.

Ich fuhr in den vierten Stock – die Aufzüge waren neu, verspiegelt und mit Teppichboden ausgelegt, wenn auch immer noch sehr eng –, stieg aus und stand, wie man hätte meinen können, genau in dem Korridor, den ich eben durchwandert hatte. Als ich noch ein Kind war, hatten die Korridore sich alle unterschiedlich angefühlt, was nicht weiter verwunderlich war, da ich damals ja wußte, daß sie von unterschiedlichen Leuten bewohnt wurden. Heute, als Erwachsene, kannte ich niemanden mehr, und deshalb fühlten die Flure sich alle gleich an. Die zweite Wohnung, die wir gehabt hatten, auf diesem Stock, lag dem Aufzug genau gegenüber. Ich blieb stehen und starrte die Tür an. Dahinter war kein Geräusch zu hören. Einfach nur eine Tür. Die Dinge, die sich hier abgespielt hatten. Nichts. Ich ging den Flur entlang zur übernächsten Wohnung und blieb vor der Tür der Rosens stehen. Ein Radio war zu hören. Ich war sehr versucht, klopfte aber nicht.

Ich ging die Hintertreppe ein Stück hinunter und lauschte auf das akkurate Echo meiner Schritte, blieb, wieder im zweiten Stock angelangt, nochmals vor der Nummer 38 stehen und nahm für das restliche Stück die Vordertreppe, die genau wie immer weit weniger geheimnisvoll wirkte.

Als ich das Gebäude verließ, war ich ein bißchen enttäuscht, obwohl ich genau das vorgefunden hatte, woran ich mich erinnerte. Aber ich hatte nur der Erinnerung an meine Vergangenheit einen Besuch abgestattet, nicht meiner Vergangenheit selbst. Die Vergangenheit existierte nicht mehr, auch wenn die Backsteine und der Mörtel noch da waren. Genau das hatte ich immer empfunden, also hätte ich nicht überrascht sein dürfen, aber in gewisser Weise war ich geschützt gewesen, weil ich nie hierher zurückgekommen war. Ein Teil von mir hatte gehofft, daß ich immer noch durch die Flure wandern würde, daß ich mir selbst auf neue Weise zur Verfügung stehen würde. Ich war zwar froh, daß meine Erinnerung sich als richtig erwiesen hatte, stellte jedoch fest, daß die bloße Anwesenheit am Ort des Geschehens nicht ausreichte, um hinter diese Erinnerung vorzudringen.

MRS. ROSEN (*nach einer langen Pause*):

Jennifer? Bist du es, Jennifer?

Es dauerte geraume Zeit, bis ich auf die Information zurückgriff, die ich im Büro des Hausmeisters gefunden hatte. Erst zwei Wochen später sah ich im Telefonbuch unter Rosen und Levine nach und suchte mir die Nummern heraus, und dann dauerte es noch einmal eine Weile, bis ich tatsächlich zum Telefon griff. Ich rief Mrs. Rosen an, die laut Einwohnerverzeichnis tatsächlich noch in der übernächsten Wohnung neben der im vierten Stock wohnte, in der wir gewohnt hatten. Falls sie dieselbe Frau war, Jonathans Mutter – war das wirklich möglich? –, wäre sie damals unsere Nachbarin gewesen.

Ich stellte mich als Jenny Diski vor und erklärte ihr, wer meine Eltern gewesen waren und in welcher Wohnung wir gelebt hatten. Dann, als es am anderen Ende still blieb, nannte ich meinen Namen noch einmal: »Jenny Diski – Jenny Simmonds, ich habe früher oft mit Jonathan gespielt. Sie sind doch Jonathans Mutter, oder?«

Da sagte sie auf einmal »Jennifer? Bist du es, Jennifer?«, und mir wurde auf merkwürdige Weise ganz schwummrig zumute. Fast hätte ich nein gesagt, weil ich mich unter diesem Namen nicht wiedererkannte. Aber ich war Jennifer gewesen, als ich klein war, obwohl ich mich wirklich, und das schwöre ich, nur daran erinnere, Jenny zu sein. Ich sagte ja, kam mir dabei aber wie eine Betrügerin vor, was seltsam war, weil ich den Namen Jenny eigentlich nie gemocht habe. *Diski* fühlt sich viel mehr wie mein eigener Name an, obwohl es ein frei erfundener Name ist, den Roger-der-Exehemann und ich aus einer Laune heraus annahmen, als wir heirateten. Am anderen Ende der Leitung wurde hörbar Luft geholt, dann folgte eine kurze Stille.

»Wie geht es dir?«

Ich war elf gewesen, als sie mich das letzte Mal gesehen hatte, aber was hätte sie sonst sagen sollen?

»Mir geht es gut, danke.«

Ich erklärte ihr, ich sei jetzt Schriftstellerin und trüge mich mit dem Gedanken, ein Buch zu schreiben, das zu Teilen von meiner Mutter handle, und daß ich niemanden kannte, der uns gekannt hatte, als wir noch eine Familie waren und in Paramount Court lebten. Wäre es vielleicht möglich, einmal vorbeizukommen und mit ihr zu reden, sozusagen um aus der Sicht eines Außenstehenden zu hören, wie es damals gewesen war?

»Du und Jonathan, ihr habt dieselbe Schule besucht. Deine Mutter und ich haben euch am ersten Tag hingebracht. Du warst erst vier und bist ganz glücklich und zufrieden reingegangen. Sie hat geweint, als du weg warst. Wir haben zusammen einen Kaffee getrunken.«

Meine Mutter hatte geweint. Herr im Himmel, sie hatte mich also doch geliebt. Andererseits war sie ganz allein, während ich in der Schule war. Wahrscheinlich Selbstmitleid, ihr Weinen. Lieber erst später darüber nachdenken.

»Mrs. Levine und Mrs. Gold wohnen auch noch hier. Erinnerst du dich an Helen Levine und Marianne Gold? Ihr habt viel miteinander gespielt. Und du bist jetzt Schriftstellerin, sagst du? Geht es dir also gut?«

»Ja, es geht mir gut. Aber ich würde wirklich gern einmal vorbeikommen und mit Ihnen über meine Eltern reden.«

Es folgte eine unbehagliche Pause. Ich mochte den Klang ihrer Stimme. Londonerisch, jüdisch, Eltern noch ausländisch sprechend, im East End aufgewachsen. Sie klang wachsam und nachdenklich, man konnte richtig hören, wie sie sich erinnerte und das, woran sie sich erinnerte, im Geist abwog.

»Nun, wir waren schon mit deiner Mutter befreundet, aber ... ich fürchte, du hast keine sehr glückliche Kindheit gehabt.« Der letzte Satz kam zögernd und verriet mir, daß es Dinge gab, von denen sie dachte, daß ich sie besser nicht wissen sollte.

»Nein, es war ein ziemliches Durcheinander, nicht wahr?«

»Oh, du kannst dich also daran erinnern? Es war ziemlich schrecklich. Ich dachte, du hättest das alles vielleicht vergessen. Aber wenn das so ist ...«

Ich versicherte ihr, daß ich wirklich hören wollte, was sich aus ihrer Sicht – der Sicht einer damals erwachsenen Person – zugetragen hatte, und daß ich bestimmt nicht empfindlich reagieren würde, was immer sie mir sagen würde. Das schien für sie den Ausschlag zu geben, und wir verabredeten, daß ich in ein paar Tagen zum Tee kommen sollte.

Ich war sprachlos über Mrs. Rosens ehrliche Überraschung darüber, daß ich mich erinnerte, eine nicht gerade klassisch glückliche Kindheit gehabt zu haben, und fragte mich, ob das sogenannte Fehl-Erinnerungs-Syndrom vielleicht tiefer ins Bewußtsein der Allgemeinheit vorgedrungen war, als ich bisher angenommen hatte. Wieso hätte ich Dinge, die sie anscheinend in Erinnerung behalten hatte, aus meinem Gedächtnis löschen sollen? Weil die Erinnerung daran zu unerträglich war, würden die Post-Freudianer sagen. Aber Mrs. Rosens Überraschung entsprang wahrscheinlich eher der präfreudianischen Vorstellung, daß Kinder noch kein wirkliches Bewußtsein besitzen. Ein tröstlicher Gedanke für Eltern, die daran glauben können. Komisch, wie sehr der moderne Begriff der verdrängten Erinnerung diesem eher archaischen Kindheitsbild entspricht. Was Prä- und Post-Freudianer gemein haben, ist der Wunsch zu glauben, daß Kinder Unglück unterdrücken. Entweder es schwappt über sie hinweg, oder es schwappt unter ihnen hindurch, ganz wie es einem am besten in den Kram paßt. Bloß eins steht nicht zur Debatte: das eindeutige Wissen darum, was tatsächlich geschah.

Die Auseinandersetzungen, die meine Eltern in der Zweizimmerwohnung im zweiten Stock ausfochten, ließen die Flure von Paramount Court beben. Mein Vater verließ uns mehrmals, meine Mutter wurde in einem Krankenwagen weggekarrt, Möbel und Einrichtungsgegenstände wurden von Schuldeneintreibern konfisziert, als wir im vierten Stock wohnten. Das geschah in aller Öffentlichkeit, aber irgendwie schienen alle zu denken, daß ich keine Erinnerung daran hätte. Erwachsene machen Erfahrungen, Kinder nicht. Auftritt Freud, der verkündet, daß selbst präbewußte Kleinkinder Erfahrungen machen können, aber trotzdem hielt sich die Vorstellung der Verdrängung. Mag ja sein, daß Kinder sich erinnern, aber sie wissen nicht, daß sie sich erinnern. Immer noch gelten sie und ihre Erfahrungen als voneinander getrennt. Jedenfalls steht Eltern in beiden Fällen eine wundervolle Ausflucht offen, im ersten Fall fürs ganze Leben, im zweiten so lange, bis ihr Nachwuchs sich auf die Couch eines Psychiaters legt, woraufhin diese neue, bezahlte »Elternfigur« alles in lebhafter Fühlovision zurückbringt, und siehe da, alles ist wieder gut. Ich weiß noch, daß meine Mutter und mein Vater sich ständig über mein zuerst nervöses und dann renitentes Verhalten beklagten, als hätte das, was sich zwischen ihnen abspielte, nicht das geringste mit mir zu tun. »Wieso bist du bloß so?« wollten sie von mir wissen, empört und ehrlich verwirrt darüber, daß ich so schwierig geworden war. »Oh, du kannst dich also daran erinnern?« sagte Mrs. Rosen.

Ja, ich konnte mich an alles mögliche erinnern, und manches davon waren Dinge, die man angeblich vor seinem erwachsenen Ich verbirgt, aber was mir fehlte, war Bestätigung und Hintergrund. Keiner meiner Eltern, weder meine Mutter noch mein Vater, erzählte je eindeutige Geschichten über sich selbst. Fast alles, was ich über sie wußte (im Gegensatz zu dem sehr genauen Wissen um das, was sich zwischen ihnen abspielte), stammte aus Ausbrüchen, die den anderen entweder kränken oder ihm etwas heimzahlen wollten: »Jetzt will ich dir mal die Wahrheit sagen ...« Die Wahrheit war immer unerfreulich und handelte immer vom anderen Elternteil. Sie entlarvte immer irgendeine vorherige Fassung als Lügengeschichte und wurde als

Offenbarung ausgegeben, die mich über das wahre Wesen des Monsters aufklären sollte, das ich als Mutter (oder als Vater) hatte. Die Wahrheit war gefährlich, die Wahrheit war Gift. Der Satz »Jetzt will ich dir mal die Wahrheit sagen …« ließ mich jedesmal zusammenzucken, weil ich wußte, daß jetzt etwas gesagt werden würde, was nie wieder zurückgenommen werden konnte und in meinem Kopf weiterexistieren würde, ob ich es wollte oder nicht. Meine Eltern, zu dieser Erkenntnis gelangte ich, erzählten nie die Wahrheit über sich selbst, sondern immer nur über den jeweils anderen, und die Wahrheit war nie etwas Erfreuliches. Die Folge ist, glaube ich, daß ich nie sonderlich großen Respekt vor der Wahrheit hatte. Sie kam und ging je nach Gefühl und erzählte letztendlich nur eine andere, unterschiedliche Version der vorherigen Geschichte.

Die *Wahrheit* – so sagte sie – war, daß mein Vater im Gefängnis gesessen hatte, als ich noch klein war, und daß sie diese Tatsache vertuscht hatte, damit ich nicht schlecht über ihn denken würde. Die *Wahrheit* – so verkündete sie – war, daß der Sohn meines Vaters aus erster Ehe nicht etwa umgekommen war, als er, wie sie mir immer erzählt hatten, auf dem Rückweg von der Schule aus dem Bus stieg und von einem nachfolgenden Bus überfahren wurde, sondern weil er, als seine Eltern sich wieder einmal stritten, aus dem Haus und genau vor einen vorbeifahrenden Bus gelaufen war. Die *Wahrheit* – so erklärte sie – war, daß mein Vater meine Mutter und mich ganze Nächte allein gelassen hatte, sogar als ich krank war, weil er sich mit irgendeiner anderen Frau herumtrieb. Die *Wahrheit* – die Wahrheit, die sie immer geheimgehalten hatte, jetzt aber aufdecken würde – war, daß mein Vater mich ganz und gar nicht liebte, wie er immer behauptete, sondern ein Schwein und ein Gauner und ein Feigling war.

Die *Wahrheit* – so sagte mein Vater – war, daß meine Mutter keineswegs einen Nervenzusammenbruch gehabt hatte, als sie, nachdem er uns verlassen hatte, aus der Wohnung getragen wurde, sondern nur so getan hatte, um Aufmerksamkeit zu erregen und meinen Vater dazu zu zwingen, zu ihr zurückzukommen. Die *Wahrheit* – so verkündete er – war, daß ihr erster Mann aus dem Krieg zurückgekommen und meinem Vater dankbar gewesen war, weil er ihm meine Mutter vom Hals geschafft hatte. Die *Wahrheit* – so sagte er – war, daß meine Mutter spielte und trank und sich nur dafür interessierte, Geld auszugeben. Die *Wahrheit* – so enthüllte er – war, daß sie bei meiner Geburt darauf bestanden hatte, eine Vollnarkose zu bekommen und sich geweigert hatte, mich auch nur anzufassen, um mir die Windeln zu wechseln, so daß *er* diese Aufgabe übernehmen mußte. Die *Wahrheit* – so erzählte er mir – war, daß meine Mutter ihn nur deshalb vor Gericht geschleift hatte, um das Sorgerecht für mich zu bekommen, weil er ihr dann einen regelmäßigen Unterhalt zahlen mußte, daß sie ihm vor der Verhandlung vorgeschlagen hatte, er könne mich gern haben, wenn sie dafür einen Fünfer pro Woche bekommen würde. Die *Wahrheit* – so enthüllte er mir – war, daß meine Mutter und Pam, die Frau, mit der mein Vater zusammenlebte, ein Abkommen miteinander getroffen hatten, bevor ich im Alter von zwölf Jahren zu meinem Vater zog, demzufolge Pam dafür sorgen sollte, daß ich mich dort unglücklich fühlen und zu meiner Mutter zurückkehren würde.

Zwischen seinen Wahrheiten über sie und ihren Wahrheiten über ihn lagen beider Wahrheiten über mich. Diese hatten meistens zum Inhalt, daß ich eine gefährliche Ähnlichkeit mit ihr besaß (wie er sagte) oder eine gefährliche Ähnlichkeit mit ihm (wie sie sagte). Wenn man die beiden hörte, war ich verrückt, böse, schlecht, herzlos, faul, hart, undiszipliniert, unzulänglich und egoistisch. Manchmal tosten ihre Auseinandersetzungen wie eine Oper über meinen Kopf hinweg, um dann urplötzlich auf mich herabzustürzen und mich einzuschließen. *Und was ist mit dir?* Ich saß nur da und hörte zu, es war mir alles egal, ich fand es höchstens lustig, ich stand auf seiner Seite, ich stand auf ihrer Seite. AUF WESSEN SEITE STAND ICH EIGENTLICH? Irgendwann wurde stets diese Frage aufgeworfen und schien sie zusammenzubringen. Plötzlich drehten sich beide zu mir um und sahen mich an und erwarteten tatsächlich eine Antwort von mir. Manchmal spielte ich die kleine Richterin und sagte, welches Argument meiner Meinung nach am richtigsten klang; manchmal murmelte ich nur, daß ich es nicht wußte; manchmal blieb ich einfach stumm. Es spielte keine Rolle. Egal ob oder was ich antwortete, immer gingen sie anschließend auf mich los.

All das war die *Wahrheit*. Die Wahrheit, das lernte ich, war etwas, was jeder für sich in Anspruch nehmen konnte, und immer abhängig von der Person, die sie erzählte. Die Wahrheit war etwas, was sich im Hinterkopf von Leuten anstaute und dann aus diesen Köpfen hervorspritzte wie Dreckwasser, wenn der Druck von Wut oder Angst groß genug geworden war. Ich lernte daraus zwei Dinge: Sei der Wahrheit gegenüber mißtrauisch, und behalte immer den Überblick darüber, was sich in deinem eigenen Hinterkopf abspielt. Beobachte, was sich dort befindet, laß nicht zu, daß es sich in dunkle Ecken verkriecht und ungesehen dort herumlauert, bis es dir plötzlich an die Kehle springt. Sorg dafür, daß du immer weißt, was du weißt. Und versuch zu wissen, was andere wissen. Behalte auch ihre dunklen Ecken im Auge, egal wie häßlich oder unwahrscheinlich sie sein mögen. Es ist eine Art Rüstung gegen Worte, die wie Dolche sind. Laß dich nie überraschen.

Vielleicht sind Sie inzwischen chronologisch ein bißchen durcheinander. Das ist nicht weiter verwunderlich. Meine Kindheit und meine Jugend waren konfuse Zeiten. Manchmal bin ich selbst verwirrt, was die Abfolge der Ereignisse während dieser Zeit anbelangt. Warum also sollte es Ihnen bessergehen? Ein gewisses Maß an Konfusion ist unvermeidlich, aber lassen Sie mich eine kurze Chronologie aufstellen.

Ab meiner Geburt wohnte ich, bis ich ungefähr sechs oder sieben Jahre alt war, mit meinen Eltern im zweiten Stock von Paramount Court. Als ich ungefähr sechs war und Geld allmählich zu einem Problem wurde, verschwand mein Vater. Es war nicht das erste Mal, daß er uns verließ, aber diesmal war die Sache anscheinend endgültiger. Meine Mutter erlitt einen Nervenzusammenbruch und wurde in eine Nervenklinik gebracht, und ich kam für zwei oder drei Monate zu einer Pflegefamilie. Dann kam mein Vater zurück, und als meine Mutter entlassen wurde, zogen wir nach oben in den vierten Stock, wo ich ein eigenes Zimmer bekam. Inzwischen war das Geld zu einer ständigen Sorge geworden. Als ich elf und mit der Grundschule fast fertig war, ging mein Vater wieder weg, diesmal für immer. Er verschwand einfach aus unserem Leben und schickte auch kein Geld. Gerichtsvollzieher kamen und räumten die Wohnung leer, und wir warteten darauf, jeden Augenblick auf die Straße gesetzt zu werden; ich drehte durch und weigerte mich, weiter in die Schule zu gehen. Als die Sozialarbeiter kamen, um nachzusehen, was mit mir los war, besorgten sie meiner Mutter ein Zimmer in Mornington Crescent und setzten sie auf Sozialhilfe, und ich wurde auf ein Internat in Letchworth geschickt.

Dort blieb ich ein oder zwei Quartale, ging dann ab, zog zurück zu meiner Mutter, die nicht sehr erfolgreich als Haushälterin in einem vornehmen Haus in Hampstead Garden arbeitete, und besuchte dort das örtliche Gymnasium. Dann kündigte meine Mutter oder wurde gekündigt, keine Ahnung, und wir irrten eine Weile durch Nordlondon und wohnten vom Rest ihres Lohns in verschiedenen Bed and Breakfasts. Als ich zwölf war, setzte ich mich, ohne meiner Mutter etwas davon zu sagen, mit meinem Vater in Verbindung, der, wie sich herausstellte, trotz seines angeblich »spurlosen Verschwindens« immer noch genau da arbeitete, wo er schon gearbeitet hatte, als er noch bei uns lebte. Ich lief von meiner Mutter weg und wohnte eine Zeitlang bei ihm und Pam, der Frau, mit der er bis zu seinem Tod zusammenlebte. In dieser Zeit zogen er und ich zweimal aus und nahmen uns eine eigene Wohnung, einmal in Bristol, das zweite Mal in London. Beide Male kehrten wir, nachdem seine jeweilige neue Romanze in die Brüche gegangen war, zu Pam zurück. Meine Mutter zog in dieser Zeit nach Hove. Ich bat die Sozialarbeiter, mich ins Internat zurückzuschicken. Ich war ungefähr dreizehn. Achtzehn Monate später, als ich fast fünfzehn war, wurde ich wegen allgemeiner Unbotmäßigkeit und Renitenz von der Schule verwiesen. Mein Vater und Pam waren gerade nach Banbury gezogen, und ich wohnte ein paar Monate bei ihnen und arbeitete in dieser Zeit als Ladengehilfin (mein Vater, der mich dafür bestrafen wollte, daß ich von der Schule geflogen war, weigerte sich, mich auf eine andere Schule gehen zu lassen), bis ich von dort weglief und zu meiner Mutter nach Hove ging. Zwei Tage später wurde ich in meine erste psychiatrische Klinik eingewiesen.

Hilft das? Vielleicht nicht viel.

Drei gepflegte alte Damen von Ende Siebzig oder Anfang Achtzig saßen in weißen Ledersesseln. Ich selbst, achtundvierzig Jahre alt, teilte mir das passende Sofa mit dem einzigen noch verbliebenen Ehemann. Die drei Damen trugen alle halboffene Pantoletten mit Keilabsätzen und bunt oder golden bestickte Musterpullover. Mrs. Levine und Mrs. Gold hatten sich für elegante Freizeithosen entschieden, Mrs. Rosen, die Gastgeberin, gab sich in einem schicken Rock etwas förmlicher. Ihre Haare waren frisch gewellt, ihre Lippen geschminkt, ihre Gesichter gepudert. Sie wirkten erstaunlich fit und fühlten sich sichtlich wohl in ihrer Haut. Diese Achtzigjährigen hätten ohne weiteres für guterhaltene Sechzigjährige durchgehen können. Teezeit. Zum Klirren der Löffel forderte Mrs. Rosen, die Gastgeberin, mich auf, mir noch ein Stück Kuchen zu nehmen – »Du hast nur ein einziges Stück gegessen. Du mußt etwas essen, du bist viel zu dünn« –, und füllte die Tassen nach. Die anwesenden vier, plus die beiden inzwischen verstorbenen Ehemänner, hatten, seit sie 1940 hier eingezogen waren, viele Male genau wie jetzt zusammengesessen und ihren Tee getrunken und miteinander geschwatzt. Zeitweise hatte auch meine Mutter zu der Gruppe gehört. Frischverheiratete, junge, kinderlose Paare, die Männer in der Armee, die Frauen damit beschäftigt, arbeiten zu gehen oder den Bomben auszuweichen. Am Anfang eines Lebens, in dem sie selbst es zu etwas bringen wollten und das den Kindern, die sie haben würden, sobald der Krieg vorbei war, einen guten Start ermöglichen sollte.

»Neunzig Prozent der Wohnungen hier waren jüdisch«, sagte Nathan.

»Wieso?« wollte ich wissen. Das hier war schließlich die Tottenham Court Road, nicht das East End oder Golders Green. Wieso ausgerechnet dieser Wohnblock?

»Weil es im Keller Luftschutzräume gab und Juden nun einmal wissen, wie man auf sich aufpaßt«, lachte Mrs. Rosen. »Und außerdem waren da die ganzen Tuchfabriken rund um die Great Portland Street. Günstig für die Schneider.«

Und der Krieg? Das Wissen, daß die Nazis nur ein paar Meilen entfernt waren, auf der anderen Seite des Kanals? Wie hatte sich das auf ihr tägliches Leben ausgewirkt?

»Wir haben uns hier sicher gefühlt. Mein Gott, wir waren alle gerade mal zwanzig, und in diesem Alter hat uns das alles kaum etwas ausgemacht. Wir haben einfach gelebt. Um die Wahrheit zu sagen, wir haben kaum darüber nachgedacht.«

Daß unsere Nachbarn und auch wir selbst jüdisch waren, war während meiner Kindheit unverkennbar gewesen. Zwar gab es in meiner Familie fast keine religiösen Praktiken – als ich noch sehr klein war, zündete meine Mutter höchstens freitags abends Kerzen an, und mein Vater nahm mich am letzten Abend von Jom Kippur mit in die örtliche Synagoge, um das Widderhorn zu hören –, aber unser Jüdischsein wurde ständig beschworen: in den ganz alltäglichen Unterhaltungen meiner Eltern, die durchsetzt waren von Jiddischbrocken, Überbleibseln von ihren Immigrantenfamilien im East End; in der Frage, ob irgendwelche Berühmtheiten aus den Nachrichten jüdisch waren oder nicht; in dem, was wir aßen – Backfisch an den Freitagen, Hühnersuppe mit *kneidlech*, Bagels, Dickmilch, *lockschen*. Die Tatsache, daß wir jüdisch waren, lag in der Luft. Sie wurde mir auch durch die Außenwelt immer wieder in Erinnerung gebracht. In der Schule teilten die anderen Kinder mir mit, ich sei ja gar nicht englisch, sondern jüdisch. Die Kreuzigung Jesu Christi war – gerade mal ein paar Jahre nach dem Zweiten Weltkrieg – immer noch etwas, wofür ich auf dem Spielplatz verantwortlich gemacht wurde. Helen Levine, die ungewöhnlicherweise eine katholische Schule in der Nähe besuchte, wurde von einer der Nonnen mit dem Auftrag nach Hause geschickt, nachzusehen, ob ihre Mutter Bocksfüße hatte. Kurz darauf wechselte sie auf eine andere Schule. Außerdem konnte ich mich, da ich jüdisch war, nie richtig in das englische Klassensystem einordnen. Wir gehörten nicht der Mittelschicht an, aber auch nicht richtig der Arbeiterklasse; wir waren *anders*. Heute ist es natürlich leicht zu sehen, daß wir einfach Einwandererkinder waren. Die Parallelen zu asiatischen Familien der zweiten und dritten Generation liegen klar auf der Hand. Aber daß es meinen Eltern an Kultur mangelte, bedeutete nicht, daß sie für ihre Tochter kein Interesse daran gehabt hätten. Es zu etwas zu bringen, auf jede nur erdenkliche Art und Weise, war das A und O. Meine Eltern waren in ihren eigenen Augen über ihre ärmliche Herkunft im East End hinausgewachsen. Geld war der Schlüssel für alles. Ich sollte es noch weiter bringen. Ihr relativer Wohlstand würde mir eine gute Schulbildung ermöglichen, einen guten Beruf und eine gute Ehe. Dasselbe galt, glaube ich, für alle jüdischen Kinder in Paramount Court.

Während wir am Tag meines ersten Besuchs an unserem Tee nippten, gingen Mrs. Rosen, Mrs. Levine und Mrs. Gold so ungezwungen und ungeniert miteinander um wie jede Gruppe von Leuten, die sich seit über fünfzig Jahren kennen und sich tagein, tagaus sehen. Mrs. Levine sagte weniger als die anderen, begann aber fast all ihre Bemerkungen mit: »Nun, ich mußte ja zur Arbeit, deshalb war ich tagsüber nie da.« Damit wollte sie zum Teil betonen, daß sie im Unterschied zu den anderen Frauen auch dann noch einen Beruf ausgeübt hatte, als sie schon Kinder hatte, teils war es eine Entschuldigung dafür, nicht viel zu wissen. Es gab jedoch einen Vorfall, an den sie sich erinnerte. Er ereignete sich an einem Donnerstag nachmittag, Mrs. Levines freiem Nachmittag. Er brachte den Ball ins Rollen.

»Deine Mutter kam an diesem Nachmittag an unsere Tür. Jemand war sehr krank, sagte sie, oder etwas Ähnliches. Ich kann mich nicht mehr erinnern. Jedenfalls kam sie rauf und fragte, ob ich mit ihr in die Kirche gehen würde. Ich sagte, wieso sollte ich in eine Kirche gehen wollen? Aber sie ging. In eine Kirche am Trafalgar Square.«

Nathan fragte: »Wieso nicht in eine Synagoge?«

»Ich weiß es nicht. Sie hatte einen Grund, in die Kirche gehen zu wollen. Es war kein religiöser Grund, jedenfalls glaube ich das nicht. Aber das ist alles, was ich darüber weiß. Es war mein freier Nachmittag.«

Tatsächlich nahm sie statt dessen mich mit. Ich wartete draußen vor dem South Africa House, während sie in der Kirche St. Martin-in-the-Field verschwand. Ich hatte nicht die leiseste Ahnung, was sie dort wollte, und sie sagte es mir nicht. Ich habe die Szene als Schlüsselszene in meinem Roman *The Dream Mistress* verwendet. Ich erinnerte mich sehr deutlich daran – trotzdem war es ein Schock, sie von jemand anderem bestätigt zu bekommen. Bestätigt, aber nicht erklärt.

Meine Mutter war eine Frau, deren Verhalten oft unerklärlich war. Es ist durchaus möglich, daß sie selbst nicht wußte, weshalb sie unbedingt in eine Kirche gehen mußte, außer daß sie den dringenden Impuls verspürte. Sie hatte es oft mit Gott: Wieso hatte er zugelassen, daß ihre Mutter so jung starb; wieso bestrafte er sie mit meinem unmöglichen Vater; wieso half er ihr nicht? Vielleicht dachte sie, sie sollte es einmal mit einem anderen Gott versuchen. Wenn der jüdische Gott nicht funktionierte, dann vielleicht der christliche. Es war den Versuch wert. Die Religiosität meiner Mutter entsprang dem Gefühl persönlicher Benachteiligung: ein primitiver, minimalistischer Glaube, daß irgend jemand irgendwo gefälligst für sie zu sorgen habe. Sie war nicht sehr gebildet, sie war kein Verstandesmensch. Sie reagierte auf zwingende emotionale Bedürfnisse, wie ein Baby auf seine körperlichen Bedürfnisse reagiert – augenblicklich und ohne nachzudenken. Ich stelle mir vor, daß sie fast völlig uneingeschränkt durch die rationalen Funktionen ihres Vorderhirns operierte. Wenn sie Schmerzen hatte, schrie und heulte sie und schlug um sich; und sie litt, während ich sie kannte, häufig unter emotionalen Schmerzen, unter einer totalen Enttäuschung darüber, wie ihr Leben verlaufen war. Sie war erschreckend in ihren Reaktionen, weil selbst die minimalsten Rückschläge für sie das

Ausmaß einer Katastrophe annahmen und sie dementsprechend reagierte. Ihre Verbitterung und ihr Mangel an Selbstbeherrschung machten mir angst und Schlimmeres, aber ich glaube nicht, daß bewußte Bosheit dahintersteckte. Ich glaube nicht, daß sie genug über ihr Verhalten nachdachte, also kann keine bewußte Bosheit mit im Spiel gewesen sein. Sie schlug um sich, ließ ihren Gefühlen freien Lauf und konnte nicht anders. Sie war eher traurig als böse und, wie ich glaube, ehrlich verwundert darüber, wie das Leben sich ihrer Kontrolle entzog. Wegen der emotionalen Deprivation, die sie in ihrer eigenen Kindheit erfahren hatte, besaß sie nicht genug Einsicht, um für die Folgen ihres Verhaltens verantwortlich gemacht zu werden. Das läßt mir nur wenig Raum für Wut auf sie persönlich. Mit ihr zu leben, Tag für Tag, war wie Schlittschuhlaufen auf dünnem Eis. Das Eis bekam täglich neue Risse, aber es gab keine Alternative, keinen anderen Ort, wo ich hätte hingehen können. Keinen Raum für Wut, aber auch keinen Raum für Zuneigung. Sie sagte oft, schrie oft, daß alle Menschen ihre Mutter brauchen, daß auch ich sie eines Tages brauchen würde, wenn sie nicht mehr da wäre, und dann würde ich einsehen … Natürlich hatte auch ich Bedürfnisse, natürlich gab es Dinge, die auch ich brauchte, aber sie gehörte nicht dazu, auch wenn sie meine Mutter war. Ich kann mich an keinen Augenblick meines Lebens erinnern, in dem ich mir gewünscht hätte, daß sie da wäre. Wenn ich an sie als an meine Mutter zurückdenke, bringe ich höchstens ein Schulterzucken zuwege, begleitet von dem vagen Gefühl, daß es einfach Pech war, daß ich in die Obhut einer Frau mit der emotionalen Kapazität eines Kleinkinds hineingeboren wurde. Blödes, doofes Pech. Die menschlichen Arrangements zur Kinderaufzucht sind nun einmal ein Vabanquespiel. Genausogut könnte man auf das Eis wütend sein, weil es zu dünn ist, einen zu tragen.

Mrs. Gold hatte sichtlich etwas dagegen, übergangen zu werden, und nicht die Absicht, sich von den Erinnerungen von Mrs. Levine ausstechen zu lassen.

»Ich kann dir auch was erzählen«, warf sie eifrig ein. »Dein Vater hatte sich ein Zimmer in der Albany Street gemietet. Das hast du nicht gewußt, oder? Weißt du, er war ein Charmeur. Aber er war auch ein Schwindler.«

Mrs. Levine machte ein erschrockenes Gesicht. »Will sie das wirklich hören?« fragte sie Mrs. Rosen, und meinte mich.

»Doch, das will sie«, beruhigte Mrs. Rosen sie. »Sie will wissen, wie es damals gewesen ist. Jedenfalls hat sie das gesagt.«

»Also, Jimmy war ein Schwindler«, fuhr Mrs. Gold fort. »Und er hatte sich dieses Zimmer in der Albany Street gemietet, gleich über der Gardinennäherin, wie hieß sie noch mal?«

Die drei Frauen kramten im Wust ihrer Erinnerungen.

»Oh, ich weiß«, sagte Mrs. Levine, »Claire, Stella ...«

»Jedenfalls«, sagte Mrs. Gold, »hat er dort eine Menge Schwindeleien ausgeheckt. Er ließ sich Geld schicken. Er schrieb Briefe. Er benutzte das Zimmer als eine Art Postadresse. Übrigens hat die Frau es später sehr weit gebracht, sie hat einen Gardinenladen in der Vivian Avenue eröffnet.«

»Sie war einmal hier, um mir einen Kostenvoranschlag für neue Vorhänge zu machen«, erinnerte sich Mrs. Rosen.

»Richtig. Und Jimmy mußte mal als Scheidungsgrund vor Gericht, als er noch hier in Paramount Court lebte.«

Ob es sich um die Scheidung der Gardinennäherin gehandelt hatte oder um die einer der anderen Frauen, die er mit romantischem Gesäusel dazu brachte, ihm Geld zu geben, wurde nicht richtig deutlich. Die Erinnerungen der drei alten Frauen waren alle so – gleichzeitig genau und verschwommen. Sie erinnerten sich an viele Dinge, behaupteten aber, keine Einzelheiten zu kennen, da sie keine Fragen gestellt und sich niemals in die

Angelegenheiten einer anderen Familie eingemischt hätten. Und so wußten sie zwar, daß er ein Zimmer in der Albany Street gehabt hatte und ein professioneller Betrüger gewesen war, nicht jedoch, was genau er getrieben hatte, und sie hatten keine Ahnung, aus welchem Grund er ins Gefängnis mußte, obwohl es damals sehr ungewöhnlich gewesen sein muß, eine Familie, deren Vater im Gefängnis war, als Nachbarn zu haben.

Ich hatte gewußt, daß mein Vater eine Art Hallodri gewesen war und mit Schwarzmarktgeschäften und Frauengeschichten zu tun gehabt hatte, aber ich hatte nicht gewußt, daß er ein richtiger Berufsbetrüger gewesen war, mit einem eigenen Büro und allem. Das war, wenn nicht unbedingt eine völlig neue Information, so doch eine Schwerpunktverlagerung.

»Wurde er je erwischt?« fragte ich.

»Ich weiß, daß er im Gefängnis war, aber aus welchem Grund, das kann ich dir nicht sagen. Ich weiß nur, daß hinter dem Rükken deiner Mutter getuschelt wurde, daß es etwas mit diesen Briefen zu tun hatte. Du mußt damals winzig gewesen sein, vielleicht drei. Und dann, kurz danach, kam es zu dieser Tragödie.« Mrs. Gold war jetzt richtig in Fahrt. »Vielleicht war es, bevor er ins Gefängnis kam, weil er wußte, daß er geschnappt werden würde. Oder danach. Ich kann mich nicht mehr erinnern. Jedenfalls kam er eines Morgens in unser Geschäft in der Great Portland Street und fragte meinen Mann, ob er mit ihm zum Pferderennen gehen würde. Ich sagte, wieso will er plötzlich mit dir zum Pferderennen gehen, einfach so aus heiterem Himmel, an einem normalen Arbeitstag? Mein Mann sagte, er könne das Geschäft nicht allein lassen. Dann fuhr er in den Epping Forest, wurde aber gerettet.«

»Wie bitte?« sagte ich.

»Er wurde im Epping Forest in seinem Auto gefunden, mit dem Auspuffschlauch. Du weißt schon.«

»Es war nicht das einzige Mal«, fügte Mrs. Rosen hinzu. »Er hat es noch einmal versucht. Als du in der Vorschule warst. Ich ging runter, um zu hören, ob du an diesem Tag in die Schule gehen würdest, und deine Mutter war völlig aufgelöst. Ihr wart mit Sally Leigh, Gott hab' sie selig, nach Southend oder sonstwohin gefahren. Es war ein sehr, sehr heißer Tag. Und dann kamt ihr zurück.«

»In der Sonne war es schrecklich heiß, nicht wahr?« zwitscherte Mrs. Gold.

»Und am nächsten Tag, wieder im Auto, wieder der Auspuff. Er hatte es noch einmal versucht. Ich weiß nicht mehr, wo.«

Ich erinnerte mich an einen Tag, an dem ein Polizist zu uns kam und meiner Mutter mitteilte, mein Vater sei in seinem Auto aufgefunden worden, mit einem Schlauch, der vom Auspuff durch das Fenster führte. Ich hatte nicht gewußt, daß er sich das zur Gewohnheit gemacht hatte.

Einem Impuls folgend, fragte ich: »Hat meine Mutter je versucht, sich umzubringen?«

»Nicht daß ich wüßte«, sagte die gütige Mrs. Rosen ein bißchen zu schnell.

»Doch«, korrigierte Mrs. Gold. »Doch, das hat sie. Mit einer Überdosis. Wie alt wirst du damals gewesen sein? Fünf, glaube ich.«

Ich spüle diese Familiengeschichte aus Gaunereien und multiplen Selbstmordversuchen mit meiner zweiten Tasse Tee herunter. Immer noch möchte Mrs. Rosen, daß ich noch ein Stück Kuchen esse. Aber ich habe keinen Appetit.

Während ich, vermutlich aus Geringschätzung, unfähig bin, über die Unzulänglichkeiten meiner Mutter wütend zu sein, einfach aus dem Gefühl heraus, daß sie es eben nicht besser wußte, habe ich meinem Vater gegenüber immer gesunden Ärger empfunden. Er stammte aus einer zwar armen, aber liebevollen Familie. Er war nicht ungebildet. Er war ein intelligenter Junge gewesen, der sogar ein Stipendium für eine Stiftungsschule im East End ergattert hatte. Wenn man ihm glauben wollte – und er ist keine sehr zuverlässige Quelle –, war er sogar in Cambridge, brach das Studium aber im zweiten Semester ab, um Geld zu verdienen. Egal ob das stimmte oder nicht, jedenfalls war er stolz auf seine Intelligenz. Sie war etwas, was er und ich gemein hatten und was meine Mutter ausschloß. Wir waren intelligent, sie war es nicht. »Mach dir nichts draus«, sagte er oft, wenn sie wieder einmal schmollte oder schimpfte. »Mummy versteht das eben nicht.« Anders als sie hatte er keine Entschuldigung für sein Verhalten. Aber allmählich sah es so aus, als seien sie sich ähnlicher gewesen, als ich gedacht hatte. Als habe ihre Hysterie in seiner eine Entsprechung gefunden und als seien Intelligenz und gute Schulbildung keine Garantie gegen emotionale Unzuverlässigkeit. Zwei Kleinkinder als Eltern. Ein Paar, das gut zueinander paßte. Doppeltes Pech.

»Wissen Sie, wieso er sich umbringen wollte?« fragte ich. Irgendwie brauchten die Selbstmordversuche meiner Mutter kein Motiv.

»Ich glaube, aus Enttäuschung«, meinte Mrs. Rosen.

»Nein, es hatte etwas mit diesen Briefen zu tun, die er verschickte.«

»Und mit Glücksspiel. Er ging ständig Risiken ein, er liebte Wetten.«

»Er war verzweifelt.«

»Verzweifelt.«

»Er wußte nicht mehr weiter.«

»So traurig, so traurig.«

»Sehr traurig.«

»Schrecklich. Deine Mutter war eine hübsche kleine Person, das weiß ich noch. Sie hatte ein nettes Gesicht.«

»Ein nettes Lächeln.«

»Und sehr elegant, bevor sie, du weißt schon ... Und du hattest die wundervollsten Kleider, bevor ...«

»Er hatte so schöne silberne Haare«, erinnerte sich Mrs. Gold. »Ein so attraktiver Mann. Und so charmant.«

»Absolut charmant. Ein perfekter Gentleman.«

»Er hatte dieses gewisse Etwas«, gurrte Mrs. Gold.

Die drei alten Damen verloren sich in Rhapsodien über die Vorzüge meines Vaters.

»Er war ein Gentleman, wie er im Buche steht«, erinnerte sich Mrs. Levine. »Er wollte meinen Anthony an der City of London School unterbringen. Er war mit dem Bürgermeister befreundet und sagte zu meinem Mann, ich sorge dafür, daß Ihr Sohn auf die City of London gehen kann. Und dann kam er rauf und setzte sich hin und schrieb einen Brief. Einen Brief ... ich muß nachsehen, ob ich ihn noch finden kann ...«

»Meinen Sie, daß mein Vater vielleicht Versprechungen machte, die er dann nicht einhalten konnte?« fragte ich.

»Nun, es stand alles da, schwarz auf weiß. Für uns, für meinen Mann und mich, sah es echt aus. Absolut echt. Er konnte gut mit ihm. Er war ein Charmeur.«

»Ja, ich weiß«, sagte ich. »Aber ich glaube, er war nicht unbedingt der ehrlichste Mensch, den man sich denken kann. Hat er es denn geschafft, Anthony auf die City of London zu bekommen?«

»Nun ja, er war ja dann weg, aber ich bin sicher, wenn er noch dagewesen wäre ... ich bin sicher, daß der Brief echt war.«

»Er hatte eine wundervolle Art.«

»Ein sehr attraktiver Mann. Ein Herzensbrecher.«

»Und so klug, so redegewandt, so elegant.«

»Wo deine Mutter ihn nur gefunden hat?« sagte Mrs. Gold mit rauher, etwas mißgünstiger Stimme.

»Er konnte einen zu allem überreden. Er hatte diese Art von Persönlichkeit. Wenn er redete, mußte man ihm einfach zuhören.«

»Man hätte ihm alles geglaubt«, fügte Nathan Rosen mit ruhiger Stimme hinzu.

»Ja, er hatte diese Art von Persönlichkeit, nicht wahr? Wenn man mit ihm redete, hatte man sofort das Gefühl, ihn schon immer gekannt zu haben.«

»Und er war sehr großzügig. Immer der erste, der das Portemonnaie zückte. Man mußte ihn einfach lieben.«

»Vielleicht zu sehr«, sagte Nathan, wieder mit ruhiger Stimme, und setzte dem Lobgesang damit ein Ende.

Nach einer kurzen Pause fragte Mrs. Rosen zögernd und mit merklich gesenkter Stimme: »Sag mal, hat er dich je mißbraucht, dein Vater?«

Sie war ein Schock, diese Frage, in diesem Zimmer voller ehrbarer, alter Leutchen, für die Diskretion und Anstand der Schlüssel zur Zufriedenheit waren. Höchst ungewöhnlich, daß die so taktvolle und rücksichtsvolle Mrs. Rosen diesen Gedanken äußerte, inmitten des Porzellannippes und der von einem Berufsfotografen gemachten Porträtaufnahmen, die in ihrem makellosen Wohnzimmer standen. In der Stille, in der alle gespannt auf meine Antwort warteten, ging mir auf, wie sehr das Wort »Mißbrauch« zu einem alles durchdringenden modernen Euphemismus geworden ist, suggestiv und doch schwammig, die Andeutung von etwas Schockierendem, ohne etwas Schokkierendes zu *sagen*. So effektiv wie viktorianische Tischbeinabdeckungen, verhüllend, aber dennoch auf das aufregend Vulgäre hinweisend, das Wort *Inzest* in der Kehle kitzelnd, ohne es auszusprechen. Es fühlte sich wie eine Fangfrage an, eine, die eine sorgfältige Definition verlangte. Die hier Anwesenden würden keine zu freimütige Antwort hören wollen.

Während ich darüber nachdachte, was ich am besten sagen sollte, schossen mir die Abende durch den Kopf, zahlreiche Abende, an denen meine nackte Mutter (meine Eltern schliefen beide nackt) in der Wohnung im vierten Stock, zwei Türen neben der, in der ich jetzt saß und Tee trank, in mein Zimmer kam und mich wach rüttelte und mich zum Schlafen zu meinem Vater schickte, weil sie selbst nicht mit ihm im selben Bett schlafen wollte. Ich stand auf und stolperte, während sie sich in mein Bett legte, ins Schlafzimmer meiner Eltern und kletterte zu meinem Vater in das große Doppelbett. Er nahm mich in die Arme, drückte mich an seine haarige Brust und wiegte mich hin und her, als Trost für uns beide, nehme ich an. Und weil es schön war. Für mich jedenfalls war es schön. Ich liebte die Berührung und den Geruch seines warmen Körpers, wenn ich mich an seine haarige Brust kuschelte und mich an sein schlagendes Herz drückte. Ich liebte es, in seinen Armen zu liegen und von seinen großen Händen gestreichelt zu werden. Wo streichelten sie mich? Überall, glaube ich. Ich genoß seine körperliche Zuneigung wie ein köstliches Getränk. Ich erinnere mich nicht, mich bei jenen privaten, nächtlichen Tröstungen je anders gefühlt zu haben als sicher und geliebt.

Es gab ein Spiel, das meine Eltern, als ich noch klein war und wenn sie gerade keinen Streit hatten, gern spielten. Normalerweise fand es statt, nachdem ich abends gebadet hatte. Ich trocknete mich im Wohnzimmer ab und lief dann nackt zwischen ihnen hin und her, während sie, auf gegenüberliegenden Seiten des Zimmers, nach meiner Vagina griffen und versuchten, sie zu kitzeln. Wenn sie mich einfingen und ihre Finger auf meine Vulva legten, quietschte und kreischte ich und wand mich in der Mischung aus Lust und Qual, die Gekitzeltwerden mit sich bringt. Das Spiel ging so lange, bis ich völlig erschöpft war und die beiden vor Lachen nicht mehr konnten. Es war unsere Art, Spaß zu haben, und wir hatten so selten Spaß, daß diese Gelegenheiten in meiner Erinnerung von einem goldenen Schimmer überzogen sind. Zurückblickend ist mir klar, bis zu welchem Ausmaß ich ein Katalysator zwischen den beiden war, in guten und in schlechten Zeiten, ein Blitzableiter für Erregung und Schmerz. Was immer sie an Gefühlen ausdrücken wollten und kaum artikulieren konnten, es wurde durch mich kanalisiert. Wenn sie mich zwischen sich hin und her schubsten und nach meinem Geschlecht griffen, kommunizierten sie, so stelle ich es mir vor, miteinander, so gut sie es konnten. Aber die dunklen Nächte im Bett meines Vaters fühlten sich wie ein privater Austausch zwischen ihm und mir an. Sie waren es natürlich nicht; das war nur die Fehlinterpretation eines Kindes, das sich selbst als Mittelpunkt des Universums sieht. Meine Mutter schickte mich zu meinem Vater ins Bett, und während ich als Kind annahm, daß sie sich wieder einmal gestritten hatten, steckte dahinter wohl eher die sexuelle Weigerung meiner Mutter (oder meines Vaters) und ihr Beharren darauf, daß ich ihren Platz einnahm. Dasselbe Muster wie beim Wohnzimmerspiel.

Erst später, mit ungefähr vierzehn, als ich allmählich anfing, Sexualität als Privatsache zu betrachten, reagierte ich auf eine, wie man heute sagen würde, angemessenere Weise. Ich war von meinem Vater und Pam in Banbury weggelaufen und hatte mich zu meiner Mutter geflüchtet, die in Hove in einem möblierten Zimmer lebte. Am Abend nach meiner Ankunft hatte ich mich mit dem Gesicht zur Wand zusammengerollt, als sie unter die Decken des schmalen Betts schlüpfte, das wir uns teilen mußten. Ich war noch wach, stellte mich aber schlafend. Sie legte den Arm über meine Hüften, ließ die Hand zwischen meine Beine gleiten und fing an, mich zu streicheln. Ich schämte mich zu Tode.

»Laß das!« fauchte ich.

»Was hast du denn?« sagte sie. »Du bist doch mein kleines Mädchen, mein Baby. Deine Mummy wird ja wohl noch ihr kleines Baby streicheln dürfen.«

»Hör auf!« schrie ich und rückte von ihr weg. Es war mir furchtbar peinlich. Mit einem gereizten »Ts-ts-ts« drehte sie mir auf ihre übliche beleidigte Weise den Rücken zu. Ich machte in dieser Nacht kein Auge zu. Den ganzen nächsten Tag stritten wir uns darüber, wo ich von jetzt an leben sollte. Am Abend schluckte ich eine Handvoll Nembutal, die ich in ihrer Schublade fand. Am Tag darauf wurde ich in die psychiatrische Klinik in Hove eingeliefert, und meine Mutter und mein Vater trafen sich zum ersten Mal seit vielen Jahren an meinem Krankenhausbett. »Wie hast du mir das nur antun können?« schrien beide auf mich ein, während ich zwischen ihnen lag und mir die Decken über den Kopf zog und zu kreischen anfing.

»Meinen Sie, ob er mich geschlagen hat?« fragte ich vorsichtig bei Mrs. Rosen nach.

»Ja«, sagte sie mit einem mitleidigen Blick. »Ich weiß, daß er deine Mutter geschlagen hat. Hat er je die Hand gegen dich erhoben?«

»Beide haben mir manchmal eine Ohrfeige gegeben. Wenn sie wütend waren, haben sie mir manchmal eine runtergehauen, aber das war alles. Nichts Besonderes«, versicherte ich ihr.

Die warmherzige Mrs. Rosen sah ehrlich erleichtert aus.

Weder von mir noch von meiner Mutter gibt es Fotos aus der Zeit, bevor ich elf war. Nachdem mein Vater uns endgültig verlassen hatte – Geld war schon lange keins mehr da, und wir standen kurz vor der Räumung –, nahm meine Mutter den Karton mit den alten Fotos und das blaue Album (ersterer mit Fotos von meinen Eltern aus der Zeit vor meiner Geburt, letzteres mit Fotos von mir von meiner Geburt bis zum damaligen Zeitpunkt) und brachte sie zu Bill. Bill arbeitete im Heizungsraum im Keller des Gebäudes und schürte die Feuer, die die zentralisierte Zentralheizungswärme durch die Rohre pumpten. Manchmal besuchte ich ihn und sah ihm bei der Arbeit zu. Aus irgendeinem Grund vertraute meine Mutter ihm unsere Fotos an und sagte, sie würde sie abholen, sobald sie alles geregelt hätte.

Sonst war uns kaum noch etwas geblieben; die Möbel, die Teppiche, meine Bücher und meine Spielsachen waren alle dem Gerichtsvollzieher zum Opfer gefallen, der sie als Ausgleich für unbezahlte Rechnungen mitgenommen hatte, und wir ernährten uns schon seit Wochen nur von Kartoffeln, die wir in gehortetem Hühnerfett brieten. Meine Mutter wollte nicht, daß die anderen Leute im Haus, die Rosens, die Golds und die Levines, von unserer beschämenden Lage erfuhren. Wir gingen barfuß über die nackten Dielen, damit die Nachbarn unter uns nicht hörten, daß wir keine Teppiche mehr hatten, und ich hatte die strikte Anweisung, mich ganz normal zu verhalten, wenn ich im Flur oder auf der Straße jemandem begegnete, und mich von den anderen Kindern fernzuhalten. Die einzigen Erinnerungsstücke, die wir noch hatten, waren der Karton mit den Fotos, die ich oft auf dem Boden ausbreitete, und das blaue, ledergebundene Album mit den Fotos von mir seit meiner Geburt. Früher hatte es noch ein anderes Album gegeben, ein kastanienrotes, mit Fotos von Stanley, dem toten Sohn meines Vaters aus seiner ersten Ehe, das immer oben auf meinem gelegen hatte. Aber das hatte mein Vater mitgenommen, als er uns verließ.

Ein paar Jahre später, als ich sechzehn war und ganz in der Nähe in einem Büro in der Goodge Street arbeitete, nahm ich all meinen Mut zusammen und rief den Hausmeister von Paramount Court an – ohne große Hoffnung. Die fünf Jahre, die vergangen waren, seit die Fotos bei Bill deponiert worden waren, kamen mir wie eine Ewigkeit vor. Ich erklärte, wer ich war, und der Hausmeister teilte mir mit bedeutungsschwerer Stimme mit, ja, er könne sich an unsere Familie erinnern. Wie wohl jeder, der schon damals dort gearbeitet habe. Aber Bill, der Heizer, sei schon lange nicht mehr da. Der Hausmeister wußte nicht, wo er abgeblieben war, und er wußte auch nichts über irgendwelche Fotos. Wahrscheinlich, sagte er ohne jede Bosheit, habe Bill sie verbrannt, als niemand kam, um sie abzuholen. Wahrscheinlich hatte er das tatsächlich getan. Für ihn hatten sie keine Bedeutung.

Ich betrauerte den Verlust dieser Fotos und tue es immer noch. Ich erinnere mich an hochelegante Fotos von meiner Mutter und meinem Vater aus der Zeit des Krieges, ihrer besten Zeit, in Abendkleidung in Nachtclubs. Genau wie in alten Kinofilmen. Ein Foto zeigte meine Mutter in Shorts auf einer Treppe an einem Strand, und neben ihr stand lächelnd Douglas Fairbanks jr., der, wie meine Mutter immer betont hatte, ein berühmter Filmstar war, mit dem sie sich, als sie in den fetten Jahren in Südfrankreich Urlaub machte, angefreundet hatte. Die wehmütige Art, wie sie das sagte, ließ die Vermutung aufkommen, daß sie sich sogar sehr nahegestanden hatten, aber vielleicht war ihre Wehmut auch nur das Wunschdenken einer enttäuschten Frau. Es hatte Fotos von mir als kleines Mädchen gegeben, in Partykleidchen, weißen Söckchen und Handschuhen, von mir im Zoo, beim Eislaufen, beim Tanzen – all die üblichen Kinderfotos, aber ich kann mich nicht sehr deutlich an sie erinnern. Wahrscheinlich waren sie gar nicht so anders als die Fotos von Chloe, die sie in ihrer Entwicklung vom Baby zur jungen Frau zeigen, mehrere Alben füllen und die Flurwand meiner

Wohnung mit Beschlag belegen. Fast all diese Fotos wurden von ihrem Vater gemacht, der ein leidenschaftlicher Fotograf ist. Ich selbst benutze fast nie eine Kamera, besitze nicht mal eine, habe mir aber mit größter Gewissenhaftigkeit von Roger Abzüge aller Chloe-Fotos geben lassen und sie ordentlich in Alben geklebt, bis Chloe alt genug war, um das selbst zu übernehmen. Für mich lag immer ein großer Trost in dem Gedanken, daß es zwei Sets Fotos von Chloes Leben gibt, eins im Haus ihres Vaters, eins bei mir. Einer der Vorteile einer freundschaftlichen Trennung. Eine Garantie gegen zufällige Verluste. Wie immer es Jennifer gegangen sein mag, es gibt keine fotografischen Beweise dafür, nur die unzuverlässigen Schnappschüsse meiner Erinnerung, die der Vergangenheit zu Diensten sein müssen.

Auf See

Drei Tage erwiesen sich als lang genug für das Zustandekommen einer fast institutionellen Routine. Schon am zweiten Tag lebten wir in einer schwimmenden Internatsschule oder Klinik, wobei ich natürlich die Klinik-Metapher vorzog. Zum Glück für meine Phantasien legte ich mir bohrende, dröhnende Kopfschmerzen zu, die ich vierundzwanzig Stunden lang mit mir herumschleppte. Die extrastarken Kopfschmerztabletten, die ich in einer Riesenpackung bei mir hatte, kamen nicht einmal ansatzweise dagegen an. Butch erklärte mir, daß manche Menschen auf eine Seereise statt mit Seekrankheit mit Kopfschmerzen reagieren, und riet mir, den Schiffsarzt kommen zu lassen. Ich war durchaus eingenommen von der Idee, jemanden zu sehen, der einen weißen Kittel trug.

Der russische Arzt war klein, rund und stark behaart und sah aus wie ein bärtiger Gummiball. Wenn er grinste, was er, da er der englischen Sprache nicht mächtig war, als Ausgleich für die fehlende verbale Kommunikation ausgiebig tat, erstrahlte sein Mund wie die aufgehende Sonne im Glanz zahlreicher Goldzähne. Er besaß mehr davon als alle anderen Besatzungsmitglieder, obwohl die Russen allesamt mindestens ein oder zwei Schneidezähne aufwiesen, die goldene Strahlen aussandten. Der Arzt war ursprünglich Zahnarzt gewesen, was vielleicht erklärte, wieso er die meisten hatte. Es schien unter der Besatzung, vielleicht auch unter Russen im allgemeinen, eine Art Statussymbol zu sein, so viele Goldzähne zu haben, wie man sich leisten konnte, ähnlich wahrscheinlich wie bei Tennisspielern und Goldkettchen. Ich gestehe, daß ich zunächst dachte, es sei ja wohl der Höhepunkt der Narrheit, sein Gold im Mund herumzutragen. Wieviel besser war es doch, es getrennt vom Körper bei sich zu führen, wo es einem wenigstens ohne größeren leiblichen Schaden weggenommen werden konnte, so jedenfalls lehrte es mich die Geschichte und das moderne Stadtleben. Aber der offensichtliche Genuß, den der rundliche kleine Doktor daraus zog, seine vergoldeten Kauwerkzeuge aufblitzen zu lassen, bezauberte mich so, daß ich meine Angst um ihn vergaß.

Er deutete also mit einem blendenden Lächeln auf seinen Magen, der sich durch nichts von seinem Brustkorb oder auch seinen Oberschenkeln unterschied, außer vielleicht durch seine allgemeine Lage. Ich deutete auf meinen Kopf und legte die Hand nach Art schmerzgepeinigter viktorianischer Ladys an die Stirn. Er deutete erneut auf seinen Magen und schüttelte den Kopf. Ich schüttelte meinen ebenfalls. Er nickte, beglückt über die Effizienz unserer Kommunikation, und zog ein silbernes Kärtchen mit fünf darin eingeschweißten Monsterpillen aus seinem weißen Doktorkittel. Die Pillen waren weiß und mit unregelmäßigen grünen Flecken gesprenkelt wie Porzellanzähne, die vor kurzem mit Spinat in Berührung gekommen sind. Er hielt einen Finger hoch, zog ihn wieder ein und hob anschließend die ganze Hand mit allen fünf Fingern, was ich mir so deutete, daß ich entweder alle fünf auf einmal nehmen sollte oder eine alle fünf Stunden. Er bestätigte letzteres, indem er auf seine Uhr deutete, die fast völlig in dem schwarzen Haargestrüpp an seinem Handgelenk verschwand, und mir dann erneut alle fünf Finger zeigte. Ich lächelte zum Zeichen dafür, daß ich verstanden hatte; er lächelte, erfreut über mein Verständnis, zurück und sagte dann etwas sehr Substantielles auf russisch, was ich mit einem Nicken und einem »Danke« quittierte (oder vielmehr einem »Spa-si-ba«, wie es uns auf der Liste mit den zwölf wichtigsten russischen Ausdrücken empfohlen wurde, die umsichtigerweise in den Kabinen auslag), weil ich sicher war, daß er gesagt hatte, ich würde mich, sobald ich seine Tabletten genommen hatte, wieder putzmunter fühlen. Erst als er gegangen war, kam mir der Gedanke, daß er mir vielleicht hatte einschärfen wollen, ich dürfe, solange ich die Pillen nahm, auf keinen Fall Thunfisch oder Zitronensoufflé zu mir nehmen. Die Spinatpillen wirkten Wunder. Nach nur dreien verschwanden meine Kopfschmerzen, so wie unangenehme Erinnerungen es tun sollen, und ich war wieder eine glückliche und zufriedene Kreuzfahrtteilnehmerin.

Die Mitglieder des Expeditionsteams machten sich schreckliche Gedanken wegen unseres langen, landlosen Aufenthalts auf See. Wie die Stewardessen in Flugzeugen taten sie ihr Bestes, um uns Passagiere vor den gefährlichen Auswirkungen der Langeweile zu bewahren. Mahlzeiten, Vorträge, organisierte Kartenturniere und Videos füllten die Stunden, als würden sechzig tatenlose Minuten uns dazu bringen, die Wände hochzugehen, unseren Unmut zu bekunden und Meutereien auszuhecken. Ich wußte, daß ich das Stundenplanspiel mitspielen mußte, wenn ich nicht überheblich und unfreundlich wirken wollte – keine gute Idee auf einem kleinen Schiff, auf dem ich zwei Wochen lang bleiben sollte.

Beim Frühstück setzte ich mich also frohgemut zu Big Jim und seinem Berg aus fünf Würstchen, mehreren Spiegeleiern und zwei oder drei Blaubeermuffins, die auf dem Rand seines Tellers balancierten, an den Tisch.

»Hi, wie geht's denn so?« erkundigte er sich, ohne den Blick von seinem Teller zu heben. »Seekrank gewesen? Hat 'ne Menge Leute erwischt.«

Er selbst war nicht mit diesem Problem geschlagen. Ich erzählte ihm, daß ich zwar nicht seekrank gewesen sei, dafür aber unter schlimmen Kopfschmerzen gelitten hätte, die der wundervolle russische Arzt jedoch im Handumdrehen kuriert habe.

»Falls Sie wieder mal irgendwelche Medikamente brauchen, kommen Sie einfach zu mir. Ich bin eine wandelnde Apotheke. Fahre nie weg, ohne eine komplette Medikamentenkiste bei mir zu haben. Beruhigungsmittel, Antibiotika, Codein – Sie brauchen es, ich habe es.«

Ich bedankte mich, ehrlich getröstet durch das Wissen um Big Jims Trickkiste.

Gehorsam besuchte ich Jerrys Vortrag »Leben auf See – vogelfrei?«. Meine Stimmung, die sowieso schon auf Halbmast war, plumpste vollends in die Tiefe, als er sich, einen toten weißen Plastikvogel um den Hals drapiert, vor uns aufbaute und anfing, uns die Geschichte des Alten Seefahrers zu erzählen, die, wie es schien, von einem Mann namens Samuel Taylor *Coolridge* verfaßt worden war – zweifellos einem Dichterpräsidenten. Das britische Kontingent fing an, die Augen zu verdrehen. Der Albatros, um den es in der Geschichte ging, war zweifellos ein Wanderalbatros gewesen, der nur in diesen Breiten vorkam, ein riesiger Vogel mit reinweißem Gefieder, der sein ganzes Leben im Flug verbringt, außer daß er einmal im Jahr landet, um sich zu paaren. Manny versuchte mehrmals, mit irgendwelchen schrecklich geistreichen Bemerkungen über Albert Ross zu landen, aber Jerry, ein schnurrbärtiger Alaskaner, der weder mit Mannys noch mit sonst einer Art von Humor gesegnet war, sah ihn nur verständnislos an und fuhr ungerührt damit fort, seine Dias zu zeigen, auf denen Sturmvögel zu sehen waren (Schneesturmvögel, Riesensturmvögel, Weißkinnsturmvögel, Kapsturmvögel und Grausturmvögel), Skuas, die Himmelspiraten (die Braune Skua und die Südpolarskua), und Albatrosse über Albatrosse (Königsalbatrosse, Schwarzbrauenalbatrosse, Rußalbatrosse, Graukopfalbatrosse und Wanderalbatrosse). Nicht einen von all diesen Vögeln würde ich wiedererkennen, wenn ich am Heck des Schiffs stand und einfach nur *Vögel* beobachtete, große und kleine, helle und dunkle, hübsche und langweilige, die unserer Kielspur folgten.

Die Vogelbeobachter waren eine Gruppe für sich und wahrscheinlich die ganze Freude des Expeditionsteams, da sie nicht unterhalten werden mußten. Sie waren, wie auch ich das eine oder andere Mal, schon um fünf Uhr morgens auf den Beinen, von Kopf bis Fuß in wetterfestes Zeug eingemummelt, nichts als die Augen sichtbar, standen in kleinen Gruppen auf dem Achterdeck oder rechts und links der Brücke und suchten den Himmel mit ihren erschreckend riesigen Ferngläsern ab. Der British-Airways-Zahlmeister, eine Art Einzelgänger, war oft an der Seite der Brücke zu sehen, immer noch in Anzug und Stadtschuhen (die ihm auf dem nassen Deck beträchtliche Schwierigkeiten bereiteten), aber in einen dicken Parka gehüllt, wo er stundenlang reglos an der Reling stand und darauf wartete, daß irgendwelche Vögel in sein Blickfeld geflattert kamen. Wenn ich versuchte, mein (wie ich gedacht hatte) keineswegs billiges Fernglas auf irgendeinen beweglichen Fleck zu richten, sah ich überhaupt nichts – Vögel sind einfach zu schnell. Kaum hatte ich eine Feder in meinem Sichtfeld eingefangen, war sie auch schon wieder verschwunden, und ich mußte mich in alle Richtungen verrenken, um sie wiederzufinden, was mir aber kein einziges Mal gelang. Ein kanadischer Vogelbeobachter, der meine Probleme mitbekam, riß für einen kurzen Moment eins seiner Augen vom Himmel los, um mich darüber aufzuklären, daß meine Ausrüstung nichts taugte. »Hat überhaupt keinen Sinn, durch irgendwas zu gucken, was nicht mindestens tausend Dollar gekostet hat.« Da ich nicht annähernd tausend Dollar ausgegeben hatte, gab ich meine Bemühungen auf und stellte zu meinem Erstaunen fest, daß ich den Flug der Vögel durchaus zufriedenstellend mit nichts anderem als meiner Brille verfolgen konnte. Ich konnte sogar erkennen, daß eins der Tiere einen schwarzen Halbkreis über dem Auge hatte. »Aha!« rief ich triumphierend aus. »Ein Schwarzbrauenalbatros!« Es war tatsächlich einer. Nachdem meine Ehre auf diese Weise wiederhergestellt war, begnügte ich mich damit, einfach nur zu beobachten, wie völlig unspezifizierte fliegende Kreaturen kreisten, kurvten und über die Wasseroberfläche streiften.

Die Vogelbeobachter machten keine Fotos von den Vögeln. Sie beobachteten sie nur, um sie zu identifizieren. Wenn ihnen das gelungen war, ließen sie ihre Ferngläser auf die Brust sinken und hakten ihre Entdeckung auf einem vorgedruckten Formular ab. Datum, genaue Uhrzeit und Zahl der gesichteten Exemplare. Später, bei den Mahlzeiten, steckten sie alle – einschließlich des BA-Zahlmeisters – die Köpfe zusammen, um sich über ihre jeweiligen Sichtungen zu informieren, ihre Listen zu vergleichen und über zweifelhafte Identifizierungen zu diskutieren. Wir waren für die Landgänge in Gruppen aufgeteilt worden – je sieben bis neun Passagiere pro Zodiac –, aber jetzt beklagten sich die Vogelbeobachter, weil sie auf verschiedene Zodiacs verteilt waren, und die Liste mußte umgeändert werden, damit sie alle im selben Boot sitzen konnten. Wir anderen machten uns endlos über sie lustig. Diese Wichtigtuer.

An unserem ersten ganzen Tag auf See ließ die Sonne sich über lange Zeiträume hinweg blicken und fühlte sich erstaunlich warm an. Als ich auf das kleine Oberdeck kletterte, sah ich ein Paar nackte Beine hinter einem Wetterturm hervorlugen. Einer der russischen Matrosen lag vor Sonnenöl glänzend und nur mit einer Badehose bekleidet auf einem Handtuch. Ich schlich mich leise davon, da ich seine Ruhe nicht stören wollte. Der nächste Tag war bedeutend kälter, und obwohl das Meer nach wie vor ruhig war und nur ein paar kleine Schaumkronen über seine Oberfläche tanzten, lag etwas Schneidendes, Trockenes, Eisiges in der Luft. Wir befanden uns auf dem 54. südlichen Breitengrad, hatten die Roaring Forties, die Brüllenden Vierziger, hinter uns gelassen und die Furious Fifties, die Rasenden Fünfziger, schon fast zur Hälfte passiert, und waren immer noch 450 Meilen von Südgeorgien entfernt, wo wir am nächsten Morgen landen sollten.

Ich hatte mich für diese spezielle Kreuzfahrt entschieden, eben weil sie eine Landung in Südgeorgien beinhaltete, und ich war nicht die einzige. Es gab mindestens noch vier andere, für die der Name Südgeorgien einen ganz besonderen Klang hatte. Grund dafür war die erstaunliche Reise Ernest Shackletons anläßlich der *Endurance*-Expedition im Jahr 1914. Obwohl wir kein eigenes Zodiac für uns verlangt hatten, hatten wir einander gefunden, und ein kleiner, informeller Shackleton-Fanclub war entstanden.

Ich hatte diese Reise nicht als Pilgerfahrt egal welcher Art geplant, sondern nur als hoffnungsvolle Reise ins Weiß. Meine Motive waren so undefiniert wie die Landschaft, die ich bereisen wollte. Ich hatte einfach nur die irrationale Sehnsucht, am Fuß der Welt zu sein, in einem Gebiet, das nur aus Eis und Schnee bestand. Ich wollte *weiß* und über Weißschattierungen schreiben, obwohl das nicht notwendigerweise einen derartigen Aufwand von mir verlangt hätte. Als ich das Bedürfnis gehabt hatte, *grün* zu schreiben, hatte ich einen Roman über einen Regenwald geschrieben, und zwar ohne daß ich mich verpflichtet gefühlt hatte, einen so schweißtreibenden und insektenverseuchten Ort wie einen richtigen Dschungel aufzusuchen. Ein kurzer Abstecher in den Botanischen Garten in Kew und ein paar Bücher hatten mir völlig gereicht. Folglich ging es bei dieser Reise darum, daß ich in einer weißen, leeren, unbevölkerten, stillen Landschaft *sein* wollte. Vielleicht hatte ich sogar den unstillbaren Wunsch, auf dem Mond zu sein, aber das wäre marginal schwieriger zu arrangieren gewesen.

Die Suche nach den eigenen Wurzeln ist dieser Tage ein legitimer Vorwand für Reisen jeder Art, aber ich bin eine jüdische Londonerin in mittleren Jahren, und die Chance, die Quelle für diese Aspekte meines Selbst in den Südpolarregionen zu finden, war nicht sonderlich groß. Auch der Grund, den andere Reisende anführten, war nicht stichhaltig: die Suche nach alternativen Lebensformen. In der Antarktis gibt es kein menschliches Leben, von den paar Mitarbeitern der diversen Antarktisstationen einmal abgesehen, und die Lebensweisen der nichtmenschlichen Spezies, beispielsweise der Pinguine und der Wanderalbatrosse, stellen selbst für die ärmlichsten menschlichen Gesellschaften keine nennenswerte Verbesserung dar. Ich bin auch keine Wissenschaftlerin, die unbedingt zur Summe des menschlichen Wissens beitragen will. Um ehrlich zu sein, ich bin nicht einmal sehr besorgt über das Loch in der Ozonschicht, obwohl ich natürlich darauf achte, mich mit dem richtigen Lichtschutzfaktor einzuschmieren, wenn ich mich in die Sonne lege. Mehr noch, ich hasse Kälte. Meine Zentralheizung ist für Besucher immer ein paar Grad zu hoch eingestellt, und ich habe angefangen, Kaschmirpullover zu horten, damit ich, sollte mir ein Alter in Armut bevorstehen, wenigstens nicht frieren muß.

Ich konnte auch kein ausgeprägtes Interesse an Geschichten über wagemutige Forschungsreisen und abenteuerlichen Heldenmut vorweisen und war als Kind nicht einmal dazu gekommen, *Swallows and Amazons* zu lesen, weil Schiffe und Abenteuergeschichten mich vollkommen kaltließen. Ich wußte zwar, daß Robert Falcon Scott einen bedeutsamen Makel des englischen Charakters verkörperte, war aber nicht interessiert genug gewesen, um herauszufinden, wieso. Bevor ich beschloß, in die Antarktis zu fahren, und anfing, Bücher darüber zu lesen, hatte ich kaum etwas von Shackleton gehört und ihn schon gar nicht mit dem Südpol in Verbindung gebracht – nach allem, was ich über ihn wußte, hätte er genausogut den Pazifik befahren und die Trobriand-Inseln entdecken können.

Aber als ich mich vor meiner Reise hinsetzte, um Apsley Cherry-Garrards *The Worst Journey in the World* und *South*, Shackletons Beschreibung der *Endurance*-Expedition zu lesen, verlor ich mich augenblicklich in tiefstem Staunen. Cherry-Garrards Bericht über Scotts letzte Expedition ist ebenso fesselnd wie jeder monumentale Roman und könnte, trotz Cherry-Garrards Stolz auf das, was zweifellos großer Mut und große Kameraderie war, mit einer in Tränen getauchten Feder geschrieben sein. Im Namen der Wissenschaft verbrachten er selbst, Wilson und Bowers fünf Wochen damit, sich bei Temperaturen von annähernd minus 70 Grad durch die Schneestürme der antarktischen Winternacht zu kämpfen, um Kaiserpinguineier zu sammeln, damit Wilson anhand der Embryos nachweisen konnte, daß Pinguine das Zwischenglied zwischen Vögeln und Reptilien sind. Er irrte sich, aber das ist nicht der springende Punkt. Der springende Punkt ist, daß die drei Männer, als die Dinge absolut hoffnungslos aussahen und der Wind ihnen das Zelt weggerissen hatte und sie viele Stunden im Schnee begraben lagen, sehr wohl wissend, daß sie der Kälte unmöglich standhalten konnten, Lieder sangen, nicht vergaßen, höflich »Bitte« und »Danke« zu sagen und keiner von ihnen auch nur eine einzige Profanität äußerte. Die Andersartigkeit von Scotts Antarktis liegt nicht wirklich in der fremden Landschaft und dem fremden Klima des tiefen Südens, sondern in der Denkweise und der Ethik dieser Männer, deren Zeit nicht länger zurückliegt als die meines Großvaters.

Und doch gibt es selbst in den Erinnerungen des zutiefst loyalen Cherry-Garrard Hinweise darauf, daß ungeachtet aller Heldenhaftigkeit und aller körperlichen und geistigen Stärke irgend etwas nicht stimmte. Seine Beschreibung Scotts ist ein Wunder an unterschwelliger Doppeldeutigkeit:

> Vom Temperament her war er ein schwacher Mann und hätte sehr leicht ein reizbarer Autokrat sein können. Wie die Dinge jedoch lagen, litt er unter Stimmungen und Depressionen, die wochenlang anhalten konnten ... Er brach leichter in Tränen aus als jeder andere Mann, den ich je gekannt habe ... Es wäre dumm zu sagen, daß er alle Tugenden besaß: Zum Beispiel besaß er nur wenig Sinn für Humor, und er war ein sehr schlechter Menschenkenner ... Und ungeachtet der schlimmen Depressionen, die ihn quälten, war Scott die stärkste Kombination eines starken Geistes in einem starken Körper, die ich je gekannt habe. Und das, weil er so schwach war! Von Natur aus übellaunig, überempfindlich, reizbar, deprimiert und launisch. Was für ein Sieg über sich selbst, diese Vitalität, diese Tatkraft und Entschlossenheit, und dazu dieser persönliche und magnetische Charme ... Er wird in die Geschichte eingehen als der Engländer, der den Südpol bezwang und einen so ehrenvollen Tod starb, wie nur je ein Mann die Ehre hatte, ihn zu sterben. Seine Triumphe sind reich an der Zahl – aber der Pol war beileibe nicht der größte von ihnen. Der größte war zweifellos der, durch den er sein schwächeres Ich bezwang und zu dem starken Führer wurde, dem wir folgten und den wir lieben lernten.

Das alles wurde später, als der Erste Weltkrieg das Bedürfnis nach englischen Helden schürte, unter den Teppich gekehrt. Inzwischen gilt als erwiesen, daß der Tod dieser Männer völlig unnötig war und durch sinnlose Halsstarrigkeit und Inkompetenz verschuldet wurde. Heutzutage gibt es nur noch sehr wenige Menschen, die der Meinung sind, daß es sich lohnt, sein Leben für ein paar Pinguineier aufs Spiel zu setzen, oder daß es eine Ehre ist, einen wie auch immer gearteten Tod zu sterben. Seltsamerweise scheint Captain Oates nicht viel anders gedacht zu haben. Obwohl er in die Geschichte einging, weil er das Zelt verließ, um in den Schnee und damit in den sicheren Tod hinauszugehen, und sein Leben für die anderen opferte, bleibt die

Tatsache, daß den anderen drei, hätte er dieses Opfer nur ein oder zwei Tage früher gebracht, genügend Vorräte geblieben wären, um sich zu dem Depot durchzuschlagen, das nur wenige Meilen von der Stelle entfernt lag, an der sie starben. Scott konnte sich nicht genug darüber auslassen, daß Oates seinen Abschied so lange hinauszögerte. Aber anscheinend hatte Oates, verständlich für moderne Gemüter, keine große Lust, einen heldenhaften Tod zu sterben und hielt so lange am Leben fest, bis es keine andere Option als den Tod mehr gab. Irgendwie verleiht sein Verhalten dem, was geschah, mehr Sinn, mehr aufrichtigen Sinn, als die offizielle Version der Geschichte.

Als Cherry-Garrard sieben Jahre später über den Tod der Mitglieder der Polarexpedition – Scott, Wilson, Oates, Bowers und Evans – nachgrübelt, kommt er zu dem Schluß: »Ich sehe jetzt in aller Klarheit, daß wir zwar eine erstklassige Tragödie zuwege brachten, die nie in Vergessenheit geraten wird, eben weil sie eine Tragödie war, wir aber im Grunde genommen nichts mit Tragödien zu schaffen hatten.«

Shackleton hatte ganz gewiß nichts mit Tragödien zu schaffen. Sein außergewöhnlichstes Abenteuer wurde in Angriff genommen, um zweiundzwanzig gestrandete Kameraden zu retten, und bei all seinen Expeditionen kam nicht ein einziger Mann ums Leben. Scott haßte ihn. Shackleton war nicht in der Marine, er war kein Gentleman, er war sich für nichts zu schade, wenn es darum ging, Geld zu beschaffen, er hatte kein großes Interesse an der Wissenschaft und wollte den Pol nur erreichen, weil er das Geld brauchte, das der damit verbundene Ruhm ihm einbringen würde. Er war ein Hasardeur. Ein Charmeur.

Die Fahrt nach Südgeorgien, die in *South* beschrieben wird, schlägt einen völlig in ihren Bann. Der Plan, Antarktika zu durchqueren, scheiterte, lange bevor sie nach Antarktika kamen. Das Schiff, die *Endurance*, wurde von Packeis eingeschlossen. Shakletons Männer verbrachten den ganzen langen Winter auf oder neben dem Schiff, bis es zum guten Schluß doch vom Eis zerdrückt wurde. Dann zogen sie auf eine Eisscholle um und hofften, mit ihr nach Norden und auf Land zuzutreiben. Acht Monate lang lebten sie auf dem treibenden Eis, das rund um sie herum immer mehr schmolz, als der Sommer kam. Als die Scholle nur noch einen Durchmesser von etwa fünfzehn Metern hatte, bestiegen sie drei kleine Walfangboote und erreichten fünf Tage später Elephant Island, eine unbewohnte Felseninsel, die zu den Südshetland-Inseln gehört. Da keinerlei Aussicht bestand, von dort gerettet zu werden – schließlich wußte niemand, was ihnen zugestoßen war oder wo sie sich befanden –, bestiegen Shackleton und fünf weitere Besatzungsmitglieder ein sieben Meter langes offenes Boot und traten die 800 Meilen weite Reise über den stürmischsten Ozean der Welt nach Südgeorgien an, um Hilfe zu holen. Sie brauchten sechzehn Tage bis nach Südgeorgien, landeten aber auf der falschen, unbewohnten Seite der Insel. Shackleton, Worsley und Crean machten sich auf den Weg durch die Berge, um zu den Walfangstationen auf der anderen Seite zu gelangen. Die Insel, die als »ein Sägezahn, gestoßen durch die gequälte Umwälzung von Berg und Gletscher, die im Chaos ins nördliche Meer abfällt« beschrieben wird, war noch nie zuvor durchquert worden. Die drei Männer durchquerten sie, ohne auch nur einen einzigen Schlafsack bei sich zu haben, ohne auch nur eine einzige Pause einzulegen, um zu schlafen – sie wären an Unterkühlung gestorben –, ohne auch nur die leiseste Ahnung zu haben, welche Richtung sie einschlagen mußten. Seit damals hat nur eine einzige Durchquerung der Insel stattgefunden, durch ein voll ausgerüstetes Team von Bergsteigern. Die britischen Soldaten, die auf der Insel stationiert sind, gaben nach mehreren Versuchen auf. Die Männer aber, die auf Elephant Island zurückgeblieben waren, wurden allesamt gerettet. Kein einziger von Shackletons Leuten fand den Tod, nicht einmal den ehrenvollsten.

Die 800 Meilen, die wir zwischen Ushuaia und Südgeorgien zurücklegten, entsprachen fast genau der Strecke, die Shackleton von Elephant Island aus zurücklegen mußte. Ich widmete ihm den ein oder anderen Gedanken, während ich in meiner Koje lag und mich genüßlich schaukeln ließ.

John, der aus Phoenix stammte, war das eifrigste Mitglied unseres Shackleton-Gedenkclubs. Er war Dozent für Ingenieurwesen, liebte unseren Helden über alles und hatte einen wahren Schatz mitgebracht: eine Kopie des Originalfilms, den Frank Hurley während der *Endurance*-Expedition aufgenommen hatte. Phoenix John und James Ross (wundervoll benannt, aber nicht mit dem Polarforscher verwandt) waren Menschen, wie ich sie bislang nur aus Filmen kannte. Beide, sowohl John als auch James, wurden unweigerlich von James Stewart gespielt, in jenen Filmen, in denen es ihm durch Anstand und Wertebewußtsein gelingt, eine Welt zusammenzuhalten, die droht, von Gier und Korruption in den Untergang getrieben zu werden. Phoenix John war etwa Mitte Fünfzig. James, etwa Ende Siebzig, ein Bär von einem Mann, der immer karierte Holzfällerhemden trug, war ebenfalls Ingenieur, aber von einer anderen Sorte als John. Auf seinem Gesicht zeichnete sich ehrlicher Schmerz ab, wenn er an die dunklen Tage von Richard Nixon zurückdachte und an die Lobeshymnen, mit denen er nach seinem Tod überhäuft worden war. Er und John waren beide Demokraten, Demokraten auf eine umfassende, menschenfreundliche Art, die, wie ich glaube, ursprünglich von den Vätern der Verfassung gemeint war. Sie waren John Waynes ohne den Killerinstinkt, hatten so romantische Vorstellungen von der Bedeutung Amerikas und waren so enttäuscht darüber, welchen Idealen es nicht gerecht wurde, wie jeder Capra-Held. Sie waren unglaublich belesen, liebten alte Filme und schätzten gute Gespräche, sanfte, kultivierte Männer, die aber auch jenen dunkleren Aspekt besaßen, der in James Stewart steckte, irgendeine unerfüllte Sehnsucht, eine innere Zurückhaltung, die beide, John mit Sicherheit und wahrscheinlich auch James, zu Zeiten launisch und reserviert machte, zu Männern, mit denen das Zusammenleben nicht unbedingt einfach war. In jedem von ihnen steckte ein isolierter Teilbereich, der für andere wahrscheinlich unerreichbar war. John besaß ein kleines Diktiergerät und war zu jeder Tages- und Nachtzeit auf den Decks anzutreffen, wo er für sich allein auf- und abwanderte und verstohlen in seine gewölbte Hand murmelte. »Shackletons Spion« nannte ich ihn für mich.

Ich erlebte nur ein einziges Mal, daß James sein freundliches Lächeln verlor, und zwar bei einem Mittagessen, bei dem er und ich am Tisch der Roths Platz nehmen mußten. Manny redete ununterbrochen. Irgend etwas an James stachelte ihn immer mehr auf. So verkündete er, alle Indianer, die von der Wohlfahrt lebten, müßten zwangssterilisiert werden, allen Nicht-Amerikanern müsse die Einreise in die Vereinigten Staaten verweigert werden, und das ganze Wohlfahrtssystem müsse abgeschafft werden, da seine Familie sich schließlich auch aus eigener Kraft aus der Armut habe herauskämpfen müssen. James' Gesicht verdunkelte sich auf eine Weise, bei der einem angst und bange werden konnte, aber er blieb ruhig und fast beängstigend beherrscht, als er von der Verfassung sprach, von den Menschenrechten und von der amerikanischen Tradition der Aufnahme von Flüchtlingen. Mannys Stimme dagegen wurde immer schriller und seine Äußerungen, von Emily unterstützt, immer extremer und abstoßender. Ihre eigene Unzufriedenheit hatte den beiden die ganze Welt vergällt. Wo immer sie waren, lagen sie im Widerstreit mit allen anderen, sogar in Israel.

»Wieso bleiben Sie eigentlich in Santa Fe, wenn die Menschen, die dort leben, Sie so sehr stören?« fragte ich.

»Ach«, sagte Emily, den Mund angewidert verzogen. »Was hat es denn für einen Zweck, woanders hinzugehen? Wir haben alles ausprobiert. Es wäre doch nur dasselbe.«

Das entsprach sicher der Wahrheit. Ihr eigener Haß hatte sie bis ins Mark verseucht und würde an ihnen haften, wo immer sie auch hingingen. Wenn man mit Manny diskutierte, ließ man sich nur auf sein Spiel ein. Genausogut hätte man mit den Monopolyregeln diskutieren können. Nach dem Essen entschuldigte James sich bei mir, weil er die Beherrschung verloren hatte. Ich sagte, meiner Meinung nach sei er geradezu bewundernswert ruhig geblieben, und wie beängstigend es sei, daß Meinungen wie die der Roths einen derart aufbringen könnten, daß man am liebsten selbst gewalttätig werden würde, aber er schüttelte den Kopf. Er entschuldigte sich tatsächlich für seine Gefühle, für seinen gerechtfertigten, aber sinnlosen Zorn und den Abscheu, den Manny in ihm auslöste.

Die beiden anderen Shackleton-Fans waren ein englisches Bilderbuch-Ehepaar. Peter und Margaret waren beide in den Siebzigern und so britisch, wie es britischer nicht ging. Er hatte dem Außenministerium angehört, trug einen schmucken Schnurrbart und sprach mit tiefer, samtiger Stimme. Margaret, in vernünftigen Tweedröcken und Twinsets, ähnelte ihm wie ein Ei dem anderen. Beide sprachen liebevoll und sachkundig über Shackletons Leistungen und reagierten mit nichts anderem als schmunzelnder, amüsierter Überraschung, als ein weibliches Besatzungsmitglied genau vor ihnen splitternackt aus der Sauna in den Gang sprang und zum Tauchbecken auf dem Oberdeck hüpfte.

»›Weißt du, was‹, sagte ich zu Peter«, erzählte Margaret mit einem klingenden, hellen, wohlerzogenen Lachen. ›Ich glaube fast, diese Frau hatte keinen einzigen Faden am Leib.‹

›Mmm‹, machte Peter, ›du könntest durchaus recht haben, altes Haus.‹«

John und James, die Uramerikaner, waren hellauf begeistert von den Urbriten Margaret und Peter; sie waren wie zum Leben erwachte Charaktere aus den englischen Romanen, die sie gelesen hatten. Beide hegten und pflegten die Vorstellung von einem imaginären England, in dem Anstand und Fairneß ihren Ursprung hatten und immer noch lebendig gehalten wurden. Das Jahrzehnt Margaret Thatchers war für sie eine bedauerliche Verirrung, und sie überschlugen sich mit Entschuldigungen, als wäre auf irgendeine Weise Amerika dafür verantwortlich. Großzügig sprach ich sie von aller Verantwortung frei – schließlich hatten sie selbst Reagan am Hals gehabt – und sie nickten bekümmert.

Aber auf einem Schiff voller Amerikaner aus Großbritannien zu stammen fing allmählich an, lästig zu werden. Die Amerikaner brachen in Entzückungsschreie aus, wenn sie meinen Akzent hörten, und ergingen sich bei jeder Begegnung in Erinnerungen an ein England, das sie eines schönen Sommers besucht hatten oder im Zweifelsfall auch nur aus dem Fernsehen kannten, aus Sendungen wie der *Benny Hill Show*, *Monty Python's Flying Circus*, *Das Haus am Eaton Place* und *Fawlty Towers*. Wir Briten tranken Tee, niemals Kaffee; wir konnten nicht kochen; es regnete immer (und als wäre das nicht genug, schien zudem nie die Sonne); wir verbrachten unsere Freizeit damit, an königlichen Zeremonien teilzunehmen; wir waren wirtschaftlich auf den Hund gekommen, technologisch völlig unterbemittelt und emotional zugeknöpft. Aber auf der Plusseite hatten wir samt und sonders eine klassische Bildung genossen, und unser kulturelles Erbe (»Diese wundervolle National Portrait Gallery, die ihr habt …«) suchte seinesgleichen. Die Leute informierten mich über diese Tatsachen, als entsprächen sie der Wahrheit und als wären sie mir, entsprächen sie tatsächlich der Wahrheit, bislang unbekannt geblieben. Mein Lächeln wurde immer verkrampfter.

Es rutschte mir vollends vom Gesicht, als wir am Nachmittag im Zuge der Vorbereitung auf unsere erste Landung auf Südgeorgien einen Vortrag über die Geschichte des Walfangs geboten bekamen. Tessa, die Frau von Jerry, dem Vogelmann, war sehnig, energiegeladen, sehr naturverbunden und stammte ebenfalls aus Alaska. Sie war eine durch und durch moderne junge Frau, die politisch die hundertprozentig korrekte Linie vertrat und die schmutzige Geschichte des Walfangs mit all dem selbstgefälligen Abscheu, den ein ruhiges Gewissen nur aufbringen konnte, vor uns ausbreitete. Intellektuell war sie Jerry zweifellos überlegen und beherrschte ihr Thema besser als er seins, aber auf dem Gebiet Sinn für Humor – oder Mangel daran – paßten die beiden nur allzugut zueinander.

Der einzige bewohnte Ort auf Südgeorgien, Grytviken, war von 1904 bis 1965 eine Walfangstation gewesen. Er ist als eine Art Walfangmuseum erhalten geblieben und als der Ort, an dem Shackleton begraben wurde, nachdem er auf dem Weg zu seiner nächsten Antarktisexpedition einem Herzschlag erlag. Heutzutage lieben wir natürlich alle die Wale, wir denken anders über unseren Planeten und wissen besser über ihn Bescheid als unsere Vorfahren. Ich finde diese Besserwisserei unerträglich selbstgefällig. Während Tessa sich in allen Einzelheiten über den Walfang ausließ – die Fangmethoden, das Abspecken, das Auskochen des Öls und die Verwendungszwecke für jeden nur erdenklichen Teil des Walkörpers –, gaben die Zuhörer, meine Mitpassagiere, aufgebrachte Zischlaute von sich, schnalzten mit der Zunge, schüttelten den Kopf und hielten sich sogar die Augen zu, als Dias, auf denen zu sehen war, wie tote Wale ausgeschlachtet wurden, auf die Leinwand geworfen wurden. Es gab sogar Buhrufe, und Tessa, deren Lippen vor Abscheu verzogen waren, wartete auf diese Reaktion wie ein Komiker, der eine Pause für das Gelächter einlegt. Eine besonders lange Pause, gefolgt von einem schier mörderischen Murmeln, wurde eingelegt, nachdem sie uns erzählt hatte, daß das Walbein für Korsettstangen und anderen frivolen Krimskrams verwendet worden war und das Ambra zur Herstellung von Parfüms. Nach dieser historischen Abhandlung bekamen wir die Statistik geboten: wie viele Wale getötet worden waren (in Grytvikens aktiver Periode 54 100); wie viele oder vielmehr wie wenige noch übrig waren; wie gering die Chancen waren, daß die dezimierteste Spezies der Welt sich je wieder erholen würde. Weitere Buhrufe und Zischlaute. Die Zungen schnalzten erbost. Dann das Finale: Bilder von Walen, eindrucksvoll springend, Fontänen ausblasend, tauchend, mit ihren Jungen schwimmend, und, um dem Ganzen die Krone aufzusetzen, die geisterhaften Gesänge der Buckelwale von einem Kassettenrecorder. Die Laute der Mißbilligung verwandelten sich unverzüglich in die Oohs und Aahs der Liebe zur Natur in ihrer grandiosesten und natürlichsten Verkörperung.

Ich habe genausoviel für Wale übrig wie jeder andere auch. Ich bin voll und ganz dafür, Tiere wie Menschen in Ruhe zu lassen, soweit das nur irgend möglich ist. Ich bin keine Befürworterin unseres räuberischen Homo-sapiens-Umgangs mit der Welt, obwohl unser räuberischer Homo-sapiens-Umgang natürlich nur effektiver ist als das, was andere Spezies zuwege bringen. Aber hier hatte ich es mit einer Schiffsladung voller gutbetuchter Leute zu tun, die ihre bösen Vorfahren ausbuhten, weil sie etwas dramatisch Großes umgebracht hatten. Keiner von ihnen verlor auch nur ein Wort über die Grausamkeit der Kabeljaufischerei. Wir waren Menschen, die es sich leisten konnten, freilaufende Hühner zu kaufen, deren kurzes Leben sich ein wenig angenehmer gestaltete als das ihrer Batteriecousinen, die das einzige waren, was ärmere Leute sich leisten konnten. Der wichtigste Aspekt des Handels mit Walprodukten war das Öl gewesen, das für Beleuchtung und Heizung gebraucht wurde, bevor es das Petroleum gab. Wir brauchen keine Walknochen mehr für unsere Unterwäsche oder all die anderen Dinge, die weit besser aus Plastik hergestellt werden können. Aber nähme man uns unseren elektrischen Strom und all die vielen Nebenprodukte des Erdöls, dann säßen wir im Dunkeln und würden uns doch sehr beeinträchtigt fühlen. Die Selbstgerechtigkeit derer, die es sich leisten konnten, auf Walprodukte zu verzichten, die sowohl über die Zeit als auch über die Technologie verfügten, die Schönheit der Wale in ihrem natürlichen Umfeld zu bewundern, und die dazu vom Reichtum eines Handels profitiert hatten, der bis vor kurzem keinen Einschränkungen unterworfen war, schlug mir aufs Gemüt. Was ich hier erlebte, war kein Respekt vor dem Leben, sondern Sentimentalität und gedankenloses Überlegenheitsempfinden Menschen aus der Vergangenheit gegenüber, die uns dahin gebracht hatten, wo wir heute waren. Die Leute, die mit mir im Vortragssaal saßen, sahen in meinen Augen weit häßlicher aus als die seit langem toten Männer auf den Dias, die den Walspeck mit ihren Flensmessern abzogen, und sie gingen viel rücksichtsloser mit der Kreatur um als Melvilles Walfänger, die ihr Leben aufs Spiel gesetzt hatten, um sich ihren Unterhalt zu verdienen. Noch heute werden Wale gejagt, trotz aller Verbote der internationalen Walfangkommission, und zwar nur, um daraus überflüssige exotische Leckereien herzustellen, als Kitzel für die müden Gaumen der Reichen und ihrer Schoßhündchen. Auch das wurde mit Buhrufen quittiert, aber schließlich waren es die Japaner und nicht die Amerikaner, die diese Abscheulichkeit begingen, und es waren keine Japaner im Publikum. Mißbilligung hat immer etwas damit zu tun, daß es die anderen sind – die Toten, die Ausländer –, die das ach so Unsägliche tun.

Ich verließ den Vortragssaal und sah lange aufs Meer hinaus, das so türkis war wie kein Türkis, das ich je gesehen hatte. Ein schillerndes, blitzendes, blaugetöntes Grün, überzogen von weißen Rüschen, die über die Oberfläche tanzten. Die Wolken hingen dick und flauschig an einem tiefblauen Himmel. Das hier sollte der wilde, turbulente Südatlantik sein? Vielleicht war das Loch in der Ozonschicht ... Aber ich sparte mir diese Mißbilligung für einen anderen Tag auf und freute mich statt dessen an der wohltuenden, farbenstrahlenden Seelandschaft.

Johns Video des Films, den Hurley auf der *Endurance*-Expedition aufgenommen hatte, wurde am Abend vor unserer Landung auf Südgeorgien gezeigt. Er war so streifig, daß man hätte meinen können, es handle sich um bewegte, das heißt kaum bewegte Bilder vom Hof Elizabeth I. Herbert Pontings Film über Scotts letzte Expedition ist älter als diese aus dem Jahr 1915 stammende handgekurbelte Kameraarbeit, hat sich aber besser gehalten, weil er in der Überwinterungshütte am Kap Evans relativ geschützt war. Hurleys bewegte Bilder decken nur die Zeit bis zu dem Augenblick ab, als die *Endurance* endgültig sank und die Männer sich auf einer Eisscholle auf den Weg ins Ungewisse machten. Shackleton befahl seinen Männern, soviel wie möglich zurückzulassen – er selbst warf sogar seine Bibel weg, bis auf das von Königin Alexandra signierte Vorsatzblatt, Psalm 23 und eine Seite aus dem Buch Hiob mit den Zeilen:

Aus wes Leib ist das Eis gegangen,
und wer hat den Reif unter dem Himmel gezeugt,
daß das Wasser verborgen wird wie unter Steinen
und die Tiefe oben gefriert?

Hurleys klobiger Cinematograph hielt nicht lange durch, deshalb gibt es nur normale Fotos über die Zeit auf Elephant Island. Er hütete den bewegten Film über den ersten Teil der Reise, so gut er konnte, aber trotz moderner Restaurierungsversuche wirkte er so uralt wie Papyrus. Das vom Packeis eingeschlossene Schiff war von Rauhreif überzogen, grandios und monumental wie eine Skulptur – es ist ein berühmtes Bild, aber die Filmversion, auf der zu sehen ist, wie die *Endurance* zerbricht, knarrend, klagend, manchmal fast vor Schmerzen zu schreien scheint, als sie sich in der Mitte hochwölbt und der Hauptmast auf das Deck kracht und das ganze Schiff schließlich unter dem Eis versinkt, ist herzerreißend. Als klar war, daß das Schiff dem Druck nicht länger standhalten konnte, wurden die Hunde über die Seite auf eine aus einem Segel gemachte Rutsche geworfen – ein Vorläufer der Notrutschen, die es in Flugzeugen gibt. Die Hunde winselten und bellten und kullerten kopfüber nach unten, wo die Männer sie auffingen wie Jahrmarktshelfer und auf dem Eis absetzten. Die Hunde schüttelten sich erleichtert und rannten in aufgeregten Kreisen umeinander und um die Männer herum. Davor zeigte eine andere Szene, wie die Besatzung verzweifelt versuchte, einen Weg durch das sich schließende Eis zu finden. Während einige von ihnen auf die Ränder des Packeises einhackten, um die Scholle zu spalten, zogen andere das Schiff an einem Tau durch den schmalen Spalt, der ins Eis geschnitten worden war. Der Film war an dieser Stelle so brüchig, daß die dunkle Linie der Männer und das Tau zwischen ihnen ineinander zu verlaufen schienen, und die Individuen wirkten so verschwommen, daß sie wie durch eine Nabelschnur mit ihren eigenen Schatten verbunden schienen. Ich warf einen Blick auf John und sah, daß er den Tränen nahe war, als die letzte Aufnahme von Shackleton über die Leinwand flimmerte. Sie zeigte ihn auf seiner letzten Reise, an Deck des Schiffs, wo er mit aufgekrempelten Ärmeln seinen Lieblingsschäferhund einseifte und sichtlich einen Riesenspaß hatte. Am nächsten Morgen würden wir den Ort erreichen, wo er nur wenige Tage später begraben wurde.

Nach dem Film genehmigte ich mir einen Kaffee in der »Lounge«, die bis auf Janice leer war. Ich entdeckte sie zu spät, um ihr aus dem Weg gehen zu können. Janice war wie ein Gespenst durch die ganze bisherige Reise gegeistert. Sie war Engländerin, in den Dreißigern und wie ich allein unterwegs. Ich hatte ein- oder zweimal mit ihr gesprochen – sie arbeitete in irgendeinem Büro und verwandte ihren ganzen Urlaub und ihr ganzes Erspartes für Reisen zu außergewöhnlichen und exotischen Orten. Und doch war es schwierig, eine Unterhaltung mit ihr zu führen, denn sie war, soweit ich das beurteilen konnte, chronisch deprimiert. So etwas wie sie hatte ich noch nicht erlebt. Auf ihrem Gesicht lag ein Ausdruck ewigwährender Trauer – wenn man sie das erste Mal sah, dachte man, sie müsse gerade eine schreckliche Nachricht erhalten haben, über einen Todesfall in der Familie beispielsweise, und fragte sich, ob man zu ihr gehen sollte, um etwas Tröstliches zu sagen. Tatsächlich aber sah sie immer so aus, und jeder von uns hatte schon mit sich gerungen und sich gefragt, ob er sich mit ihr anfreunden sollte. Mehrere Leute hatten es versucht, aber keiner öfter als ein- oder zweimal, bevor sie es wieder aufgaben. Es war einfach zu schwierig. Sie saß stumm neben einem und beantwortete alle Fragen oder Kommentare, die an sie gerichtet wurden, mit dumpfer, monotoner Stimme. Man war überzeugt, daß sie sich gerade von einer persönlichen Tragödie erholte, und doch gab es nicht den geringsten Hinweis darauf, nur die ständig wiederholte Aufzählung ihrer Reisen und der Zusatz, mit dieser Antarktisreise sei sie überall gewesen, wo sie je habe hinfahren wollen. Ab dem Augenblick, in dem sie in Ushuaia von Bord gehen würde, würde es für sie nichts Aufregendes mehr geben.

Jedesmal, wenn ich sie an Deck sah, verkrampfte ich mich vor lauter Angst, sie könnte über die Reling klettern. Aber in ihrem Verhalten war sie nicht theatralisch, nur in ihren Andeutungen. Stumm und allein wanderte sie kettenrauchend auf dem Schiff herum, da ihre Kabinengefährtin Nichtraucherin war.

»Hi«, sagte ich und setzte mich ihr gegenüber. »Haben Sie den Film gesehen?«

»Nein«, sagte sie, drückte ihre Zigarette aus und ging.

Ich glaube, Janice ist jemand, der tief oder vielleicht auch gar nicht so tief in meinem eigenen Inneren lebt. Sie kam mir unangenehm vertraut und beängstigend vor. Vielleicht empfanden alle ihr gegenüber so. Als sie ging, war meine Erleichterung enorm.

Brückenzeit. In-die-Ferne-starren-Zeit. Zwei- oder dreimal am Tag wanderte ich auf das Oberdeck über meiner Kabine und inspizierte die Instrumente. In den vergangenen Tagen hatte ich gelernt, den Monitor zu lesen: die Entfernung, die wir noch zurücklegen mußten, bevor wir Südgeorgien erreichten, betrug 131 Meilen. Wir fuhren mit einer Geschwindigkeit von 13,9 Knoten (was immer das in Meilen oder Kilometern pro Stunde bedeutete), und unsere gegenwärtige Position lautete 54° S, 41,59° W. Dann begutachtete ich die mit Bleistift eingezeichnete Linie auf der Navigationskarte, um zu sehen, wo auf der Welt wir uns augenblicklich befanden. Dies war für mich zu einem notwendigen Ritual geworden. Sobald es abgeschlossen war, ging ich weiter zum Navigationsdeck und tat, was ich am liebsten tat: an der Panoramascheibe stehen und aufs Meer hinaussehen. Der Kapitän war selten auf der Brücke, nur wenn irgendwelche Manöver anstanden; das normale Dahinschippern blieb den beiden Männern überlassen, die Wache hatten. Einer von ihnen stand am Steuerrad – das in Wahrheit nur ein kleiner

Halbkreis war, nicht das befriedigende große Wagenrad meiner Vorstellungen –, den Steiß gegen einen gepolsterten Pfosten gelehnt, der ein bißchen wie ein Jagdsitz aussah. Der zweite Russe stand die meiste Zeit an der Windschutzscheibe und warf gelegentlich einen Blick auf das Radargerät oder andere unverständliche Instrumente. Nichts, was er dort sah, schien ihn je in Aufregung zu versetzen. Die Wachen dauerten jeweils zwei Stunden, und bis jetzt war jedes Matrosenpaar, das ich erlebt hatte, stumm geblieben, bis auf einen gelegentlichen gemurmelten russischen Kommentar über irgend etwas, was nichts Besonderes zu sein schien, und eine gebrummte Antwort. Sinn und Zweck der Wachen war unverkennbar, Wache zu halten, und genau das taten die Männer, aber man muß schon eine besondere Sorte Mensch sein, um damit zufrieden zu sein, einfach nur dazustehen und zwei Stunden lang ununterbrochen auf eine ereignislose See hinauszustarren. Man muß beispielsweise so sein wie ich. Ich kam immer mehr zu der Überzeugung, daß es für mich das höchste der Gefühle wäre, einer dieser Matrosen zu sein. Ich baute mich ein Stück links von ihnen vor der Scheibe auf, wo ich ihnen nicht im Weg war, und beobachtete den Himmel, die Wellen und die Albatrosse, die gelegentlich über unseren Bug schwebten, und die beiden, der Steuermann genau in der Mitte, der andere ganz rechts, standen da und taten genau dasselbe. Beide hatten diesen unfokussierten, träumerischen Ausdruck in den Augen, den ich zweifellos auch hatte, und keiner empfand das Bedürfnis, irgend etwas außer dem absoluten Minimum zu tun, mit dem das Schiff auf Kurs gehalten wurde. Wahrscheinlich wurde das sowieso größtenteils von einem Computer erledigt, und die beiden waren nur für den Notfall da. Obwohl sie verträumt dastanden, blieben sie wachsam. Es war ein Zustand, in den man ganz leicht verfallen konnte. Im stillen rätselte ich vor mich hin, ob man, wenn die Erde flach und von unendlicher Ausdehnung wäre, einen Horizont sehen könnte. Aber ich rätselte nicht so intensiv, daß ich unbedingt eine Antwort gebraucht hätte. Die wachhabenden Matrosen ignorierten mich, abgesehen von einem grüßenden Nicken bei meiner Ankunft und meinem Nicken, wenn ich wieder ging. Die Brücke fühlte sich für mich ebenso heimisch an wie meine Kabine; ein Ort, an dem ich tun konnte, was ich am liebsten tun wollte, ohne daß jemand mich daran hinderte oder auch nur Notiz von mir nahm. Es kam einem Alleinsein auf dem Ozean so nahe, wie es in einem Raum mit drei Personen nur möglich war. Während ich auf den Horizont starrte – die Erde ist nun einmal weder flach noch von unendlicher Ausdehnung –, gab ich mir alle Mühe, mir vorzustellen, daß die Sterbeurkunde, die Chloe aufgestöbert hatte, tatsächlich die meiner Mutter war. Was empfand ich dabei? Nichts ... und dann der Schock: Wenn sie jetzt tot ist, hat sie all die dazwischenliegenden Jahre gelebt. Gelebt, geatmet, dieselbe Luft auf demselben Planeten geatmet. Ihr Tod wies auf ein Leben davor hin, und das war ein ziemlich beunruhigender Gedanke. Vielleicht nicht so beunruhigend, wie wenn Chloe *keine* Sterbeurkunde gefunden hätte, aber trotzdem veränderte es die Welt, in der ich zu leben geglaubt hatte, wenn nicht mehr. Ein bißchen abstrakt vielleicht, dieser Gedanke, aber er kam dem Konkreten für meinen Geschmack schon zu nahe. Die (für mich) nicht zu beantwortende Frage über den Horizont schien mir eine attraktivere Denkrichtung zu sein, und ich wandte mich wieder ihr und der Linie zu, die Meer und Himmel zerschnitt. Meine innere Ruhe kehrte allmählich zurück. Auf der Brücke war es fast unheimlich still. Oh, ich wäre so gern ein Matrose.

Um neun Uhr am nächsten Morgen warfen wir uns in unsere Montur – Thermo-Unterwäsche, Kaschmirpullover (immer nützlich), Gummistiefel, Wetterzeug, Handschuhe und

Schwimmweste komplett mit Trillerpfeife – und kraxelten über die schwankende Gangway in die dröhnenden Zodiacs. Der Himmel war strahlend blau, das Meer so flach wie ein Pfannkuchen und ebenso blau wie der Himmel. Ich schwitzte, während wir auf Meeresspiegelhöhe, ein Gummiboot auf einem Teich, auf die Anlegestelle zuflitzten. Marjorie, eine vergnügte pensionierte Ökonomin aus Oregon, deren Mann plötzlich krank geworden war und aus diesem Grund nicht hatte mitkommen können, saß neben mir. Sie war winzig und wirkte, eingemummelt in ihre Schlechtwetterausrüstung, wie eine kanariengelbe Version des mörderischen Zwergs aus *Wenn die Gondeln Trauer tragen*. Ich selbst bin nicht unbedingt gertenschlank und ähnelte zweifellos einem seegrünen Mümmler. Wie der Mann im Treckingladen in London streng zu mir gesagt hatte, als ich beim Anblick meines wasserdicht gerüsteten Abbilds im Spiegel eine Grimasse zog: »Schließlich wollen Sie nicht auf eine Modenschau, oder?« Trotzdem war es gut, daß es in der Kleiderkammer, in der wir uns in Schale warfen, keinen Spiegel gab.

Marjorie und ich beglückwünschten uns gegenseitig zu den freundlichen Wetterbedingungen. Butch, unser Expeditionsleiter, hatte geraume Zeit darauf verwandt, uns zu empfehlen, möglichst viele Kleider anzuziehen und die Instruktionen für den Einstieg in die Zodiacs mit aller Sorgfalt zu befolgen. »Bis zum heutigen Zeitpunkt haben wir noch nie einen tödlichen Zwischenfall beklagen müssen«, hatte er mit gerunzelter Stirn gesagt, und das lag daran, daß alle bisherigen Expeditionsteilnehmer (mit Expeditionsteilnehmer waren wir gemeint, wir waren jetzt keine Touristen mehr) alle Anweisungen »bis aufs i-Tüpfelchen« befolgt hatten. Marjorie und ich hatten eines gemein: Wir haßten es, wenn uns jemand befahl, irgendwelche Befehle zu befolgen. Leise meuterten wir vor uns hin und versicherten uns gegenseitig, die Sache sei doch kinderleicht, wieso das ganze Theater?

Soweit ich es beurteilen kann, ist Südgeorgien weiter von allen anderen Orten entfernt als irgendein anderer Ort auf der Welt. Bis nach Südamerika sind es 1100 Meilen. Von Ushuaia aus braucht man nur zwei Tage bis zur antarktischen Halbinsel, während wir drei Tage und drei Nächte gebraucht hatten, um nach Grytviken zu kommen. Obwohl Südgeorgien in den Augen der britischen Regierung ein Teil der Falkland Dependencies ist, ist es tatsächlich 1290 Meilen von den Falkland-Inseln entfernt. Als Walfangstation erlebte es eine Blütezeit, aber es ist absolut unverständlich, wieso irgend jemand, nachdem die Zeit der Walfänger vorbei war, deswegen einen Krieg anfangen sollte, bis einem das Öl in den umliegenden Gewässern (und rund um die antarktische Halbinsel) einfällt, und die Tatsache, daß die Hände-weg-Klausel des Antarktis-Vertrags in zwanzig Jahren ausläuft. Südgeorgiens günstige Lage für die Weiterverarbeitung und Weiterleitung der flüssigen Billionen liegt auf der Hand. Sie haben doch nicht etwa im Ernst geglaubt, daß es bei der kleinen Rauferei mit Argentinien um die Ehre ging, oder?

Die verlassene Walfangstation Grytviken ist entweder liebevoll in ihrem natürlichen Zustand erhalten oder völlig verfallen, je nachdem, wie man es betrachten will. Wenn man eine Vorliebe für heruntergekommene Gegenden wie beispielsweise die finstereren Teile von King's Cross oder die alten, nicht rekonstruierten Docklands hat, dann ist Grytviken eine Perle der Trostlosigkeit. Eine verfallene Geisterstadt, die auf ihre eigene, wunderschöne Art vor sich hin modert. Steuerte man von der Bucht her in einem Zodiac darauf zu, war es ein kleiner Weiler aus weißgetünchten, rotgedeckten ein- und zweistöckigen Gebäuden, die sich auf dem taschentuchgroßen Rand der Insel aneinanderkuschelten, umgeben von hoch aufragenden schwarzen Bergen vulkanischen Ursprungs mit weißen Kappen und Schlieren von Eis und Schnee in den Klüften und Schründen. Es sah idyllisch aus, wenn auch ein wenig verletzlich, als würde ein tapferer menschlicher Versuch, sich zu behaupten, von der immer dichter aufrückenden Insel unerbittlich ins Meer gedrängt. Als wir näher kamen, konnten wir sehen, daß ein anderer Aspekt der Natur die Vorherrschaft übernommen hatte, da es sich bei den hübschen weißen Gebäuden größtenteils um verrottete Schuppen und Lagerhäuser handelte, vom Wetter verfärbt, mit verfaulten Türen, die in rostigen Angeln hingen, innen übersät von kaputten, roststarrenden Gerätschaften und schweren, herabbaumelnden Ketten. Es war wunderschön. Ich betrat die modernden Planken der Abspeckanlage, wo die Wale hochgekurbelt wurden und winzige Männer mit hockeyschlägerähnlichen Messern am Ende langer Stangen ihre Positionen rund um die gewaltigen Leiber der toten Säugetiere einnahmen und die zentimeterdicken Speckschichten vom Fleisch abschälten. Es war eine Stadt, die die Erinnerung an die Effizienz der Walfängerei bewahrte. Wir wanderten umher und entdeckten ein Gebäude, in dem der Speck eingekocht, ein anderes, in dem das Fleisch zerlegt worden war, und wieder ein anderes, in dem man die Knochen weiterverarbeitet hatte. Ein zweckgerichteter Ort, schön geworden durch seinen Verfall und die zarten Gravierungen und kunstvoll gezeichneten Muster, die der Rost auf dem Eisen hinterlassen hatte. Zwei tote Wracks von halbversunkenen Walfangschiffen zu beiden Seiten der kleinen Bucht vervollständigten die Symmetrie des Verfalls.

Ein rotgesichtiger Engländer in einem Seemannspullover und seine freundliche Frau hießen uns willkommen, aber meine Aufmerksamkeit wurde abgelenkt durch den surrealen Anblick dreier Soldaten in Tarnanzügen, die, gefährlich aussehende Automatikwaffen im Anschlag, an uns vorbeistampften. Wie aus einem Nachrichtenbeitrag über Truppenmanöver in Nordirland. Die Soldaten passierten uns genau in dem Augenblick, in dem ich an der Reihe war, mir von dem rotgesichtigen Mann die Hand zerquetschen zu lassen. Er war der Kurator des Museums, des einzigen Gebäudes im Ort, das wie geleckt aussah. Wir wurden ermahnt, darauf zu achten, wo wir hintraten, da Böden und Decken einsturzgefährdet seien, und uns von den Gebäuden fernzuhalten, die etwa eine Meile weiter rechts lagen, am King Edward Point, da es sich bei ihnen nämlich um die britische Garnison und um ein militärisches Geheimnis handelte. Wie viele Soldaten waren dort stationiert? Auch das war ein militärisches Geheimnis. »Alles *top secret*«, sagte der rotgesichtige Kurator feierlich. Nach links konnten wir jedoch so weit laufen, wie wir wollten (allerdings unter der Bedingung, immer mindestens ein Mitglied der Expeditionsleitung im Blick zu behalten), und waren natürlich herzlich eingeladen, das Museum zu besichtigen und uns im Souvenirladen umzusehen.

Der Tag war mild, und da wir mindestens drei Stunden hierbleiben sollten, zogen wir unsere Schwimmwesten und Wetterjacken aus und verstauten sie in einem alten Waschhaus. Nachdem ich mich an der Kargheit und Schönheit der Gebäude satt gesehen hatte, wanderte ich am Strand entlang zu einem Hügel etwa eine halbe Meile weiter links, der von einem niedrigen weißen Lattenzaun in der Art englischer Landgärten geziert wurde. Unterwegs begegnete ich meinen ersten See-Elefanten, die in kleinen Gruppen oder manchmal auch allein am Strand verstreut lagen. Auf den ersten Blick bemerkte man sie kaum, weil sie aussahen wie ein Teil der Landschaft. Aber sobald man ihre grauen Massen als lebende Wesen identifiziert hatte, oft indem man ihnen eine Spur zu nahe kam und von ihnen mit einem verdrossenen Rülpser aus weit aufgerissenem Maul bedacht wurde, gelangte man zu einem besseren Verständnis der Schwerkraft.

Eingekeilt zwischen den beiden Grundregeln der Evolution, der Stärke und der sexuellen Selektion, liegt der See-Elefantenbulle mißmutig am Rand des Meeres herum. Die Evolution muß sich den Kopf gekratzt haben, ein bißchen verlegen über diese ganz besonders unelegante Lösung ihrer eigenen Logik, dann aber zu dem Schluß gekommen sein, daß Regeln nun einmal Regeln sind. Die Leute vom Schiff bezeichneten sie als häßlich, aber damit ist das ästhetische Desaster der See-Elefanten nur unzureichend beschrieben. Es ist eher so, daß sie für diesen Planeten denkbar schlecht geeignet sind. Vielleicht, so dachte ich mir, waren sie aus einem außerirdischen Raumfahrzeug gefallen oder geworfen worden und – klatsch –, so wie wir sie liegen sahen, am Meeresstrand gelandet, um unter schwierigen Bedingungen das Beste aus ihrer Situation zu machen. Die Schwerkraft lastete auf ihren enormen Massen (ein großer See-Elefantenbulle kann bis zu sieben Meter lang werden), so wie große Steine übereinandergeschichtet werden, um Preßfleisch herzustellen. Das Ergebnis ist ein grauer, gallertartiger Berg, dessen Seiten zu völlig unzulänglich aussehenden Flossen abfallen. Würde man auch nur einen weiteren Stein auf den Stapel der Schwerkraft schichten, würde die ganze überstrapazierte Substanz platzen und durch den Riß in der Haut explosionsartig Fleisch und Fett über Meilen im Umkreis verspritzen. Sie lagen in der Gegend herum, als seien sie erschöpft, was sie vermutlich auch waren, die relativ kleinen Köpfe müde auf dem schwarzen Sand ruhend. Die Weibchen und die Babys besaßen den anthropomorphischen Vorteil großer, runder, feuchtglänzender Augen, die sie, sobald jemand an ihnen vorbeikam, mit einem müden, aber einnehmenden Blick weit aufrissen, so als wollten sie sagen: »Ist denn das zu fassen?« Sie und die Jungen rollten sich gelegentlich auf den Rücken, um sich mit den Krallen am Ende ihrer Flossen genüßlich den Bauch zu kratzen, so daß man plötzlich dachte: Na also, vielleicht ist es ja doch nicht so schlimm, wie es aussieht. Die Bullen dagegen rollten nicht; der Versuch, ihre Fleischberge zu bewegen, hätte womöglich ihr Herz platzen lassen. Und obwohl sie vielleicht ebenso schmalzige Augen hatten wie die Kühe, registrierte ich sie nicht, weil der Anblick ihrer verkürzten Nasenrüssel, denen sie ihren Namen verdanken, mir die Fassung raubte. Die Bezeichnung »See-Elefant« gehört zu jenen euphemistischen Namen, die der Mensch Kreaturen verleiht, die ihn an etwas erinnern, woran er lieber nicht erinnert werden will. Wollte man den Tieren einen ehrlichen Namen geben, müßte man sie »Schlaffer-Penis-Robbe« nennen, weil die faltige, ziehharmonikaähnliche Länge und die baumelnde, hin- und herschwingende Schlaffheit dieser verlängerten Nasen eine Karikatur des männlichen Fortpflanzungsorgans sind. Wenn man diesbezüglich veranlagt wäre, würde man seinen Kindern bei diesem Anblick die Augen zuhalten.

Zweifellos stellten die Kreaturen unter Wasser ein Wunder an Anmut dar, ihre Form ergonomisch perfekt für das Durchpflügen von Strömungen, ihre Fettschichten hervorragend dafür geeignet, sie im eisigen Wasser warm zu halten, aber an Land wirkten sie plump und unförmig. Und sie mußten sich an Land begeben, um sich zu paaren und fortzupflanzen – seitens der Evolution eine Art Heath-Robinson-Lösung, da Wale diese Angelegenheit im Wasser erledigen –, aber die Größe der Bullen, die sie für die Kühe so über die Maßen anziehend macht, behindert sie ungemein. Sie bewegen sich, indem sie ihre Massen nach vorn wälzen, die Köpfe hochrecken und sich mit ihren unzulänglichen Flossen einen kläglichen Ruck in die Richtung geben, in der sie nicht sind. Nicht ohne Grund schnaufen und ächzen sie bei jeder Bewegung, aber wenn es darauf ankommt, machen sie auf ihre Weise tatsächlich ein paar Meter wett. Es kommt allerdings nur dann darauf an, wenn sie zurück ins Meer müssen, eine Kuh besteigen wollen oder sich gezwungen sehen, ihren Harem gegen irgendeinen anderen zudringlichen Leviathan zu verteidigen. Man hatte uns gewarnt, einen Abstand von mindestens zwei Metern zu allen Tieren zu wahren, denen wir begegneten, aber die Bullen lagen so reglos auf dem Sand, daß es manchmal unmöglich war, sie auszumachen, und ein- oder zweimal befand ich mich höchstens noch einen halben Meter von einem Felsbrocken entfernt, der plötzlich die Augen öffnete, den Kopf hob, den Rüssel obszön von Seite zu Seite schwenkte und mir die stumme Warnung entgegengähnte, Abstand zu halten. Nichts ist so rot, feucht und fleischig wie das Innere des Mauls eines See-Elefanten. Nimmt man den über der scharlachroten Höhle des Rachens hin- und herbaumelnden Rüssel dazu, hat man die ganze Geschichte der geschlechtlichen Fortpflanzung. Man ist nicht so sehr verängstigt über den Anblick, als vielmehr versteinert wegen der absurden Obszönität. Wenn die Bullen ein gewolltes Geräusch von sich geben, beispielsweise wenn sie sich paaren oder kämpfen, produzieren sie in den Tiefen ihrer speckigen, bebenden Kehlen ein knarrendes Rülpsen, das so durchdringend und laut ist, daß es von den umliegenden Bergen zurückgeworfen wird und das Gefühl vervollständigt, man habe ein lebendes, sicht- und hörbares Exemplar der sieben Todsünden vor sich. Hier kommt Gott, der Verfasser von Popsongs:

Would you like to swing on a star
Carry moonbeams home in a jar
And be better off than you are?
Or would you rather be an Elephant Seal?

Ich persönlich würde lieber Mondstrahlen in einem Glas nach Hause tragen.

Da See-Elefanten nun einmal sind, was sie sind, und das gleiche auch für moderne Reisende gilt, fing die Fotografiererei jetzt ernsthaft an. Die Debatte darüber, ob ich auf diese Reise eine Kamera mitnehmen sollte oder nicht, hatte wochenlang getobt. Ich habe noch nie eine Kamera besessen und noch nie eine mit in den Urlaub genommen. Roger-der-Exehemann dagegen ist ein begeisterter und guter Fotograf. Er und Chloe und so ungefähr alle meine Bekannten beharrten darauf, daß ich eine Kamera mitnehmen müsse. Wie konnte ich so weit reisen, wie konnte ich mich an einen derart fernen, fremdartigen Ort begeben, an dem es derart viele ferne, fremdartige Dinge zu sehen geben würde, ohne Fotos zu machen? Kein Problem, sagte ich. Ich sehe mir Dinge gern an. Und man muß aufhören, sie sich anzusehen, wenn man eine Kamera auf sie richtet. Wieso sollte ich durch eine Linse linsen, die mein Blickfeld nur einschränken würde? Man sieht nicht mehr, wenn man ständig damit beschäftigt ist, das, was vor einem liegt, in möglichst großartige Fotos umzusetzen. Außerdem hasse ich es, eine Kamera um den Hals hängen zu haben. Nur noch etwas, um das man sich kümmern muß. Ich erinnerte Chloe an all die vielen Stunden, die wir damit verbracht hatten, beim Betrachten von Rogers endlosen Dias mit zugegeben eindrucksvollen Ferienfotos Begeisterung zu heucheln. Trotzdem wäre es pervers gewesen, keine mitzunehmen.

Roger schleppte etwas an, was er als wirklich einfache Kamera bezeichnete. Sie wog ungefähr soviel wie ein einstöckiger Bus, besaß zwei unförmige Objektive, die je nach angepeiltem Objekt auf die eigentliche Kamera aufgeschraubt und natürlich auch wieder abgeschraubt werden mußten und so viele Zahlenskalen für dieses oder jenes, daß man die Umlaufbahn der Sterne damit hätte berechnen können. Ich hatte durchaus die Absicht, brav zu sein und sie mitzunehmen, aber als ich versuchte, mich in der elementaren Aufgabe des Objektivwechselns zu üben, versagte ich kläglich. Es ist nur ein Kniff, erklärte Roger, aber ich beherrschte ihn nicht, und als zufällig keiner guckte, versteckte ich die Kamera in ihrem kleinen gepolsterten Koffer hinter dem Staubsauger unter der Treppe und fuhr ohne sie los. Am Flughafen jedoch verließ mich der Mut, und ich erstand die kleinste und automatischste Kamera, die der Duty-free-Shop zu bieten hatte. Sie zoomte von selbst, paßte sich von ganz allein an Lichtverhältnisse und Entfernungen an und spulte automatisch weiter. Außerdem paßte sie in meine Jackentasche. Ein Kompromiß. Bis jetzt hatte ich sie noch nicht benutzt, und ich hatte vergessen, sie einzustecken, als ich in das Zodiac stieg.

Alle anderen aber knipsten drauflos, als gäbe es kein Morgen mehr, geschweige denn zwei weitere Reisewochen. Eine der Amerikanerinnen hatte sage und schreibe acht Filme aus den Staaten mitgebracht. Leute wurden von zusätzlichen Objektiven und Lichtmessern, die links und rechts von ihren Schultern baumelten, zu Boden gezogen, und jene, die das Glück hatten, Ehefrauen oder Ehemänner zur Hand zu haben, verpflichteten sie dazu, ihnen wie Sklaven mit einem Schritt Abstand irgendwelche Stative hinterherzutragen. Der lästigste Mensch auf dem Ausflug war ein skandinavischer Berufsfotograf, der Aufnahmen für ein neues Buch machte. Rücksichtslos rempelte er andere aus dem Weg, forderte gebieterisch Unmengen von Platz ein, hielt den Tieren die Kamera für Großaufnahmen direkt unter die Nase und rannte auf der Suche nach dem idealen Schuß geschäftig überall herum. Er war genauso einäugig und zielgerichtet wie seine Kamera, aber einige der Nicht-Berufsfotografen waren auch nicht viel besser. Und natürlich wurden nicht nur Fotos gemacht. Der Camcorder war ebenfalls häufig vertreten, und so war außer dem Klicken und Sirren des motorisierten Fotografierens auch ein monotones Murmeln von Stimmen zu hören, nicht etwa von Leuten, die sich miteinander unterhielten, sondern von Individuen, die in ihre Maschinen hineinsprachen und ihre bewegten Bilder mit Kommentaren versahen. Jedesmal, wenn ich hinter mir eine Stimme etwas sagen hörte und mich höflich umdrehte, um darauf zu reagieren, sah ich nur einen Zyklopen mit einer Videokamera, die das fehlende Auge ersetzte, zielstrebig herumwandeln, Maschine und Kopf auf eine Weise auf und ab und hin und her schwenkend, als wären die Augen nicht mehr in der Lage, sich in ihren Höhlen zu bewegen, und in Richtung seines Brustkorbs murmeln. Jeder, der mit Sinn und Zweck des Camcorders nicht vertraut ist, hätte uns für einen Haufen Geistesgestörter auf Ausgang gehalten. Natürlich redeten die Leute nicht wirklich mit sich selbst, sie dachten nicht einmal laut vor sich hin. Sie sprachen mit ihren Freunden und Familienmitgliedern, mit denen sie zu irgendeinem zukünftigen Zeitpunkt in ihren Wohnzimmern sitzen und sich das Video ansehen würden. Das gegenwärtige Erlebnis war für sie bereits Vergangenheit. Sie hatten die Zeit übersprungen und sahen die Welt durch die Linse ihrer Videokameras so, wie sie aussehen würde, wenn der gegenwärtige Moment tot und vorbei war. Dinge wurden benannt und beschrieben, Sätze gebildet, eine endgültige Version verfaßt, ohne die vorhergehende Plackerei einer ersten Version, in der wortlose Eindrücke in Sprache umgesetzt werden. Es gab keine wirkliche Übersetzung von Welt in Wort, nur den direkten Kommentar, der alle Prozesse ausschloß, die möglicherweise zum Nachdenken geführt hätten. Die jetzt entstehenden Erinnerungen würden in der Zukunft existieren, eingefrorene, von einem Objektiv eingefangene Nachrichtenbilder.

Soweit ich weiß, hat das Gedächtnis keinen festen Platz im Gehirn, wie man früher dachte, sondern sitzt in unauffälligen Bündeln überall verstreut. Oder es sitzt überhaupt nirgends, außer im Akt des Erinnerns, in dessen Verlauf die Erinnerung aus den Erfahrungsbrocken, die überall im Gehirn eingelagert sind, geschaffen wird. Unsere Erinnerung wird ständig neu geschaffen, eine Geschichte, die unter Verwendung der Puzzlestücke der Erfahrung erzählt und wieder erzählt wird. In mancher Hinsicht ist sie absolut unzuverlässig, denn wer kann schon sagen, ob die Gefühle oder Empfindungen, die zu einer Erinnerung zu gehören scheinen, tatsächlich dazugehören oder einfach nur aus dem allgemeinem Hort ähnlicher Gefühle, die wir erlernt haben, herausgefischt wurden? Wer kann schon sagen, ob ein bestimmtes Bild tatsächlich das richtige ist und nicht nur ein Bild aus einem Buch oder einem Film oder einem Foto oder einem anderen Teil des eigenen Lebens, das, da es in die Geschichte hineinzupassen scheint, einfach in die Pflicht genommen wird? Unser Gedächtnis trügt uns nicht in dem Sinn, daß es bewußt schlecht ist, aber es ist insofern provozierend korrupt, als es dazu neigt, der Vergangenheit die Form einer richtigen Geschichte zu verleihen. Fotos fixieren die Vergangenheit oder zumindest Schnipsel daraus. Filme oder Videos fixieren die Vergangenheit noch entschiedener, liefern uns Bewegungen und Stimmen und überlassen immer weniger der Phantasie. Ähnlich wie der Unterschied zwischen Radio und Fernsehen vielleicht. Aber selbst dann fehlt immer noch etwas von der Realität des erlebten Augenblicks, finde ich. Es ist seltsam, sich Fotos anzusehen, die man von einem Ort gemacht hat, an dem man gewesen ist. Etwas Wesentliches ist daraus verschwunden und führt dazu, daß das Foto die Erfahrung eher ferner als näher wirken läßt.

Ich besitze ein einziges Foto von meiner Mutter. Es wurde aufgenommen, nachdem wir Paramount Court verlassen hatten, bevor die Sozialarbeiter und die Psychologen vom University College Hospital mich aufs Internat schickten, als sie und ich in einem möblierten Zimmer in Mornington Crescent lebten. Sie und ich sind am Trafalgar Square. Ich muß so ungefähr elf gewesen sein. Das Foto wurde von einem der professionellen Fotografen aufgenommen, die sich auf Touristen spezialisiert haben. Meine Mutter und ich stehen Schulter an Schulter, den Arm jeweils um die Taille der anderen gelegt. Ich bin bereits so groß wie sie; sie war kaum einen Meter fünfzig groß. Auf dem Foto bin ich, was ich sein sollte. Meine Haare sind zu Zöpfen geflochten, die mir vorn über die Schultern fallen. Die Enden beider Zöpfe sind mit einer großen Schleife geschmückt. Ich stecke in einem hellen Hemdblusenkleid, das mir bis unter die Knie geht, und darüber trage ich eine Strickjacke. Dazu habe ich Riemchensandalen an, also muß es ein warmer Tag gewesen sein, aber dessen ungeachtet stecken meine Hände in kurzen weißen Handschuhen. Sehr elegant, sehr adrett, hat meine Mutter sicher gedacht. Sie selbst trägt ein in der Taille gegürtetes Blümchenkleid, das ihr fast bis an die Knöchel reicht, wie all ihre Kleider es taten, um die Narbe an einem ihrer Beine zu überdekken, die von einem Autounfall stammte, der sich vor meiner Geburt ereignete. Ihre Haare sind dunkel und kurz und dauergewellt, und wie ich trägt sie kurze weiße Handschuhe. Um uns herum spazieren Tauben, und der Platz ist voller Leute in Sommerkleidern und kurzärmeligen Hemden. Das Schwarzweißfoto ist natürlich verblaßt, und unsere Gesichter liegen im Schatten, da die Spätnachmittagssonne hinter uns steht. Mein Gesicht ist lang und kantig, ihres eher rund – jetzt, wo ich daran denke, fällt mir ein, daß sie es immer als herzförmig bezeichnete –, aber ihre Züge haben etwas Scharfes. Sie lächelt direkt in die Kamera, ein Lächeln für die Nachwelt, eine Mutter, die glücklich ist, mit ihrer Tochter zusammenzusein. Mein Kopf ist leicht gesenkt, das Kinn zur Brust geneigt, und ich blicke, wie ich jetzt erst merke, mit jenem Prinzessin-Diana-Blick nach oben – schüchtern oder verschlagen, man weiß es nicht. Ich glaube, daß der Geist eines Lächelns auf meinem Gesicht liegt, aber es ist überschatteter als das meiner Mutter, und daher ist es ein bißchen schwer zu sagen. Zu unseren Füßen, sich lang über den Boden erstreckend und frei von Tauben, bilden unsere Schatten einen einzigen ovalen Fleck auf dem ansonsten sonnigen Asphalt. Es ist ein zusammengeflossener Schatten, wir stehen zu dicht nebeneinander, als daß die Sonne zwischen unseren Körpern hätte hindurchfallen können. Ihr Schatten und meiner verschmelzen zu einer vereinten Form, so fest miteinander verbunden wie auf dem streifigen Film von Shackletons aneinandergeseilten Männern, die versuchen, die *Endurance* durch das Packeis zu ziehen.

Kurz bevor dieses Foto aufgenommen wurde, war ich vier oder sechs Wochen in einem Heim irgendwo am Meer gewesen. Wo genau, weiß ich nicht mehr, ich erinnere mich nur, daß wir in Zweierformation über die Klippen wanderten und das Meer rechts von uns lag. Meine Mutter war von den Sozialarbeitern auf Sozialhilfe gesetzt und in dem möblierten Zimmer untergebracht worden. Sie hatten sie auch davon überzeugt, daß es eine gute Idee wäre, mich in ein Internat zu schicken. In eine progressive, gemischte, vegetarische, private Quäkerschule, die auf Kosten der Behörden auch ein paar Problemkinder aufnahm, die als zu intelligent galten, um auf eine staatliche Schule für schwererziehbare Kinder geschickt zu werden. Der Plan funktionierte nicht sonderlich gut. In regelmäßigen Abständen tauchte meine Mutter in der Schule in Hertfordshire auf und schrie entweder die Lehrer an, sie wollten mich von ihr fernhalten, oder aber mich, ich hätte sie schmählich im Stich gelassen. Nach anderthalb Quartalen forderte man mich auf, von der Schule abzugehen, da die Störungen, die meine Mutter verursachte, untragbar seien. Später, mit dreizehn, als ich meinen verschwundenen Vater gefunden hatte und zu ihm gezogen war, ging ich an diese Schule zurück, nachdem ich zu meiner bitteren Enttäuschung herausgefunden hatte, daß mein Vater nicht der Mann war, an den ich mich erinnerte. Auch das funktionierte nicht sonderlich gut. Nach achtzehn Monaten flog ich raus, dieses Mal aus eigener Schuld, wegen allgemeiner Unbotmäßigkeit. Danach ging es in schneller Folge erst zurück zu meinem Vater nach Banbury, nicht sehr erfolgreich; dann zu meiner Mutter nach Hove, ebensowenig erfolgreich; und dann in die Klinik in Hove.

Nichts davon sieht oder ahnt man auf dem Foto, das meine Mutter und mich an einem sonnigen Tag auf dem Trafalgar Square zeigt, außer vielleicht in der Dunkelheit, die über unseren Gesichtern liegt, aber das ist natürlich nichts anderes als eine retrospektive Einbildung.

Ich fragte mich auch, ob es überhaupt möglich war, noch etwas Neues zu erleben. Wenn es einen Augenblick des Staunens gab, dann lag er in der verblüffenden Nähe der Realität zu dem, was ich bereits anderswo gesehen hatte. Wenn ich aufs Meer hinaussah, mußte ich manchmal erst all die Filme, die ich gesehen hatte, von mir abschütteln, das Gefühl, mich zu erinnern, ohne das Ereignis tatsächlich je erlebt zu haben. Ich hatte ein Meer wie dieses schon viele Male im Fernsehen, im Kino und auf Fotos gesehen. Das Meer vor meinem Kabinenfenster sah diesen Bildern bemerkenswert ähnlich. Es war, nun ja, eine Kopie. Und hier waren wir alle und machten Fotos von etwas, was wir bereits auf Fotos gesehen hatten, damit unsere Kinder und Enkelkinder und Freunde es wiederum nicht völlig neu für sich selbst würden entdecken können. Und wenn sie tatsächlich zu fernen Orten fuhren, dann nur um sich, so wie wir, bestätigen zu lassen, was sie bereits kannten. Um noch einmal *in natura* zu sehen, was sie bereits in High-Fidelity-Dolby-Surround-Technicolor-Breitwandvision gesehen hatten.

Trotzdem. War es nicht wundervoll gewesen, Hurleys Film über die *Endurance*-Expedition zu sehen? Hatte ich nicht das Gefühl gehabt, durch ein Schlüsselloch direkt in die Vergangenheit hineinzublicken? Ein Privileg, dafür hatte ich es noch gestern abend gehalten. Nichts anderes taten all die Leute, die überall um mich herum knipsten. Sie fingen Erinnerungen ein, nicht nur für sich selbst, sondern auch für ihre Enkel und Großenkel und stellten sich wahrscheinlich vor, wie diese irgendwann den augenblicklichen Moment betrachten würden, den ihre Vorfahren für sie festgehalten hatten. Ponting zum Beispiel brachte Scott, Wilson, Oates und Bowers dazu, einen Abend des letzten Versuchs, den Pol zu erreichen, für seine Kamera in Szene zu setzen. Die Männer schlugen ihr Zelt auf, kochten ihren Eintopf aus Dörrfleisch, rauchten, rissen Witze und krochen dann für die Nacht in ihre Schlafsäcke aus Rentierfellen, alles im hellen Tageslicht von Kap Evans, geraume Zeit bevor sie zum eigentlichen Marsch zum Pol aufbrachen, von dem keiner wiederkehrte. Es ist seltsam zu sehen, wie diese Männer, von denen man weiß, daß sie sterben werden, die Sache so darstellen, wie sie hätte sein sollen, statt so, wie sie dann sein würde – ein bißchen unbeholfen und verlegen, aber mit Humor. Das wirkliche Drama ihres Todes blieb unaufgezeichnet, außer in ihren eigenen, befangenen Worten, sorgfältig ausgewählt, um sicherzustellen, daß die Nachwelt sie richtig in Erinnerung behalten würde. Was sie eine Zeitlang auch tat. Eine Kamera hätte Scotts Wutanfälle und seine Übellaunigkeit Oates gegenüber aufgezeichnet, der sich nicht rechtzeitig genug opferte. Sie hätte gezeigt, wie die Männer darüber debattierten, ob sie Dr. Wilsons Morphiumtabletten nehmen sollten oder nicht, und ob sie sie dann tatsächlich nahmen. Sie hätte vielleicht fehlbare, verängstigte Männer gezeigt, die nicht mehr ein und aus wußten. Und so hätte eine Generation einen Mythos verloren, während einer anderen Generation die Befriedigung versagt geblieben wäre, diesen Mythos zu zerstören.

Aber die Fotografie beschränkt sich nicht darauf, die Gegenwart aus dem Weg zu stoßen und die eigene Erinnerung womöglich noch unzuverlässiger zu machen. Sie fängt auch ein Stück der Welt ein, macht es zu privatem Territorium, verwehrt anderen den Zugang dazu. Die Fotografie ist eine moderne Miniaturform der Kolonialisation. Ungefähr siebzig Menschen wanderten auf diesem verlassenen Flecken Erde herum, wo es reichlich Platz und eine Menge Stellen gab, die man aufsuchen konnte. Es war beileibe keine Menschenmenge. Aber die ganze Zeit über mußten ich und andere den Kopf einziehen und Bogen schlagen, um den Dreiecken der Welt auszuweichen, die von den zielenden Linsen eingefangen wurden. Überall um mich herum wurde die Welt vereinnahmt. »Pardon« und »Tut mir leid«, entschuldigten wir uns beieinander, wenn wir die unsichtbaren Grenzen überschritten, die den einzelnen Fotografen gehörten. Manchmal wurde ich in einen der privaten Keile der Welt eingeladen, um Teil eines Fotos oder eines Films zu werden, aber dann mußte ich mich benehmen, mußte posieren, statt den Raum einfach zu durchqueren. Wenn genügend Fotografen in den richtigen Positionen standen, konnte ich fast nirgends mehr hingehen, ohne das Gefühl zu haben, mich aufzudrängen. Eigenartig. Und es tat mir tatsächlich leid, wenn ich ihnen im Weg war. Ich wollte keinem meiner Mitreisenden das Foto verderben. Und doch gehörte dieses Stück Wildnis niemandem, und das Schöne an einer Wildnis ist schließlich, daß man sie durchwandern kann, ohne sich Gedanken machen zu müssen. Jetzt war Grytviken so parzelliert, als würde es von siebzig Lattenzäunen durchschnitten, ähnlich dem am unteren Ausläufer des Hügels, auf den ich zustrebte.

»He, Jenny, kannst du dich mal kurz neben diesen See-Elefantenbullen stellen, damit man sieht, wie riesig er ist?« rief Big Jim, dessen Kamera seiner Größe entsprach. Ich tat ihm den Gefallen, damit die Leute in der Nähe von Palm Springs sehen konnten, wie riesig die Robben in der Subantarktis sind. Und wie in die Jahre gekommene Londonerinnen an einem sonnigen Tag auf Südgeorgien aussehen.

»Wer ist denn das, Jim?«

»Ach, eine Mitreisende. Eine Engländerin, mit einem richtigen Cockney-Akzent. Wollte ein Buch schreiben, sagte sie jedenfalls.«

O ja, das tue ich tatsächlich. Das hier ist meine Art, die Welt zu kolonialisieren. Hi, Jim.

Phoenix John kam mir entgegen, als ich den Hügel zu dem weißen Lattenzaun hinaufkletterte. Er schüttelte nur den Kopf, als er auf meiner Höhe war, sprachlos gemacht durch die Erfüllung eines Traums. Der kleine Zaun umgab den Friedhof von Grytviken, auf dem ehemalige Walfänger unter hübschen, weißen, niedrigen Grabsteinen begraben lagen. Zwei waren 1910 an Diphterie gestorben; ein Dutzend oder mehr in der Typhusepidemie von 1912. Andere waren wahrscheinlich Unfällen oder den Auswirkungen des Alkohols zum Opfer gefallen. Der Pastor der Kirche, die 1913 erbaut worden war, gestand ein: »Das religiöse Leben unter den Walfängern läßt viel zu wünschen übrig.« Ich war, wie John, den Hügel hinaufgestiegen, um mir Shackletons Grab anzusehen. Mit dem hohen, grob behauenen Granitstein, der eingravierten Aufschrift *Ernest Henry Shackleton, Explorer* und den frischen Hochlandblumen, die es schmückten, war es auf den ersten Blick zu erkennen. Aber dann zog ein anderes Grab, rechtwinklig zu dem Shackletons gelegen, meine Neugier auf sich. Auch dieses Grab hatte einen niedrigen weißen Grabstein, aber zusätzlich erhob sich darüber ein plumpes

Holzkreuz. Es war mit frischen rosa Blumen geschmückt, und abgesehen von Shackletons Grab war es das einzige, das anscheinend regelmäßig und liebevoll gepflegt wurde. Die Worte, die in das Holzkreuz eingebrannt waren, lauteten:

RIP
FELIX 26.04.82 ARTUSO

Unter dem Querbalken des Kreuzes mit dem Namen befand sich ein kleines aufgemaltes Rechteck aus einem weißen Streifen, der zwischen zwei hellblauen Streifen eingezwängt war. Der unglückliche Felix war noch nicht sehr lange tot, und das Rechteck, so dämmerte es mir allmählich, war die argentinische Flagge. Ich hatte Südgeorgiens Beteiligung am Falkland-Krieg völlig vergessen gehabt. Ich erinnerte mich, daß zwei Naturforscherinnen während der Dauer des Krieges in einer der verlassenen Buchten festgesessen, Pinguine gefilmt und sich versteckt gehalten hatten, aber alles andere war mir nicht sehr deutlich in Erinnerung geblieben. Auf dem Weg den Hügel hinunter versuchte ich, es mir wieder ins Gedächtnis zu rufen, und fragte mich, was es wohl mit Felix und seinem makellosen Grab auf sich haben mochte. Vor dem Museumsgebäude saßen zwei Soldaten auf der Treppe, die zum Eingang führte. Ich sagte »Hallo«, als ich an ihnen vorbeiging.

»Oh, eine Engländerin«, rief einer der beiden, so wie ein schiffbrüchiger britischer Reisender seinen Retter gleicher Nationalität mit besonderer Freude begrüßen mochte. »Es kommt nicht oft vor, daß welche von uns nach Südgeorgien kommen. Es ist mir eine wirkliche Freude, Ihren Akzent zu hören.«

Er war vielleicht Mitte Zwanzig und hieß Andy (sein Freund hieß Scot, was sich, wie ich nicht vergessen durfte, mit nur einem t schrieb). Andy war ganz wild darauf, sich mit mir zu unterhalten. Die beiden Männer hatten Gewehre zu ihren Füßen liegen. SA80er, klärten sie mich auf. Sie gehörten zu den Königlichen Pionieren und waren für fünf Monate auf Südgeorgien stationiert. Es war Andys zweite Stationierung. Davor war er in Nordirland gewesen. Es war ziemlich langweilig hier, erklärte er mir. Er und seine Freundin hatten sich gerade getrennt, aber daraus konnte er ihr keinen Vorwurf machen. Elf Monate waren eine lange Zeit, um getrennt und dennoch treu zu sein, räumte er ein. Andy kam aus Southend; Scot, jünger und wortkarger, kam aus Hemel Hempstead.

»Wieso laufen Sie mit diesen Gewehren durch die Gegend?« fragte ich.

»Damit sie gesehen werden«, antwortete Andy.

»Von wem?«

»Von den Argis. Wissen Sie, es geht das Gerücht, daß unsere Truppen hier unbewaffnet sind. Und um es aus der Welt zu räumen, machen wir sie sichtbar.«

Ich sah zur Bucht hinunter, die, abgesehen von den beiden halbversunkenen Walfangschiffen und dem weißen Schiff, das auf unsere Rückkehr wartete, völlig verlassen war.

»Und wer guckt?«

»Spione auf Schiffen. Wir machen ihnen klar, daß es besser ist, sich nicht mit uns anzulegen.«

»Ich dachte, die Argentinier hätten sowieso angefangen, die Falklands aufzukaufen.«

»Aber ich wette, sie würden sie lieber umsonst bekommen. Sie haben jedem Farmbesitzer auf den Falklands eine Million Pfund geboten, und angeblich soll die Hälfte von ihnen bereit sein, das Angebot zu akzeptieren. Aber unsere Regierung würde das nie zulassen, selbst wenn alle Inselbewohner zum Verkauf bereit wären. Es ist eine Frage des Prinzips.«

Mit Prinzipien kannte ich mich nicht so gut aus. Ich konnte durchaus verstehen, daß eine Million Pfund für ihre zugigen, abgelegenen Schaffarmen eine Verlockung für die Falkland-Bewohner darstellten. Schade, daß niemand schon 1982 auf diese Idee gekommen war. Es hätte viel unnötiges Sterben und den zweifelhaften Ruhm Margaret Thatchers verhindert. Aber Andy und ich würden uns wohl kaum über die Politik einigen können, und er war so ausgehungert nach britischer Gesellschaft, daß ich meine Meinung für mich behielt. Er hatte die Langeweile dieses Lebens satt und sich aus diesem Grund für einen Kurs als Sprengstoffspezialist beworben. Anschließend würde er dann nach Bosnien versetzt werden, obwohl sein größter Wunsch war, bei der Feuerwehr in Southend unterzukommen, aber die hatte eine Warteliste von zwei Jahren. Nach neun Jahren in der Army wollte er endlich etwas anderes machen.

Ich fragte ihn nach Felix Artuso, der oben auf dem Hügel lag. Er erzählte mir, Südgeorgien sei von einer kleinen Gruppe argentinischer Soldaten, die sich als Schrotthändler ausgegeben hätten, erobert worden. Vierzehn Marinesoldaten versteckten sich und schafften es schließlich, sie wieder zu vertreiben. Laut Andy waren dabei fünfzehn Argentinier ums Leben gekommen, die offizielle Zahl lautete drei. Der junge Felix Artuso war einer von ihnen gewesen. Einer der Marinesoldaten hatte ihm plötzlich gegenübergestanden und geglaubt, er wolle nach einer Waffe greifen. Der Brite schoß als erster. Hinterher stellte sich heraus, daß Felix unbewaffnet gewesen war.

»So etwas kommt im Krieg eben vor«, sagte Andy kummervoll. Er sprach sehr respektvoll von Artuso, wie von einem gefallenen Kameraden. »Es waren seine Eltern, die wollten, daß er auf Südgeorgien beerdigt wurde, und wir haben ihn mit allen militärischen Ehren beigesetzt. Das ist nun mal unsere Art.«

Seit dem Krieg waren noch drei Soldaten auf Südgeorgien gestorben. Einer von ihnen sparte sich seine tägliche Bierzuteilung von zwei Dosen auf, um sich an einem Freitag abend ordentlich betrinken zu können, und kam dann auf die Idee, über die Bucht zu schwimmen. Nach etwa sieben Minuten war er erfroren. Ein anderer betrank sich ebenfalls, stürzte bei einem nicht anzuratenden nächtlichen Spaziergang und starb an Unterkühlung. Der dritte, ein irischer Ranger, starb ebenfalls an Unterkühlung und diversen Verletzungen, als er versuchte, im Alleingang einen der Berge zu besteigen.

»Es ist die Langeweile, die einem so zu schaffen macht«, erklärte Andy. »Es war wirklich nett, mit jemand von daheim zu reden.«

Sein Walkie-talkie knackte, und militärische Befehle wurden übermittelt. Zweifellos war es Zeit für weiteres Auf- und Abmarschieren für den Fall, daß die Spione zusahen. Ich betrat das Museum, das mit geschwärzten Eisenkesseln und Gerätschaften zum Schlachten von Walen vollgestopft war. Meine Mitreisenden gaben empörte Zischlaute von sich und wandten die Augen von den Postkarten ab, auf denen Wale zerlegt wurden. Im Souvenirladen gab es T-Shirts, Geschirrtücher, Aschenbecher und Landkarten zu kaufen, damit wir beweisen konnten, wie weit südlich wir gewesen waren. Ich erstand mehrere mit grellen Königspinguinen bedruckte T-Shirts für Chloe und ihre Freunde, die sich während meiner Abwesenheit um die Wohnung kümmerten. Sie würden sie zwar nicht anziehen, sich aber trotzdem über etwas freuen, was von so weit her stammte. Besser jedenfalls als Geschirrtücher. Ich selbst gönnte mir drei Postkarten mit einem Foto von Shackleton. Seine Haare waren in der Mitte gescheitelt und glatt an den Schädel gekämmt, und er blickte ein bißchen verlegen in die Kamera, war aber auf eine wettergegerbte, markante Art verdammt attraktiv. Er sah so schurkisch aus, wie er es anscheinend gewesen war. Ein bißchen ein Halunke, ein Mann, der sich einfach mit der *Endurance* auf den Weg machte, obwohl das Geld für die Expedition noch gar nicht verfügbar war, und es anderen überließ, die Suppe auszulöffeln. Eine Art Frauenheld war er auf seine charmante irische Art auch gewesen. Sein Bruder Frank trieb es sogar noch schlimmer und landete wegen irgendwelcher finanzieller Machenschaften mit der englischen Aristokratie tatsächlich im Gefängnis. Ich merkte, daß ich Shackleton richtig ins Herz geschlossen hatte.

Fast wäre ich sogar mit einer gestrengen Engländerin in Streit darüber geraten, ob es richtig von Scott war, Shackleton zu verbieten, den McMurdo Sound als Basis zu benutzen, während er den Pol zu erreichen versuchte. Scott hatte den McMurdo auf seiner ersten Expedition entdeckt, und er haßte Shackleton, der kein Gentleman und für seinen Geschmack bei den unteren Chargen viel zu beliebt war. Shackleton, der Scott sein Wort gegeben hatte, machte sich die schrecklichsten Vorwürfe, als er aufgrund widriger Wetterbedingungen doch im McMurdo Sound ankern mußte. Welches Recht hatte Scott, einem anderen Forscher eine Bucht auf dem antarktischen Festland zu verwehren? »Jedes Recht«, sagte meine englische Widersacherin streng. »Er hatte sie gefunden. Sie gehörte ihm.« Eine richtiggehende Scott/Shackleton-Fehde drohte auszubrechen, als ich darauf beharrte, es sei einfach schändlich von Scott gewesen, sich so schäbig zu verhalten. »Ein Mann, ein Wort«, konterte meine Widersacherin, und ich war schon drauf und dran, ihr zu entgegnen, ein unter Druck gegebenes Wort sei unter lebensbedrohlichen Bedingungen nun einmal nicht einzuhalten, aber ich wußte, daß ich bei diesen sehr starken Gefühlen für seit langem tote Männer nicht mithalten konnte. Ich wollte keine sehr starken Gefühle für sie haben.

Es fing an zu regnen, und der Himmel verdunkelte sich. Der herrliche Sonnenschein wurde unversehens zu einer Sache der Vergangenheit. Ich merkte allmählich, daß die Dinge in diesen

Breiten überraschend veränderlich sein können. Als der Wind auffrischte, wurde Grytviken urplötzlich zu einem trostlosen, gottverlassenen Ort. Zum ersten Mal fing ich an, mich kalt und klamm zu fühlen. Es geschah von einem Moment auf den anderen. Ein kleiner Schauder der Freudlosigkeit, der nicht ausschließlich etwas mit dem Wetter zu tun hatte, durchlief mich. Ich war froh, in eines der ersten zurückfahrenden Zodiacs steigen und in Kabine 532 zurückkehren zu können. Mein erster Landgang war weder weiß noch einsam gewesen.

Bis zum Nachmittag hatte die Welt sich in ein industrielles Grau verwandelt. Während wir beim Mittagessen saßen, war das Schiff ein kurzes Stück durch das aufgewühlte Meer nach Süden zur St. Andrew's Bay getuckert, wo ein zweiter Landgang geplant war. Als wir uns an der Gangway aufreihten, um die Zodiacs zu besteigen, fielen Wind und Regen über uns her und stellten unsere wind- und wetterfeste Ausrüstung zum ersten Mal auf die Probe. Am Fuß der Gangway stampften die Zodiacs wie bockende Ponys im ganz entschieden kabbeligen Wasser auf und ab. Das hier war etwas völlig anderes als der Landgang vom Vormittag. Himmel und Meer hatten sich in ein einförmiges Eisengrau verwandelt. Es war, als hätte die Sonne nie geschienen und würde es auch nie wieder tun. Wind und Wellen tanzten einen zornigen Pas de deux, der Regen peitschte von der Seite auf uns ein. Butch stand heroisch auf der schwankenden Gangway, machte ein ernstes Gesicht und schrie durch vor den Mund gehaltene Hände irgendwas zum Fahrer des ersten Zodiacs hinüber. Anscheinend war noch nicht sicher, ob wir tatsächlich an Land gehen konnten, da die Windgeschwindigkeit das für Landgänge erlaubte Maximum fast erreicht hatte. Jedenfalls peitschte der Wind das Meer ganz schön heftig gegen die Flanken des Schiffs und schleuderte es über die schwarzen

Gummiseiten der Zodiacs, und der Regen stach uns nadelscharf ins Gesicht, während wir auf Butchs Entscheidung warteten.

Sie lautete, daß wir fahren würden. Die St. Andrew's Bay war die große Pinguinsensation der Reise. Aber wir wurden gewarnt, daß der Landgang sofort abgebrochen werden würde, wenn der Wind noch weiter zunahm. Die Gangway war naß und schlüpfrig und hüpfte wie wild auf und ab. Der Matrosenhandschlag am unteren Ende wurde dankbar entgegengenommen und bewies seinen Wert, als ich vorsichtig über ein windiges Nichts in das glänzendnasse Zodiac stieg. Jetzt betrachteten wir die See nicht mehr, wir waren auf ihr, auf einer Ebene, hoben und senkten uns mit jeder Welle. Während ich darauf wartete, daß die anderen einstiegen, hielten die Schichten meines wetterfesten Zeugs mich trocken und sorgten dafür, daß ich nicht einmal sonderlich fror. Die einzige Ausnahme war mein Gesicht, das jetzt schon klatschnaß und eisig war und vom Wind brannte. Das Ganze fing an, sich wie ein richtiges Abenteuer anzufühlen, als Marjorie, die ein bißchen alarmiert aussah, neben mir auf den Rand des Zodiacs plumpste und wir uns an das Seil klammerten, das hinter uns vorbeilief. Die Überfahrt dauerte etwa fünfzehn Minuten, da das Dinghi hin und her lavieren mußte, um gegen den Wind anzukommen. Der erhöhte Bug des Boots wurde alle paar Minuten von einer aufgebrachten Welle überspült, die uns von Kopf bis Fuß bespritzte. Der Rand, auf dem wir saßen, war relativ breit, fühlte sich aber alles andere als breit genug an, als wir von der stürmischen See hin und her geworfen wurden. Wir mußten die Köpfe senken, weil Regen und Gischt uns blind machten, aber es war die aufregendste, schnellste und zornigste Fahrt, die ich je erlebt hatte. Der Motor des Zodiacs dröhnte wütend gegen einen Wind an, der an meinen Ohren vorbeipfiff und meine Augen passend zur salzigen Gischt, die mir ins Gesicht schlug, mit salzigen Tränen füllte.

Wir waren so nah dran, standen auf du und du mit den Wellen, dem Wetter, der antarktischen See. Wenn ich nicht auf meiner Koje liegen oder von der Brücke aufs Meer starren konnte, würde ich das hier wählen. Ab und zu, wenn wir mit einer besonders großen Welle zusammenprallten, lachte ich laut auf.

Als wir uns der etwas geschützten Bucht näherten, ließ der Wind ein bißchen nach, und wir konnten die Köpfe wieder heben und zum Land hinübersehen. Wir wurden beobachtet. Die lange Küstenlinie und der ganze Strand bis hin zum fernen Gletscher und zu den fernen Bergen waren von Pinguinen besetzt; sie standen so dicht aneinander, daß sie einen ununterbrochenen Teppich bildeten. Legionen schwarzer Gesichter mit orangefarbenen, auf das Meer gerichteten Schnäbeln starrten in unsere Richtung und schienen unsere Ankunft zu beobachten. Die St. Andrew's Bay ist berühmt dafür, die Brutstätte für 100 000 Königspinguine zu sein (ich weiß nicht, wer sie gezählt hat, habe aber nicht die Absicht, mich darüber zu streiten). Und da waren sie, standen in dichtgeschlossenen Reihen und beobachteten ohne Neugier, wie ein halbes Dutzend schwarzer Gummidinghis auf sie zutuckerte. Das heißt, uns kam es so vor, als beobachteten sie uns, aber wenn wir uns nicht genähert hätten, wenn das Meer völlig leer gewesen wäre, hätten sie, Quantenphysik hin oder her, trotzdem alle dort gestanden und aufs Meer hinausgesehen. Es ist nun einmal das, was Pinguine tun. Sie stehen. Jahr für Jahr, seit Tausenden von Jahren, soweit ich es beurteilen kann, vielleicht seit Hunderttausenden von Jahren, stehen 100 000 Pinguine an diesem Strand, paaren sich und brüten ihre Eier aus. An manchen Tagen, vielleicht einmal pro Jahr oder so, nähern sich schwarze Gummidinghis, und ein paar Menschen kommen in die Bucht und denken, daß die Pinguine ihre Ankunft beobachten. Für die Pinguine aber ist es nur ein weiterer Tag, an dem sie stehen und starren. Sie waren nicht im geringsten an unserer Ankunft interessiert. Wir legten in knietiefem, eisigem Wasser an und kraxelten auf das felsige Land. Die Pinguine rückten ein Stückchen beiseite, um uns Platz zu machen, standen aber nach wie vor da und starrten aufs Meer hinaus. Tatsache ist, daß das einzige, was ein Pinguin an Land zu fürchten hat, die kreisenden Skuas sind, die sich aus der Luft herabstürzen, um sich seine Eier und Küken zu holen. Für die Pinguine kam die Gefahr von oben, nicht aus dem Meer oder vom Land. Wie es aussah, bezogen sie Menschen und ihre lärmenden Boote nicht einmal in ihre Rechnung mit ein. Wir waren kein Teil ihrer Welt, stellten keine ersichtliche Bedrohung dar und wurden aus diesem Grund ignoriert, schlichtweg übersehen. Man konnte direkt auf sie zugehen, und sie nahmen nicht die geringste Notiz von einem. Stellte man sich ihnen in den Weg, wenn sie von ihrem Nest zum Meer watschelten, um auf Nahrungssuche zu gehen, so blieben sie kurz stehen und schlugen dann einen kleinen, halbkreisförmigen Bogen, wie sie es auch bei einem Felsen machen würden. Wenn man sich hinkniete und ihnen Auge in Auge gegenübertrat, erwiderten sie den Blick und sahen einen mit einem Auge an, verloren aber, sobald sie entschieden hatten, was man nicht war, sofort wieder das Interesse.

Ich war fasziniert von diesem zeitlosen Dastehen, unbeobachtet, ohne selbst zu beobachten, das wir nun unterbrachen, wenn auch nur kaum. Das war für mich das Wesen von Antarktika; daß es einfach da war, immer dagewesen war, immer dasein würde, große Trakte des Kontinents immer noch unerforscht, unerblickt, unbeobachtet, seine beiden Jahreszeiten durchlaufend, während das Eis langsam von der Mitte zu den Rändern wanderte, wo es dann irgendwann abbrach. Ein Ort, der ungesehen ist und es immer war. Zum Beispiel diese Pinguine, die taten, was sie immer taten und an ihrem Platz standen. Und an diesem oder jenem Tag traf eine Gruppe von Menschen für einen Besuch ein und machte nicht den allergeringsten Unterschied. Südgeorgien ist so abgelegen, daß es noch weniger Besucher anzieht als das antarktische Festland. Nur ein paar hundert Menschen pro Jahr kommen nach Grytviken, noch weniger, stelle ich mir vor, landen in der St. Andrew's Bay. Ich sehnte mich nach der Ausdauer und der Gleichgültigkeit dieser Landschaft und ihrer Pinguinbewohner.

Meine Mitreisenden filmten und fotografierten wie die Wilden. Das Wort »niedlich« fiel zum ersten Mal und verbreitete sich wie ein Echo. Pinguine sind tatsächlich niedlich. Sie besitzen eine in unseren Augen lächerliche Würde: aufrecht gehende, geschäftige Kreaturen, die für ein Leben an Land hoffnungslos schlecht ausgestattet, anscheinend aber fest entschlossen sind, dieses Manko zu überwinden. Eifrig watschelnd gehen sie ihren Beschäftigungen nach und marschieren in ordentlichen Reihen auf festgelegten Pfaden hinunter ans Meer, um Nahrung für sich und ihre Partner zu beschaffen. Aber hin und wieder lassen sie die Fassade fallen, ähnlich wie wir es vielleicht tun, wenn wir uns allein und unbeobachtet fühlen, und lassen sich, da sie es anscheinend zu mühselig finden, eine Böschung hinunterzugehen, auf den Bauch plumpsen und rutschen den schlüpfrigen Hang hinunter. Hin und her gerissen zwischen falscher Würde und wahrem Ich, wirken sie auf bemerkenswerte Weise wie Karikaturen unserer selbst und bringen uns aus diesem Grund zum Lachen, so wie Kinder es tun. Die Pinguine selbst, da können Sie sicher sein, sehen das völlig anders, aber, die Quantenphysik diesmal durchaus achtend, wir sind diejenigen, die sie betrachten. Es ist unmöglich, nicht anthropomorphisch zu sein, und ich weiß auch gar nicht, ob das so schlimm ist. Ich finde nicht, daß die Pinguine durch das selbstzentrierte Bild, das wir von ihnen haben, irgendeinen Schaden nehmen, vorausgesetzt natürlich, wir lassen sie in Ruhe ihr eigenes Leben leben. Die natürliche

Welt zu uns selbst in Bezug zu setzen ist nun einmal etwas, was wir Menschen tun, so wie dastehen und aufs Meer starren etwas ist, was Pinguine tun.

Es war jedoch ziemlich klar, daß das Pinguinleben an sich keineswegs niedlich ist. Die Skuas kreisten über ihren Köpfen und warteten nur auf eine Gelegenheit, sich zu nehmen, was sie kriegen konnten. Und das Stehen und Starren erwies sich bei näherer Beobachtung als recht hektische Angelegenheit. Die Kolonie war von einer fieberhaften Aktivität erfüllt. Ständig marschierten ganze Scharen von Pinguinen zum Wasser und wieder zurück, unmöglich steile Steigungen hinauf und hinunter, um ihre Partner und ihre Jungen mit Nahrung zu versorgen. Einmal im Meer, sind Pinguine eine leichte Beute für die Robben, und wenn einer von ihnen nicht von der Nahrungssuche zurückkommt, müssen sein an Land zurückgebliebener brütender oder hegender Partner und das so schwer erarbeitete Ei Hungers sterben. Als ich am Strand entlangging, stieß ich plötzlich auf einen freien Fleck, in dessen Mitte ein einzelner Pinguin völlig reglos dastand, während vielleicht einen halben Meter von ihm entfernt eine große, grauweiße Skua mit unergründlicher Geduld wartete. Die beiden Tiere ignorierten einander, zumindest in dem Sinn, daß keins von ihnen das andere ansah oder Notiz von ihm nahm. Auf den ersten Blick war es ein bezauberndes Bild, zwei Lebewesen im Einklang miteinander, richtiges »Die Wölfe werden bei den Lämmern wohnen«-Zeugs, bis ich näher kam und sah, daß der Pinguin eine große, klaffende Wunde an der Seite hatte. Die Raubmöwe wartete nur auf den unausweichlichen endgültigen Zusammenbruch des Pinguins, um sich und ihren Jungen ohne große Mühe eine sehr reichhaltige Mahlzeit zu verschaffen. Um den Anthropomorphismus auf die Spitze zu treiben, der Anblick war herzzerreißend. Pinguine haben kein schönes Leben.

Das Wetter war inzwischen schlechter geworden. Es war jetzt so dunkel, als wäre die Dämmerung hereingebrochen, und ein Zwielicht, das in diesem antarktischen Sommer eigentlich nicht existiert, hatte sich breitgemacht. Die Wolken schienen nur ein paar Meter über unseren Köpfen zu hängen. Sie waren schwarz und schwer und flogen, vom Wind getrieben, nur so dahin. Auch der Sand, vulkanischen Ursprungs, war schwarz, die Klippen ragten dunkel drohend auf, der Gletscher hatte ein dumpfes Grau angenommen, und das Meer selbst war schieferfarben geworden. Der ganze Planet wirkte auf einmal unheilvoll. Der Wind nahm alarmierend zu, so daß ich nicht mehr über den Strand ging, sondern mich durch widerstrebende Luft hindurchkämpfte. Als der Wind noch stärker wurde, konnte ich mich richtig in ihn hineinlehnen, mich in einem, wie es schien, unmöglichen Winkel dagegenlehnen, ohne zu fallen. Er kam in langen Stößen, die sich dann plötzlich wieder legten, so daß ich mitten im Gehen stolperte und um mein Gleichgewicht kämpfen mußte. Und er war nicht nur körperlich greifbar, sondern nadelscharf, sogar boshaft. Er wirbelte den schwarzen Sand auf und schleuderte ihn mir so heftig ins Gesicht, daß es weh tat. Dazu wurde es richtig kalt, aber es war eine eigenartige Kälte, denn nicht die Luft war kalt oder am kältesten, sondern wie vorhin den Sand brachte der Wind jetzt eisige Luftstöße vom Gletscher daher und schleuderte sie einem entgegen wie angespitzte Stöcke. Diese Luftstöße schmerzten mehr als die Sandkörner im Gesicht. Außerdem hatte der Regen sich in horizontal fliegenden Graupel verwandelt. Meine Augen tränten, meine Nase lief, und binnen weniger Minuten hatte ich stechende Schmerzen im linken Auge, die in meine Wange ausstrahlten, aber es war kein Schmerz, es war eine Kälte, wie ich sie noch nie erlebt hatte. Kälte als Schmerz statt nur als unangenehmes Gefühl. Bis jetzt hatte nur mein ungeschütztes Gesicht gelitten. Die Schichten aus seidener Thermo-Unterwäsche, zwei Paar Socken, wollenem T-Shirt, Kaschmirpullover, Wetterjacke und Schwimmweste aus Schaumstoff hatten ihre Aufgabe erfüllt. Aber allmählich wurden Breschen in meinen schützenden Kokon geschlagen. Nach fünfzehn oder zwanzig Minuten am Strand fingen die nassen, eisigen Windstöße an, meine Schutzschichten zu durchdringen, als wären sie aus dünner Gaze. Als sie mein Fleisch erreichten, hatte ich das Gefühl, zu ahnen, was Kälte heißt. Aber dann drangen sie noch tiefer vor, und nach einer halben Stunde hatten sie die Haut überwunden und die Knochen erreicht. Mein Mark gefror. Ich hatte das Gefühl, von Kopf bis Fuß erstarrt und durchnäßt zu sein. Es war, als wollte der Wind, nachdem er mich erst nur taxiert hatte, jetzt meine ganze Existenz leugnen: Er fuhr einfach mitten durch mich hindurch. Ich habe mich in meinem ganzen Leben noch nie so schutzlos gefühlt wie in dieser kargen, dunklen Landschaft, in der es absolut keinen Schutz gab. Nur in jenen Träumen, in denen man plötzlich merkt, daß man als einzige nackt durch eine belebte Straße geht, bin ich mir ähnlich verletzlich vorgekommen.

Aber was ich erlebte, war keine wirkliche Kälte, keine ernsthafte Kälte. Auf seiner Winterexpedition, unternommen, um Eier von Kaiserpinguinen zu sammeln, spricht Apsley Cherry-Garrard von Temperaturen von annähernd minus 70 Grad, was völlig bedeutungslos ist, wenn man es gemütlich in einem Sessel sitzend liest, bis er dann eine Nacht beschreibt, die er in seinem Schlafsack durchzitterte:

> Für mich war es eine sehr schlimme Nacht: eine Serie von Zitterkrämpfen, die ich nicht kontrollieren konnte und die minutenlang von meinem Körper Besitz ergriffen, bis ich dachte, mein Rückgrat müsse zerbrechen, so groß war die Belastung, unter der es stand. Wie oft wird von klappernden Zähnen gesprochen: aber

erst wenn der ganze Körper klappert, kann man zu Recht behaupten, daß man friert. Ich kann die Anspannung nur mit der vergleichen, die ich unglücklicherweise bei einem Fall von Kieferklemme beobachten mußte.

Cherry-Garrard gehört nicht zu denen, die zu Übertreibungen neigen.

> Ich habe nur ein Lächeln übrig für Leute, die sagen: »Oh, in Kanada hatten wir Temperaturen von minus fünfzig Grad, sie haben mir *überhaupt* nichts ausgemacht«, oder: »In Sibirien habe ich an die minus sechzig Grad erlebt.« Und dann stellt sich heraus, daß sie schöne trockene Sachen anhatten und die Nacht bequem in einem schönen, gutgelüfteten Bett verbrachten und nach dem Mittagessen für einen kleinen Spaziergang von ein paar Minuten ihre schöne warme Hütte oder ihren überheizten Zug verlassen hatten. Und das betrachten sie als ein Erlebnis, das es wert ist, in Erinnerung behalten zu werden. Nun ja! Als Kälteerlebnis kann dies sich natürlich höchstens mit dem Verzehr von Vanilleeis mit heißer Schokoladensoße nach einem ausgezeichneten Dinner im Claridge's vergleichen. Aber in unserem Zustand fingen wir an, minus fünfzig als einen Luxus zu betrachten, der uns nicht häufig vergönnt war.

Am Strand der St. Andrew's Bay war es also nicht wirklich kalt, naß und trostlos. Aber zwei Stunden lang war ich es. Ich kann nur sehr schlecht mit Unbequemlichkeiten umgehen. Ich habe dann immer das Gefühl, daß die ganze Welt mich verlassen hat und alles um mich herum auseinanderbricht. Die Kälte und die Art, wie sie sich auf mich stürzte, fand ich noch interessant, aber die Trostlosigkeit schlug augenblicklich eine trauervolle Saite in meinem Inneren an. Sie versetzte mich zurück in die Zeit, als wir auf die Räumung warteten und meine Mutter oft mit mir loszog, um uns »mit der Straße bekanntzumachen«, wie sie es nannte. Während wir ziellos durch die Stadt liefen, erzählte sie mir, daß unser Leben jetzt, wo wir bald obdachlos sein würden, immer so wäre. Ich erinnere mich, daß ich meine Füße beobachtete, die sich über das glänzendnasse Pflaster bewegten – wir waren in der Euston Road, nachdem wir es gerade nicht geschafft hatten, im Rathaus eine neue Wohnung zu ergattern –, und genau wußte, wenn wir aus unserer Wohnung rausgeworfen wurden, gab es nichts mehr, wo wir hingehen konnten. Es war ein völlig neues Gefühl für mich, auf einer Londoner Straße zu sein und kein Ziel zu haben, und es ängstigte mich zu Tode. Selbst heute noch kann es vorkommen, daß ich, wenn ich nachts auf einer Londoner Straße stehe und nach einem Taxi Ausschau halte, völlig grundlos in Panik gerate. Wahrscheinlich kommt dann die Angst, nirgends hingehen zu können, die mich in jenen Wochen quälte, als ich elf war, wieder in mir hoch. Plötzlich bin ich ausgesetzt, verloren, und ein abgrundtiefes Entsetzen wallt in mir auf, und auch das Wissen, daß ich erwachsen bin und im Herzen von London stehe und ganz in der Nähe eine zentralbeheizte Wohnung auf mich wartet, kann daran nichts ändern. Ein- oder zweimal bin ich auf offener Straße in Tränen ausgebrochen, weil ich plötzlich von der Gewißheit erfüllt war, daß kein Taxi kommen wird, daß alle Busse überfüllt sein werden, daß ich draußen auf der Straße bin und nicht in der Sicherheit meines Zuhauses. Genau das passierte mir auch am Strand der St. Andrew's Bay. Ein irrationaler Augenblick der tiefsten, ungeschützten Leere, und obwohl mein Herz und alles andere bereits von Kälte durchdrungen waren, wurde es mir noch eisiger zumute, als etwas, was mächtiger war als die Auswirkungen des Windabkühlungsfaktors, von mir Besitz ergriff. Manchen Dingen werde ich nie entrinnen können, nicht einmal in den hintersten Winkeln des Südatlantiks, aber mit ein bißchen Mühe bin ich inzwischen imstande zu erkennen, daß sie nur ein vorübergehender Wind sind, der durch mich hindurchbläst, mich bis ins Mark erstarren läßt, ein Akt der Natur, der nicht persönlich gemeint ist – oder wenigstens nicht mehr. Wenn ich am Strand der St. Andrew's Bay weinte, so gehörten diese Tränen einer anderen Zeit an. Die Vergangenheit kann mich immer noch zum Zittern bringen, aber sie macht mich nicht mehr kaputt.

Ich ging noch etwa eine halbe Meile weiter, schlängelte mich zwischen den Pinguinen hindurch, wich den unvermeidlichen See-Elefanten aus und näherte mich gerade dem Fuß des Gletschers, als die Realität mich zurückrief. Der Landgang wurde abgebrochen. Das Schiff hatte per Funk durchgegeben, daß die Windgeschwindigkeit inzwischen sechzig Knoten betrug und damit fast doppelt so hoch war wie die für die Zodiacs zugelassene Obergrenze. Merkwürdigerweise ärgerte mich die abrupte Unterbrechung meines Spaziergangs, obwohl mir so elend zumute war. Ich wollte partout den Gletscher erreichen. Er war zwar kein Zuhause, aber immerhin ein Ziel. Als ich endlich wieder an der Anlegestelle war, hatten alle Zodiacs, bis auf das letzte, bereits den Rückweg zum Schiff angetreten. Das letzte halbe Dutzend von uns kletterte in das wettergepeitschte Dinghi und bekam einen wilden Ritt über eine tobende See geboten, der mich wie nichts aufmunterte. Unser Fahrer brauchte sehr lange, bis es ihm gelang, uns so nah ans Schiff heranzumanövrieren, daß ein Matrose, der auf der Gangway hin und her geschüttelt wurde, das Seil auffangen und uns festmachen konnte. Butch wartete, als wir die Gangway hinauftaumelten, einen alarmierten Ausdruck auf dem Gesicht, bis auch der letzte von uns wieder mit beiden Füßen auf Deck stand.

Erfreulicherweise hatte Daniel die Bar schon geöffnet und eine heiße Rum-und-Sahne-Kreation zusammengezaubert, die so gut war, daß ich fast wieder anfing, meine Zehen zu spüren. Etwas später vertagten Marjorie und ich uns leicht angesäuselt in die Sauna, wo wir uns in der glühenden Hitze gickelnd über unseren wundervollen Nachmittagsausflug ausließen. Wirklich und wahrhaftig Vanilleeis mit heißer Schokoladensoße.

Beim Abendessen geriet ich in eine Gruppe aus vier etwa sechzigjährigen verwitweten oder geschiedenen Amerikanerinnen, die diese Antarktisreise gemeinsam geplant hatten. Mit einer Ausnahme hatten sie es alle fertiggebracht, perfekt frisiert zum Abendessen zu erscheinen, und ihre straffen, durchtrainierten Körper wirkten ganz entschieden Après-Ski. Barbara war die einzige von ihnen, die unglücklich war. »Es war die schlimmste Erfahrung meines Lebens«, jammerte sie. »Die schlimmste!« So schlimm, daß sie keinen Bissen herunterbekam. Die Kälte war einfach zuviel für sie gewesen, und sie hatte nur den einzigen Wunsch, in ihr Bett zu kriechen und den ganzen Rest der Reise dort zu bleiben. Sie war nicht einfach nur aus dem Gleichgewicht geraten, nein, sie war reinweg empört, über das Wetter, die Angst und die Unbequemlichkeit. »Wie konntet ihr mir das nur antun?« warf sie ihren Mitwitwen vor. Als sie sich in ihre Koje verkrochen hatte, hechelten ihre Freundinnen ihr neurotisches Wesen durch, aber durchaus liebevoll. Wie sich herausstellte, war Barbara weder verwitwet noch geschieden, sondern überhaupt nie verheiratet gewesen.

»Ja, ja«, hauchte Joanie, die Personifizierung der schlanken, durchtrainierten, fröhlichen texanischen Witwe, die definitiv ein Auge auf Phoenix John geworfen hatte, mit rauchiger, wissender Stimme. »Das erklärt alles.«

»Aber sie hatte Liebschaften«, sagte eine der anderen in dem Versuch, sie zu verteidigen.

Joanie schüttelte den Kopf und zog die Mundwinkel nach unten. Unverkennbar hatte Barbara alles falsch gemacht.

»Was soll denn das für einen Sinn haben?« hauchte sie, und wir bogen uns vor Lachen.

Am nächsten Morgen bekamen wir weitere Königspinguine geboten. Nicht so viele wie gestern, nur vielleicht 10 000 oder so, aber hier, in der nächsten Bucht, Gold Harbour, gab es auch Küken. In ihren dichten, braunen Pelzen sahen sie wie Rugbybälle aus oder wie pelzmanteltragende New Yorker zur Weihnachtszeit, bloß ohne die Päckchen. Sie machten einen hochgradig kuscheligen Eindruck. Ich nehme an, daß sie in Wirklichkeit von Daunen bedeckt waren, da sie schließlich Vögel waren, aber ihre Bekleidung sah so nach Pelz aus, daß ich keine Lust hatte, mit meinen Augen zu streiten. Es hatte den Anschein, als gäbe es weitaus mehr Küken als Erwachsene, die kaum größer, aber stromlinienförmiger waren als ihr Nachwuchs. Einige der älteren Küken waren schon in der Mauser und sahen so zerfleddert und zerzaust aus wie die Londoner Bag-Ladies, die obdachlosen alten Frauen, die ihre ganze Habe in Plastiktüten mit sich herumtragen. Bei einigen von ihnen waren nur noch Kopf und Hals mit den flauschigen Daunen bedeckt, so daß sie, während ihre Körper schon die schlanke, schwarzweiße Silhouette aufwiesen, die sich für einen anständigen Pinguin gehört, oben noch wie kleine Kinder mit schlechtsitzenden Pelzmützen und Ohrenschützern aussahen.

Die Mühen, die mit dem Elternsein verbunden sind, waren für jeden ersichtlich, auch wenn eingedenk des Breitengrads kaum jemand die Chance dazu bekam. Die Küken trillerten unaufhörlich auf ihre Eltern ein, die, die Bäuche voller Krill, aus dem Meer zurückkehrten. Die hegenden Erwachsenen schienen keine große Lust zu haben, sich von der Nahrung zu trennen und würgten sie nur nach ausgiebigem, hektischem Schnabelstreicheln in die Rachen ihrer Jungen. Nein, die Eltern schienen weit mehr daran interessiert, sich voreinander zu brüsten – oder, in meinen unbelehrbaren Augen, sich beieinander zu beklagen. Sie reckten die Hälse, hoben die Schnäbel zum Himmel und kreischten wie am Spieß. Der Lärm – das Trillern und Kreischen von 10 000 Vögeln, die gaben und nahmen – reichte an die Schmerzgrenze heran. Kein Schnee weit und breit, nur von Vögeln vollgekackte vulkanische Felsen und Sand. Der Gestank reichte ebenfalls an die Schmerzgrenze heran. Die Ausscheidungen von Tausenden von Vögeln, die, wo sie gingen und standen, einfach unter sich machten, ergaben einen Geruch, wie ich ihn noch nie erlebt hatte. Während Umweltschützer sich über die Verschmutzung der jungfäulichen Wildnis sorgten, kämpfte ich mit meinem Magen, der die sauren, fischigen Dünste dieser abgelegenen, angeblich unverschmutzten Bucht sehr schlecht vertrug. Immer noch kein Weiß, und alles andere als friedlich.

Unsere Überfahrt war glatt und bei strahlendem Sonnenschein verlaufen, aber kaum daß wir gelandet waren, wurde es wolkiger und kälter, und der Himmel verdunkelte sich von Minute zu Minute. Allmählich konnte man meinen, dies sei eine feste Regel für Landgänge. Aber ich wollte nicht auch noch im Hinblick auf das Wetter anthropomorphisch werden, wo es so schon genug Sachen gab, über die man anthropomorphisch werden konnte. Die meisten der Pinguine standen knöcheltief – oder was bei Pinguinen als Knöchel gilt – in großen Pfützen aus brackigem Wasser, während andere die beiden Seiten eines rauschenden Bachs säumten, der sich von einem schmelzenden Gletscher hinter und über ihnen herabstürzte. Am Ende des Strands gab es einen Streifen, der mit Bültgras bewachsen war, und hier saßen Gentoopinguine, kleiner und einfach nur schwarzweiß – der klassische Pinguin also –, auf ihren Eiern oder bauten oder erneuerten ihre Nester. Sie watschelten über die matschigen Hügel zwischen dem sumpfigen Gelände und versuchten, auf den Füßen zu bleiben und den Matsch und das lose Gras in ihren Schnäbeln nicht zu verlieren. Auf einem einsamen Büschel Bültgras saß ein Riesensturmvogelweibchen auf seinem Nest wie eine Statue, alarmierend riesig, fast unwirklich. Der große, grauweiße Vogel mit einem hakenförmig gebogenen Schnabel von der Länge meines Unterarms drehte den Kopf ständig hin und her und hielt mit beiden Augen nach Gefahren Ausschau, schien sich aber nicht weiter an den Menschen zu stören, die ihn unbedingt aus der Nähe fotografieren wollten. Ein winziger weißer Kopf lugte unter dem dicken Leib hervor. Er bewegte sich nicht, seine Augen waren geschlossen. Vielleicht war er tot. Ein Stück den Strand entlang fand ich die Überreste einer toten Robbe, die von den Pinguinen ringsum keines Blickes gewürdigt wurde. Die Knochen und der Schädel waren völlig intakt, die Flossen unbeschädigt, aber die Haut lag um die Knochen herum wie ein Schlafsack mit offenem Reißverschluß, den man einfach liegengelassen hat.

Ein Stück weiter stieß ich auf eine Kolonie von See-Elefanten. Als ich näher kam, machte ein massiger Bulle gerade Anstalten, ein Weibchen zu besteigen – oder vielmehr, sich auf es plumpsen zu lassen. Es beschwerte sich lauthals über die Belästigung, rührte sich aber ansonsten nicht. Dann rief jemand meinen Namen, und als ich mich umdrehte, sah ich einen noch größeren Bullen, der mit seltsam effizienter Geschwindigkeit und aufgeregt flappender Nase auf mich zugewalzt kam, sichtlich ein dringendes Anliegen im Sinn. Ich konnte gerade noch rechtzeitig beiseite springen. Der Bulle hatte nicht die Absicht, mir etwas zu tun, er hätte mich nur einfach platt gemacht. Ich befand mich in einer Welt, die auf ein einziges Ziel ausgerichtet war. Der erste Bulle, durchaus groß, aber kleiner als der Neuankömmling und mit einer weniger ausgeprägt entwickelten Nase, machte sich schleunigst aus dem Staub, als das größere Tier nur noch ein paar Meter entfernt war, woraufhin der Monsterbulle seinen rechtmäßigen Platz auf dem Weibchen einnahm, das keine sonderliche Reaktion zeigte, außer daß es noch einmal ein vergeblich klagendes Rülpsen von sich gab. Der kleinere Bulle zog von dannen, von Zeit zu Zeit noch einmal einen verdrossenen Blick zurückwerfend. Wir, die wir die Szene beobachtet hatten, schüttelten stumm die Köpfe – die Frauen, meine ich. Auf den Gesichtern der Männer lag ein völlig anderer Ausdruck.

Am Nachmittag sollte ein weiterer Landgang stattfinden, aber Butch war auf ein Problem gestoßen. Wir standen wartend an Deck, während der große weiße Jäger auf seinem Zodiac herumflitzte und einen Landeplatz in der Cooper Bay suchte, unserer letzten Station auf Südgeorgien. Schließlich kam er zurück und verkündete, der für die Landung vorgesehene Strand komme leider nicht in Frage, da er voller Pelzrobben sei, er würde jedoch noch einmal losfahren, um einen anderen mit weniger Robben zu suchen. Wie es schien, waren Pelzrobben gefährlich. Sie waren extrem schnell und griffen auch Menschen an, vor allem, da sie zur Zeit Junge hatten. Butch erklärte uns, daß wir, wenn wir einer angriffslustigen Pelzrobbe gegenüberstanden, auf keinen Fall weglaufen durften, sondern eisern stehenbleiben und unseren Platz behaupten mußten, indem wir Imponiergehabe an den Tag legten. Wie er uns vorführte, bedeutete das, Kopf und Hals so weit wie möglich vorzurecken und die Hände mit gespreizten Fingern in Richtung Robbe zu strecken.

»Da werden sie es aber mit der Angst zu tun kriegen«, murmelte Marjorie, während der Rest von uns nur mit Mühe ein Lächeln unterdrückte.

Während wir in Reih und Glied warteten, wurde ich von einem Cowboystiefel tragenden Texaner angesprochen, der mit seiner nicht mehr ganz jungen Kindfrau unterwegs war.

»Na, wie geht's, wie steht's? Ich bin Sänger und Songwriter«, informierte er mich. »Merrill ist mein Name, und das hier ist meine geliebte Billie. Ist das hier nicht der aufregendste Trip, den man sich vorstellen kann? Mögen Sie Musik?«

Ich warf Billie ein freundliches Lächeln zu und nickte zweimal ja.

»Wie wär's mit ein bißchen Hoagy Carmichael?« fragte er, fing, ohne meine Antwort abzuwarten, an, mitten im Südatlantik den Rhythmus auf die Reling des Schiffs zu trommeln, sah mir tief in die Augen und stimmte *Stardust* an:

Sometimes I wonder why
I spend the lonely nights
Dreaming of a song …

Es hatte sich gelohnt, ein halbes Leben lang auf diesen Augenblick zu warten und dafür bis ans Ende der Welt zu fahren. Von Kopf bis Fuß wasser-, wind- und wetterfest eingepackt, triefäugig und triefnasig, stimmte ich in den Refrain ein:

The melody haunts my memory …

»War das nicht wundervoll?« grinste Merrill.

»Absolut wundervoll«, strahlte ich.

»Hier ist meine Karte. Falls Sie je nach Texas kommen, müssen Sie Billie und mich unbedingt besuchen. Vergessen Sie es ja nicht.« Er fischte eine Visitenkarte aus der Tasche seines Anoraks und reichte sie mir. Darauf stand:

Merrill Moxon
Cowboy Songs – Cowboy Geschichten
Gitarre & Gesang
Lieder zum Mitsingen

Da ich meinen unerwarteten, vollkommenen Augenblick erlebt und das Gefühl hatte, lange genug darauf gewartet zu haben, daß Butch zurückkam, um uns zu sagen, ob wir nun losfahren konnten oder nicht, um uns weitere Pinguine oder weitere See-Elefanten anzusehen, fing ich an, die Vergnügungen zu erwägen, die Kabine 532, Melville und mein Laptop zu bieten hatten.

»Ich verschwinde«, teilte ich Marjorie mit, ging in die Kleiderkammer, um alles, was ich vor kurzem erst angezogen hatte, wieder auszuziehen, und begrüßte meine Kabine mit einem erleichterten Seufzer. Ich verbrachte einen befriedigenden Nachmittag damit, zu schlafen, zu lesen und zu schreiben. Marjorie und die anderen kamen tatsächlich noch zu ihrem Landgang. Butch hatte einen anderen, pelzrobbenfeien Strand aufgespürt, so daß ihre neuerworbenen Pelzrobbenabschreckungstechniken nie auf die Probe gestellt wurden. Aber wer weiß, wann sie einem vielleicht doch einmal zupaß kommen?

Beim Essen an diesem Abend saß ich neben Irma. Irma war eine junge Frau in den Zwanzigern, die allein reiste und während der ganzen Reise allein geblieben war. Sie war erschreckend dünn, hatte ein verkniffenes, miesepetriges Gesicht, und ihre Art, sich zu kleiden, war alarmierend: babyrosa Plüschpullover und Sweatshirts mit niedlichen applizierten Zeichentrickfiguren. Ihre langen blonden Haare wurden im Alice-im-Wunderland-Stil von rosa oder blauen Bändern zurückgehalten, und an Bord trug sie wuschelige Kunstfellpantoffel. Ihr Gesichtsausdruck war immer verbiestert und stand in krassem Gegensatz zur Süßlichkeit ihrer Garderobe. Sie erweckte den Eindruck, ein unendlich überlegenes Kleinkind zu sein, das keinen Kontakt mit irgendeiner Menschenseele wünschte. Also setzte ich mich natürlich neben sie.

Sie stellte sich mir mit matter Stimme vor und teilte mir mit, sie sei eine Doktorandin, fast so, als befreie diese Tatsache sie von weiteren Unterhaltungen mit dem Rest des Tischs – zweifellos wären wir anderen sowieso nicht in der Lage, mit einer ihres Schlags einen Dialog zu führen. Jemand am Tisch erwähnte, ich sei Schriftstellerin. Irma machte ein amüsiertes Gesicht und erkundigte sich sehr von oben herab, ob ich denn schon einmal etwas veröffentlicht hätte. Als ich – mit zugegebenermaßen kindischer Befriedigung – antwortete, das hätte ich durchaus, genauer gesagt rund ein halbes Dutzend Romane, und sie sich vergewissert hatte, daß es sich um richtige Bücher handelte, erschienen in richtigen Verlagen, wandte sie mir, alle anderen ausschließend, ihre ungeteilte Aufmerksamkeit zu und erzählte, in ihrer Doktorarbeit befasse sie sich mit Conrad, und in London gebe es einen Conrad-Spezialisten namens X, hätte ich vielleicht schon mal von ihm gehört? Tatsächlich kannte ich ihn flüchtig. Woraufhin sie plötzlich ein bißchen besorgt wirkte und erklärte, leider seien ihr gewisse persönliche Probleme dazwischengekommen, weswegen die Doktorarbeit nun schon seit zehn Jahren auf ihrem Schreibtisch liege. Sie war nicht mehr so jung, wie die plüschigen Sachen es vermuten ließen.

»Ich habe diese Reise gebucht, weil ich als Kanadierin das Gefühl hatte, als Zeichen der nationalen Solidarität in die Arktis fahren zu müssen. Dann wurde ich krank, aber jetzt habe ich all meine Ersparnisse, die eigentlich für die Doktorarbeit bestimmt waren, für diese Antarktisreise aufgebraucht – deshalb wird es lange dauern, sie fertigzustellen. Ich finde nämlich, daß es wichtig ist, Solidarität mit dem Planeten zu bekunden. Die Ozonschicht, Sie wissen schon.«

»Oh, absolut«, sagte ich, aber anscheinend nicht überzeugend genug, denn der Rest der Mahlzeit verlief schweigend. An diesem Abend gab es Steak. Irma verbrachte zwanzig Minuten damit, ihr Fleisch mit höchster Konzentration in perfekte, zentimetergroße Würfel zu schneiden und erst diese und dann jene noch nicht ganz perfekte Seite zu kappen, wobei sie Messer und Gabel hielt wie Sezierinstrumente. Als diese Aufgabe erledigt war, schob sie die Würfel auf ihrem Teller hin und her, bis hier und da leere Stellen zum Vorschein kamen, die den Eindruck erweckten, als wäre ein Teil des Fleisches verzehrt worden. Dann legte sie ihr Besteck in exakter Sechs-Uhr-dreißig-Stellung auf den Teller, betupfte die Spitzen ihrer perlrosa lackierten Fingernägel und ihr Schmollmündchen mit einer Serviette und sagte, sie würde den Nachtisch ausfallen lassen, da sie in ihre Kabine zurückgehen müsse, um über Conrad nachzudenken.

»Gute Nacht«, nickte sie mir, aber niemand anderem am Tisch majestätisch zu.

»Schlafen Sie gut«, antwortete ich.

»Das Mädchen hat ja weniger Appetit als ein Vögelchen«, sagte Billie Moxon, die mir gegenübersaß, mit trägem Südstaatenakzent.

Merrill war in eine Unterhaltung mit seinem Nebenmann vertieft, der ihn darüber aufklärte, was es bedeutete, ein Freimaurer zu sein, vor allem einer vom Order of the Majestic Shrine.

»In unserer Stadt gab es einen Jungen, der ohne Hüfte geboren wurde. Er war kein Shriner und nichts, aber wir haben trotzdem Geld für die Operation gesammelt. Und wenn heute eine große Versammlung stattfindet, verköstigt der Vater dieses Jungen als Zeichen seiner Dankbarkeit alle umsonst.«

Und jetzt lagen, wie herrlich, zwei weitere ganze Tage auf dem leeren Ozean vor uns, da wir Südgeorgien verließen, um über das Scotiameer nach Paulet Island zu fahren, das zu den Südshetlands gehört.

Der beste Kinderwagen weit und breit

MRS. ROSEN: Du warst ein sehr, sehr süßes kleines Mädchen.

MR. ROSEN: Du bist immer noch süß.

ICH: Süß? Ich? Ich doch nicht!

MRS. ROSEN: Nein, nein, nein, nein – natürlich nicht nach allem, was du durchgemacht hast, du Ärmste. Und später, als wir dann die Auseinandersetzungen hörten oder von ihnen hörten …

ICH: Sie haben sie gehört?

MRS. ROSEN: Sie haben sich auf dich ausgewirkt. Du warst völlig mit den Nerven runter.

ICH: Wie meinen Sie das?

MRS. ROSEN: Na ja, du warst …

MRS. GOLD: Zappelig.

MRS. ROSEN: Ja, es hat dich sehr mitgenommen. Sehr mitgenommen.

ICH: Habe ich gezuckt?

MRS. GOLD: Gezuckt? Na ja, ja.

MRS. ROSEN: Ja.

ICH: Ich hatte alle möglichen Zuckungen.

MRS. ROSEN: Das weißt du noch? Ich wollte es nicht sagen, aber um ehrlich zu sein … es hatte schon Auswirkungen auf dich. Ehrlich gesagt, du warst nicht mehr so recht bei dir. Es muß schrecklich für dich gewesen sein. Ich weiß noch, daß ich einmal, als ihr schon auf diesem Stock gewohnt habt, zu euch rüberging, und deine Mutter kam an die Tür und sagte: »Oh, ich habe ihm gerade den

Topf übergezogen oder die Bratpfanne, er ist bewußtlos.« Ich sagte: »O mein Gott!« Und sie sagte: »Es ist mir völlig egal, ob ich ihn umgebracht habe.«

MRS. GOLD: Sie hatten sich gestritten.

MRS. ROSEN: Ja, sie hatten sich gestritten. Aber von da an hat sie keine von uns dreien mehr ins Vertrauen gezogen.

ICH: Hat sie versucht, die Streitigkeiten zu vertuschen?

MRS. ROSEN: Ja, aber es ging natürlich nicht. Aber am Anfang, in den ersten Jahren, haben sie dich geradezu überschüttet. Die Spielsachen, die du hattest, die Kleider. Du hattest den besten Kinderwagen …

MRS. GOLD: Nein, meiner war der beste. Ein Sondermodell, sogar mit Initialen drauf. Jemand aus der Great Portland Street hat mir gezeigt, wie man das macht.

MRS. ROSEN: *Deiner* war der teuerste. Aber *sie* hatte den besten.

MRS. LEVINE: Den elegantesten.

MRS. ROSEN: Genau. Weißt du, damals haben sie dich mit Liebe geradezu überschüttet. Ich weiß nicht, was dann passiert ist. Unvereinbare Persönlichkeiten, oder vielleicht wollten sie sich einfach nur gegenseitig fertigmachen …

ICH: Glauben Sie, daß sie sich je geliebt haben?

MRS. ROSEN: Ich weiß nicht. Dein Vater machte einen kultivierteren Eindruck. Aber, nun ja, sie hat ihren ersten Mann wegen ihm verlassen, also muß es …

MRS. LEVINE: Es muß etwas gegeben haben.

MRS. ROSEN: Ja, so ist es wohl.

Ich machte diesen Frauen und dem letzten noch lebenden Ehemann das Leben schwer – mit Ausnahme von Mrs. Gold, die quietschvergnügt war. Es war mein zweiter Besuch, und wahrscheinlich verlangte ich zuviel von ihnen, vor allem von Mrs. Rosen, die zwar verstand, daß ich wissen wollte, was sich damals zugetragen hatte, trotzdem aber ein ungutes Gefühl dabei hatte, mir all diese Dinge über meine Familie und mein jüngeres Ich zu erzählen. Zudem spürte ich, daß sie zunehmend das Gefühl hatte, ich machte ihnen unausgesprochen den Vorwurf, mir nicht geholfen zu haben, wobei wiederum ich mich unwohl fühlte. Ich wollte das nicht, dachte es nicht einmal, aber dennoch schien eine kleine Wolke der Zensur in der Luft über uns zu hängen, während wir erneut Tee tranken. Ich hatte nicht das Gefühl, diese Wolke hervorgerufen zu haben, und ich wollte ebensosehr wie Mrs. Rosen, daß sie sich wieder auflöste, aber sie wurde immer dunkler. Ich war nicht bereit, die Verantwortung für diese Wolke zu übernehmen, nicht einmal mir selbst gegenüber, teils weil sie ihre Bereitschaft, mir Dinge zu erzählen, schmälern würde, aber auch weil ich diesen Leuten, die einfach nur ihr eigenes Leben gelebt hatten und mit einer zerrütteten Familie hinter der übernächsten Tür gestraft gewesen waren, wirklich keinen Vorwurf daraus machen konnte, daß sie nichts unternommen hatten. Was hätten sie denn schon tun können? Und wenn sie es vorgezogen hatten, so zu tun, als hätten sie nicht gemerkt, daß unsere Möbel fortgeschafft wurden oder meine Mutter auf einer Tragbahre weggebracht wurde, wer wollte ihnen daraus einen Vorwurf machen? Ich sicherlich nicht. Aber offensichtlich tat ich es, und ich spürte ein Ressentiment, das nicht direkt mir gehörte, aber trotzdem mein war. Ob es mir nun paßte oder nicht – diese Wolke war etwas, was ich mit in die Wohnung gebracht hatte.

Ich versuchte, mich zu erinnern, ob Jennifer das Gefühl gehabt hatte, diese Leute hätten ihr helfen müssen, und konnte es nicht. Ich glaubte nicht, daß sie so gedacht hatte. Ich wußte, daß sie ihre Lebensumstände eigenartig gefunden hatte, wie etwas aus einem Buch, nicht wie das wirkliche Leben, das sie rund um sich herum beobachtete. Ich wußte, daß sie das Gefühl gehabt hatte, bei den falschen Leuten zu sein, in der Falle zu sitzen, keinen Ausweg aus der kleinen Wohnung und ihrer ständig streitenden Familie zu finden, aber ich erinnerte mich nicht, daß sie je gedacht hatte, jemand aus der Nachbarschaft müsse etwas dagegen unternehmen. Oder vielmehr irgend jemand *könne* etwas dagegen unternehmen. Genau wie ich hatte sie wahrscheinlich gedacht, daß man nichts tun konnte, außer abzuwarten, bis es vorbei war. Daß irgend etwas geschehen würde, war Teil der Luft, die sie atmete. Die Selbstmorddramen, die Auseinandersetzungen, die Todesdrohungen wurden nie bis auf die Spitze getrieben, aber es war klar, daß es irgendwann soweit kommen würde, soweit kommen *mußte.* Es war ein Warten auf einen Kataklysmus, der alles verändern würde. Wir alle, meine Mutter, mein Vater und ich, warteten darauf, daß etwas geschehen würde, was immer es auch sein mochte.

Irgendwo am Grund meiner tiefen Sehnsucht nach dem Nichts liegt die Vorstellung, daß es dort kein Warten gibt. Das Nichts ist ein Ort, der keine Koordinaten in Zeit oder Raum hat. Ohne Zukunft oder Ziel wäre Warten eine Unmöglichkeit. In der wirklichen Welt hasse ich es, warten zu müssen, und zu gegebener Zeit tat ich beinahe alles, um es zu verhindern. Dinge herbeizuführen war eine Möglichkeit, das Warten zu unterlaufen, und ist es vielleicht nach wie vor. Ich lernte, Dinge entweder herbeizuführen oder zu verhindern, daß diese geschahen. Ich wurde sehr geschickt, wenn es darum ging, das Warten zu umgehen, nicht indem ich dem, was geschehen würde, aus dem Weg ging, sondern indem ich dafür sorgte, daß es gleich und nicht erst später geschah. Es war nicht direkt das ersehnte Nichts, aber eine Befreiung von dem Gefühl der Hilflosigkeit, das sich einstellt, wenn das Unvermeidliche sich Zeit läßt, während es auf einen zukommt. In meinen Träumen jedoch strebte ich einen Zustand an, in dem nichts je geschehen würde oder geschehen konnte. Einen Zustand, in dem es nichts gab, worauf man warten mußte. Nennen Sie es eine Klinik oder eine Mönchszelle oder einen großen, leeren weißen Kontinent. In *Moby Dick*, im Kapitel »Weiß« befaßt sich Melville mit Weiß als Abwesenheit und Negation.

> Ist es, weil das wesenlose Weiß an die frostig leeren, die unermeßlichen Räume des Weltalls gemahnt und weil uns deshalb der Dolch des Gedankens an Auflösung und Nichts heimtückisch durch die Seele fährt, wenn wir die weißen Abgründe der Milchstraße betrachten? Oder ist es, weil Weiß im Grunde nicht so sehr eine Farbe als die sichtbare Abwesenheit jeder Farbe und gleichzeitig die Summe aller Farben ist; weil daher eine weite Schneelandschaft uns so inhaltlos schweigt und so bedeutungsschwer redet: eine farblose, allfarbige Welt ohne Gott, vor der wir zurückbeben?

Ja, möglicherweise – außer daß vielleicht ebensoviel Anziehendes wie Abstoßendes in einer derart absoluten Abwesenheit liegt.

> Und wenn wir jene andere Theorie der Naturphilosophen bedenken, daß alle bunten Farben dieser Erde, jede prunkende, jede liebliche Zier: die zarten Schattierungen abendlicher Himmel und Wälder, ja auch die goldig-schimmernden Samtgewänder der Schmetterlinge und die Schmetterlingswangen junger Mädchen – daß sie alle nichts seien als arglistiger Trug, nicht tatsächliche wesentliche Eigenschaften, sondern Tünche, gleisnerisch aufgelegt von außen, so daß alle Gottesnatur sich schminkt wie die Hure,

deren Reize nur dienen, das Beinhaus ihres Innern zu verdecken; und wenn wir weiter bedenken, daß jenes geheimnisvolle Kosmetikum, das jede einzige dieser Farben hervorbringt und selber in alle Ewigkeit weiß oder farblos bleibt, die große Urkraft Licht, wirkte es ungebrochen auf die Materie, alle Gegenstände, Tulpen und Rosen nicht ausgenommen, in seinem eigenen wesenlosen Weiß malen würde – wenn wir dies alles erwägen, dann liegt das Weltall gelähmt und aussätzig vor uns; und gleich dem eigensinnigen Reisenden in Lappland, der farbige und färbende Brillen verschmäht, starrt der arme Ungläubige sich blind an dem unendlichen weißen Leichentuch, das rings alles Sichtbare umhüllt. Symbol all dieser Dinge aber war der Weiße Wal. Wundert ihr euch da über die glühend ungestüme Jagd?

Nein, nicht wirklich. Was mir während einer Depression immer wichtig schien – das einzige von Wichtigkeit –, war, die Dinge so zu sehen, wie sie wirklich waren. Depressionen sind wie das Lüften eines Schleiers. Was ich sah, wenn ich ganz unten am Boden war, war, so glaubte ich, das, was tatsächlich da war. Unerträgliche Leere. Auf lange Sicht war es unmöglich, damit zu leben, aber von Zeit zu Zeit mußte ich hinsehen, um zu wissen, was wirklich da war. Wenn die Dinge dann wieder rosiger aussahen, würde ich mich daran erinnern, wie ich sie in anderen, weniger geschützten Stimmungen gesehen hatte. Ich hielt das für ungeheuer wichtig und tue es immer noch. Die Anziehung, die Leere und Nichts auf mich ausübten, entsprang, genau wie Melville es beschrieb, einem Gefühl, daß im Grunde genommen Abwesenheit alles ist. Farbe war Licht und machte die Welt bewohnbar, aber von Zeit zu Zeit war es notwendig, an die leere Realität heranzukommen. Depressionen sind nicht gut für einen, sie sind eine Qual, auf die ich gut und gerne verzichten kann. Aber der Hunger nach Leere könnte vielleicht auf andere

Weisen beschwichtigt werden. Durch weiße Wände, durch das Betrachten menschenleerer Landschaften, durch eine Reise in Schnee und Eis. Nicht für immer, nur für eine Weile. Natürlich geht es dabei, wie Melville weiß, um den Tod. Um ein Spielen mit der absoluten Leere, die zu guter Letzt mit uns spielt. Konfrontiert mit dem Warten, dem ich nicht entrinnen kann, gehe ich direkt auf sein Abbild zu und ruhe mich dort eine Weile aus.

Aber obwohl ich sicher war, daß ich den alten Leuten in Paramount Court keine Vorwürfe hatte machen wollen, gibt es einen Satz, der in meinem Hinterkopf lauert und sich gelegentlich mit der weinerlichen Stimme eines kleinen Kindes bemerkbar macht: »Wieso hilft mir denn keiner?« Ich habe natürlich Hilfe erfahren, manchmal lebenswichtige Hilfe, aber trotzdem höre ich diesen Satz, wenn ich das Gefühl habe, mit dem Rükken zur Wand zu stehen. Wenn ich eine Depression kommen fühle, wenn ich mich bei einem Buch festgefahren habe, fängt der Satz an, durch mein Gehirn zu wabern. *Wieso hilft mir denn keiner? Wieso muß ich das hier ganz allein machen? Ich kann nicht!* Es liegt etwas Komödiantisches in diesem hilflosen, quengelnden Kind, das aus einer erwachsenen Frau hervorbricht, die sehr wohl weiß, daß die Art von Hilfe, die sie erwartet, nicht möglich, ja nicht einmal wünschenswert ist. Eine Unterhaltung folgt. Die Frau sagt dem Kind, daß es die Klappe halten soll, daß das Problem, wie immer es auch aussehen mag, gehandhabt werden kann und muß. Niemand kann eine Depression für einen aussitzen, und niemand kann ein Buch für einen schreiben. *Wieso nicht?* quengelt das Kind. Weil es dann nicht du gemacht hättest. *Na und?* schreit das Kind und stampft mit dem Fuß auf. Man kann mit diesem Kind nichts anderes machen, als seine irrationalen Forderungen zu unterdrücken. Trotzdem ist es verlokkend, dieses *Na und?*, und ich habe noch keine zufriedenstellende Antwort darauf gefunden, außer die ewige letzte Ausflucht aller Erwachsenen: *Weil es eben so ist!* »Werd endlich erwachsen!« murmele ich, aber natürlich kann das Kind nicht erwachsen werden, während ich es geworden bin, mehr oder weniger, außer wenn ich gerade von der verführerischen Frage des ewig wütenden Kindes in mir herausgefordert und verlockt werde. Dieses Kind ist eins meiner Ichs, gehört auf eine Weise zu mir, wie Jennifer es nicht tut.

Ich weiß natürlich, daß die Empörung dieses Kindes früher einmal angemessen war, und ich frage mich, wieso Jennifer nicht mit dem Fuß aufstampfte und wissen wollte, warum nicht endlich ein vernünftiger Mensch die Dinge in die Hand nahm. Vermutlich hat Jennifer dieses Kind so unterdrückt, wie ich es jetzt zu tun versuche. Nicht unbedingt klug damals, nicht so angemessen. Aber was hätten die Rosens oder andere, die versuchten, mit ihrem eigenen Leben zurechtzukommen, tun können? Ich gestehe, daß ich mich gefragt habe, was sie wohl später empfanden, nachdem wir Paramount Court verlassen hatten, und ob sie je dachten, daß sie hätten helfen sollen. Wieder dieses Kind, nicht Jennifer, nicht ich; Jennifer und ich hätten uns nicht einmal im Traum vorstellen können, wie.

Nach meinem ersten Besuch bei Mrs. Rosen und ihren Freundinnen hatte ich mich bedankt und ihnen, obwohl es mich überraschte, auf ihre Bitte hin versprochen, in meinem Buch nicht ihre richtigen Namen zu verwenden. Ich war ihnen dankbar für die Mühe, die sie sich gemacht hatten. Sie waren ganz normale Leute, dazu noch ganz normale Leute jüdischer Herkunft, denen Skandale ein Greuel sind. Ich hatte nicht die Absicht gehabt, ihren Kuchen zu essen und ihren Tee zu trinken und sie dazu zu bringen, wie sie es mehrmals während des Treffens taten, zu sagen: »Wir stellen keine neugierigen Fragen. Wenn jemand uns etwas erzählt, hören wir natürlich zu, aber wir versuchen nicht, die Leute auszuhorchen ... Niemand wußte, daß es so schlimm stand ... Ich war mir nicht bewußt ... Hätten wir gewußt ... Wir hatten keinen so engen Kontakt ... Nein, sie war nicht direkt eine Freundin – nun ja, einmal ... Ich weiß, daß sie einmal im Krankenhaus war, aber wir wußten nicht, wann oder wo ...«

Ich glaubte genausowenig wie sie, daß sie auf irgendeine Weise verantwortlich gewesen wären für die Katastrophe, die zufällig nebenan wohnte. Ich hatte sie nicht aufgesucht, um sie dazu zu bringen, sich zu fragen, was sie hätten tun können, aber allein meine Anwesenheit schien genau das zu bewirken.

»Was willst du denn noch wissen?« hatte Mrs. Rosen gesagt, als ich zwei Wochen später noch einmal anrief und fragte, ob ich noch einmal vorbeikommen könne. »Wir haben uns um unsere eigenen Angelegenheiten gekümmert. Wir wissen nicht viel.«

Sie sagte es nicht unfreundlich, eher defensiv. Ich hätte es dabei belassen sollen, aber ich war nach jenem ersten Treffen mit ihnen nach Hause gekommen und hatte mich für mehrere Tage in mein Bett geflüchtet und nachgedacht. Das heißt, nicht direkt nachgedacht. Vielmehr war ich auf eine Weise, mit der ich nicht gerechnet hatte, erschüttert gewesen über die Realität meiner Vergangenheit im Spiegelbild ihrer Erinnerungen.

Als Story gefiel Jennifer mir gut. Ich konnte sie betrachten, über sie nachdenken, sogar aus der Distanz einer Erzählerin oder Historikerin Mitleid mit ihr empfinden. Ich glaube nicht an *Verleugnung*, auch so ein Wort wie *Mißbrauch*, das eine komplizierte Sache in ein einziges Wort faßt und dadurch die Textur der Erfahrung selbst leugnet. Wenn man wissen will, was Zahnschmerzen sind, muß man welche gehabt haben, aber es ist unmöglich, darüber nachzudenken, wenn man gerade welche hat. Schmerzen nehmen unsere ganze Aufmerksamkeit in Anspruch.

Wenn Jennifer und ich miteinander verschmölzen, so wie die Schatten von meiner Mutter und mir auf dem Foto, wäre ich nicht mehr in der Lage, sie zu sehen. Ich wollte ihr Bild nur schärfer in den Blick bekommen, nicht eins mit ihr werden. Aber Jennifer war sowieso bedeutend mehr auf der Hut, als ich es bin. Ich wollte mich nicht davor drücken, ihre Angst und ihr Unglück nachzuempfinden (dazu habe ich Zugang, auf meine eigene gegenwärtige Weise), sondern vielmehr verhindern, daß ich die so schon fragmentarische Erinnerung an eine verallgemeinerte emotionale Turbulenz verlor.

Aber Jennifers neue Aktualität hatte mich aufgewühlt. Mrs. Rosen und die anderen hatten über sie gesprochen, als sei sie sehr real gewesen. In ihren Erinnerungen trat sie in der dritten Person auf, so wie in meinen, aber ihre Bilder waren legitim. Ich hatte nicht direkt etwas Neues über meinen Vater, meine Mutter oder Jennifer erfahren, aber ich hatte es von der Außenwelt erfahren, als Erinnerung, nicht als Spekulation. Ich hatte erfahren, daß alles, in Ermangelung eines besseren Wortes, wahr gewesen war.

»Du warst ein süßes kleines Mädchen.«

Ich. Ich war. Sie ging mir an die Nieren, diese Aussage. Nicht, daß ich süß gewesen war, was kurz darauf durch das Zucken wieder eingeschränkt wurde, sondern die Tatsache, daß *ich war*. Es reichte aus, um mich ins Bett zu jagen. Jemand war Zeuge gewesen. Es war nicht so gewesen, daß ich und nur ich allein darauf gewartet hatte, daß es aufhörte. Ich war nicht ausschließlich ein Produkt meiner eigenen Phantasie, und bis zu diesem Zeitpunkt hätte ich es durchaus gewesen sein können. Sie erinnerten sich an Jennifer. Erinnerten sich an *mich*.

Was mich ins Bett jagte, war Angst. Nach jenem ersten Treffen war ich über die Informationen, die ich erhalten hatte, so erschüttert, daß ich am ganzen Leib zitterte. Sie waren nicht neu, diese Informationen, aber sie waren in ein anderes Licht gerückt, verstärkt worden. Ich hatte gewußt, daß meine Eltern einen Hang zum Theatralischen gehabt hatten, aber das neue Licht, in dem mein Vater nun dastand, nicht nur ein kleiner Gauner, nicht einfach nur ein Mistkerl, wie meine Mutter immer gesagt hatte, sondern ein Berufsganove, nicht nur ein schlechter Ehemann und Weiberheld, sondern ebenso anfällig für Selbstmordversuche wie meine Mutter, machte mir angst. Zwischen angeboren und angelernt sahen die Aussichten für mich selbst verdammt düster aus. Ich war, wie ich es für mich selbst ausdrückte, eine ganze Zeitlang »okay« gewesen. Aber wie »okay« konnte ich bei Eltern wie diesen schon sein, genetisch und psychologisch? Ich stammte aus einer Familie suizidgefährdeter Hysteriker. Ich selbst war zu Zeiten suizidgefährdet und hysterisch gewesen, hatte dann eine Bestandsaufnahme gemacht und einen Entschluß gefaßt oder war einfach aus dieser Phase herausgewachsen, aber jetzt, als ich nach dem Treffen in Paramount Court zu meinem Auto ging, hatte ich das Gefühl, vielleicht gar keine Wahl zu haben; mich jahrelang der Selbsttäuschung hingegeben zu haben, daß ich eine Wahl hätte. Was mich ins Bett jagte, war der Gedanke – nein, die Überzeugung –, daß ich die Summe dieser beiden Menschen war, daß ich mir soviel Ausgewogenheit erkämpfen konnte, wie ich wollte, und doch nicht die geringste Hoffnung hatte, etwas anderes zu sein als das, was sie gewesen waren. Ich hatte das Gefühl, die ganze Zeit über allerdünnstes Eis geschlittert zu sein, das ich für solide und tragfest gehalten hatte, während es von Anfang an nur eine brüchige und womöglich immer kleiner werdende Scholle gewesen war. Meine Eltern kamen mir plötzlich unausweichlich vor, und ich war gefangen im Melodrama meiner Verdammnis. Herzlichen Dank, Darwin; herzlichen Dank, Freud.

Ich fühlte mich schwach, kam mir vor wie eine Hochstaplerin und konnte geradezu spüren, wie die defizitären Gene durch meinen Organismus pumpten, mein Herz, meine Adern, mein chemisches System. Ich erinnerte mich sehr lebhaft daran, wie es war, sich emotionalen Turbulenzen zu überlassen, ihnen auf Gedeih und Verderb ausgeliefert zu sein, unfähig zu sein, Entscheidungen zu treffen. Ich erinnerte mich, daß es irgendwo zwischen Jennifer und mir (die wir beide auf unsere eigene Art in der Lage waren, mit Turbulenzen umzugehen) noch eine andere Person gegeben hatte. Nicht das quengelnde Kind, das anscheinend wie eine Klette an mir hängen würde, bis ich im Grab lag, sondern ein dazwischenliegendes Ich, zwischen Jennifer und meinem gegenwärtigen Ich angesiedelt, ein Ich, das Turbulenzen und Wahnsinn aus dem Effeff beherrschte, das jahrelang für diese Rolle geprobt hatte und dann ausagierte, was es am besten beherrschte. Während ich im Bett lag, erinnerte ich mich daran, wie absolut verhängnisverstrickt ich gewesen war, wie unausweichlich der Wahnsinn sich damals angefühlt hatte. Die Person, die im Alter von etwa zwanzig Jahren unter weißen Laken gelegen und versucht hatte, sie festzuhalten, obwohl Schwester Winniki daran zerrte, hatte keine Kontrolle gehabt, keine Wahl. Damals hätte ich mich unmöglich zusammenreißen können, hätte nicht den Entschluß fassen können, aufzustehen und mein Leben zu leben. Ich war willenlos gewesen, so schien es mir damals, und so schien es mir auch jetzt. Nur das Nichts ergab für mich einen Sinn; nur das Nichts war es wert, dafür zu kämpfen. Ich war deprimiert gewesen; ich würde wieder deprimiert sein; aber später, so schlimm die Depression auch sein mochte, wußte ich, daß ich mich zwar an einem bestimmten Ort befand, aus dem ich nicht herauskonnte, daß es aber trotzdem andere Orte gab. Mit ungefähr zwanzig hatte es für mich im ganzen Universum keinen anderen Ort gegeben. Ich war alles gewesen, was ich sein konnte, ein Nichts, das nach weniger strebte. So jedenfalls hatte ich mich gefühlt. Ich erinnere mich, daß ich mich völlig außerhalb meiner eigenen Kontrolle befunden hatte.

Im nachhinein hatte ich diese Zeit immer als eine schlimme Phase meines Lebens betrachtet, und der Ausdruck »ausagieren« gehört zu meinem späteren Ich, das vergab und vergaß, wie ich damals gewesen war. Aber vielleicht, dachte ich jetzt, hatte ich keineswegs etwas ausagiert, sondern war einfach nur das gewesen, was ich in Wirklichkeit war und immer sein würde, ob ich es wollte oder nicht. Ich hatte nicht wahrhaben wollen, wie authentisch diese Version meiner selbst vielleicht gewesen sein könnte.

Die emotionale Anfälligkeit meines Vaters war viel versteckter, jedenfalls vor mir, als die meiner Mutter. Als ich noch klein war, war er für mich genauso betörend wie für die Damen von Paramount Court. Ich betete ihn an; er betete mich an. An den Wochenenden zogen wir beide durch London, nahmen es für uns in Besitz. Samstags morgens, wenn wir uns den Wachwechsel vor dem königlichen Palast ansahen und die Pferde streichelten, die auf der Straße Wache standen, ermunterte mein Vater mich dazu, die Guards zum Lachen zu bringen. Nachmittags erkundeten wir die Museen, das British Museum oder die Museen in der Exhibition Road, durchstreiften die Museen für Naturkunde, für Geologie und für Wissenschaft, während er sich Geschichten über die Ausstellungsgegenstände ausdachte, kleine Stegreifkomödien, über die ich mich vor Lachen ausschüttete. *Wie gut er reden konnte, wie charmant er sein konnte*, hatten die alten Frauen geseufzt. Sonntags morgens in der Petticoat Lane, wo wir Gewürzgurken, Bagels und Frischkäse kauften, und dann, nach einem chinesischen Essen in Soho, ein Nachmittag im Kino, erst in der Charing Cross Road, wo Wochenschauen und Zeichentrickfilme liefen, und dann ging es weiter an den Leicester Square, wo wir uns einen richtigen Film ansahen. Die Dunkelheit, der lange Tunnel staubigen Lichts über unseren

Köpfen, sein Arm um mich gelegt, mein Kopf an seiner Schulter.

Die Wochenenden waren ein Fest. Ich konnte nicht genug davon bekommen. Wir liebten unsere Wochenenden, wir liebten uns, und in meiner Erinnerung lachten wir die ganze Zeit, vom frühen Samstagvormittag bis zu dem Augenblick, wenn er am Sonntagabend den Schlüssel in die Tür steckte. Manchmal, wenn ich meine Karten richtig ausspielte, konnte ich ihn dazu überreden, in noch ein Zeichentrickkino zu gehen, bevor wir dann endgültig nach Hause mußten. Ich wußte, daß er insgeheim immer froh war, zu mehr überredet zu werden und das Ende des Tages hinauszögern zu können. Ich war begeistert, weil ich ihn überreden konnte. Keiner von uns beiden wollte nach Hause gehen müssen, wo meine Mutter wartete, ohne zu lachen, höchstwahrscheinlich mit Kopfschmerzen, eine Riesenschachtel verschreibungspflichtiger Codeintabletten neben sich; oder sich beleidigt im Schlafzimmer eingeschlossen hätte und sich weigerte, mit uns zu reden; oder unser Abendessen – nicht ihres, sie hatte keinen Appetit – auf den Tisch knallte und alles daransetzte, einen Streit vom Zaun zu brechen, weil nicht zu übersehen war, daß sie nicht annähernd so geliebt wurde wie ihr Mann und ihr Kind. London erstrahlte für uns in hellstem Licht; unsere Wohnung, in die wir zurückkehrten, war so verhangen wie der industrialisierte Norden.

Er war ein Schutzschirm gegen meine Mutter. Stark, dachte ich. Sicher, da war der Augenblick, als der Polizist kam und meine Mutter über den Abgasschlauch im Auto informierte, aber das war nur ein kurzer Nadelstich der Erinnerung, gefolgt von Nebel. Ich kann mich nicht erinnern, wie er war, wenn er in so einer Verfassung war. Ich erinnere mich, daß er wütend, mürrisch, in sich gekehrt sein konnte. Ich erinnere mich, daß er auch handgreiflich werden konnte – wenn auch in meiner Erinnerung nur als Reaktion auf die auslösenden Handgreiflichkeiten meiner Mutter. Ich erinnere mich nicht, ihn je verletzlich und schwach gesehen zu haben – außer einmal. Größtenteils erinnere ich mich, daß er mich zum Lachen brachte und mir sehr nahe war. Ich wußte, daß er mich liebte, und auch als er uns das letzte Mal von mehreren Malen verließ, ohne sich mit mir in Verbindung zu setzen, wußte ich, daß er mich geliebt hatte. Jetzt, nach dem Besuch bei den alten Damen, war da ein neuer Gedanke: Ich hatte mich von einem Mann betören lassen, der das Betören von Frauen zu seinem Beruf gemacht hatte. Plötzlich sah ich mich nur als eine seiner Eroberungen. *Jeder ließ sich vereinnahmen … Man mußte ihn einfach lieben*, hatten die alten Leutchen gesagt. Es war eine radikal andere Perspektive; ein brandneuer Verlust. Mein Vater hatte nur seine Talente an mir erprobt. Manche Leute können nicht anders, sie müssen die Leute dazu bringen, sie zu lieben.

Die Neurosen meiner Mutter lagen immer offen zutage. Ich hatte nie darüber nachgedacht, daß das auch ein Vorteil gewesen sein könnte. Sie schloß sich tagelang ein, schmollte, redete nicht. Sie beschuldigte und fluchte. Ihr Groll und ihre Enttäuschung lebten auf der Oberfläche ihrer Haut, zitterten auf ihren Lippen, funkelten in ihren Augen, bereit, jeden Augenblick aufzuflammen. Es gehe ihr nicht gut, tröstete mich mein Vater, wenn es wieder einmal eine Szene gegeben hatte. Es kam uns beiden zupaß, daß es meiner Mutter nicht gutging, ihm folglich schon.

Das erste Mal, jedenfalls das erste Mal, an das ich mich persönlich erinnere, ging er von uns fort, als ich ungefähr sechs oder sieben war. »Er ist weg, er hat uns verlassen«, sagte meine Mutter. Unmöglich, die Ausdruckslosigkeit und die Verzweiflung in ihrer Stimme zu beschreiben. Sie werden beides gelegentlich in den Filmstimmen von Marlene Dietrich oder Bette

Davis gehört haben. Es war spät, ich war schon seit einiger Zeit im Bett und stellte mich schlafend, als sie in mein dunkles Zimmer kam und es mir sagte. Ich wußte nicht, was ich sagen sollte, und ich hatte Angst, was mit ihrer Stimme passieren würde, wenn sie dazu ermutigt wurde, weiterzureden. Abgesehen davon hatte ich mit meiner eigenen Verzweiflung zu kämpfen. Er war weg, er hatte uns verlassen.

Vielleicht war es am nächsten Tag, vielleicht auch Tage oder Wochen später, ich kann mich nicht mehr erinnern. Jedenfalls kam ich aus der Schule nach Hause, und die Schlafzimmertür war zu. Meine Mutter lag oft im Bett.

MRS. LEVINE: Ich mußte ja jeden Morgen zur Arbeit gehen. Aber donnerstags nachmittags war ich zu Hause, und sie rief oft an. Sie war nie angezogen, sie war niemals angezogen. Immer machte sie die Tür im Bademantel auf…

MRS. ROSEN: Ich weiß noch, daß ich einmal an die Tür klopfte. Sie hatte nur ein Badelaken um, wahrscheinlich hatte sie sich im Dunkeln hingelegt gehabt. Sie litt oft unter Migräne, sehr schlimmer Migräne. Wahrscheinlich war sie deprimiert.

ICH: Meine Mutter hat oft mit Selbstmord gedroht. Hat sie es je versucht?

MRS. ROSEN: Nicht daß ich wüßte…

MRS. GOLD: Ich glaube, ja. Doch. Eine Überdosis. Wie alt warst du da? Du mußt etwa fünf gewesen sein.

Ich öffnete die Tür des verdunkelten Zimmers, die Vorhänge zugezogen, kein Licht, eine künstliche Dämmerung. Ich hörte ein Geräusch, ein Stöhnen, ein eigentümlich klagendes Jammern, und sah meine Mutter auf dem Bett liegen. Sie war nackt, sie schlief immer nackt. Aber sie schlief nicht. Sie wälzte sich hin und her, die Decken völlig zerwühlt, wie jemand, der hohes Fieber hat. Spucke tröpfelte aus ihren Mundwinkeln, und sie redete wirres, unzusammenhängendes Zeug, redete mit Gott, beklagte sich über ihr Leben, flehte »Hilf mir, hilf mir«, murmelte Verwünschungen.

Ich rief von der Tür her: »Mummy!«, wollte nicht näher herangehen, aber sie antwortete nicht, merkte nicht einmal, daß ich im Zimmer war, also mußte ich doch zum Bett hingehen.

»Was ist mit dir?« fragte ich und berührte ihre klamme Haut.

Sie zuckte zurück und starrte mich mit wilden Augen an. Eine Wahnsinnige.

»Faß mich nicht an«, kreischte sie. »Wer bist du? Geh weg. Ich kenne dich nicht.«

Gruselgeschichtenzeit. Sie fing wieder an, sich hin- und herzuwälzen und klagend auf jemanden einzureden, vielleicht auf Gott, vielleicht auch nicht, der unsichtbar im Zimmer war. Jedenfalls meinte sie sicher nicht mich. Nicht Jennifer, heißt das.

Ich weiß nicht, was Jennifer wirklich fühlte. Ich erinnere mich nicht, daß sie überhaupt etwas fühlte. Ich nehme an, ich muß Angst gehabt haben, wer hätte keine gehabt? Und ich frage mich, ob ich vielleicht auch erleichtert darüber war, nicht erkannt zu werden, nicht zuhören zu müssen, entlassen zu sein. Heute wäre ich garantiert erleichtert. Aber ich erinnere mich nur daran, daß ich nichts fühlte, auf dem Absatz kehrtmachte, die Wohnung verließ und ganz ruhig, fast sachlich, an der Tür gegenüber klingelte. Wir kannten die Leute nicht, aber eine Frau machte mir auf, und ich sagte höflich: »Meine Mutter ist krank, können Sie ihr bitte helfen?« Ein sehr praktisch veranlagtes Kind. Kalt wie ein Fisch, muß sie gedacht haben, als sie das Schlafzimmer betrat und meine wahnsinnig gewordene Mutter sah, die sich im Delirium auf dem Bett herumwälzte.

Seit damals habe ich eine Menge Leute in den verschiedensten Variationen von Geisteskrankheiten gesehen, manche von ihnen wirklich extrem, aber noch nie habe ich etwas wie den Wahnsinn meiner Mutter an jenem Tag erlebt. Was sich in unserem Schlafzimmer abspielte, war fast zu wahnsinnig, zu Grand Guignol, um wahr zu sein. Es war genau so, wie man sich Wahnsinn vorstellt, rasend, amnesisch, völlig unberechenbar, als wären Mrs. Rochester und König Lear lebendig geworden und hätten ihr gezeigt, wie man es macht. Sie war wirklich und wahrhaftig für die Welt verloren. Es war sehr mysteriös, fast magisch. Jahrelang dachte ich, daß Wahnsinn genau so sein müsse. Wenn man wahnsinnig war, lag man im Bett und zuckte und zappelte und schwafelte wirres Zeug und hatte nicht die leiseste Ahnung, wer die eigene Tochter war, wenn sie einen ansprach. Das waren die Symptome des Wahnsinns, dachte ich, so wie Fieber und Halsschmerzen symptomatisch für eine Grippe waren. Ich wußte nicht, daß es auch noch andere Möglichkeiten gab, wahnsinnig zu sein. Als ich mit vierzehn Jahren selbst in die Psychiatrie kam, deprimiert, aber nicht wahnsinnig, war ich ziemlich überrascht über die Vielfalt der Formen, die ich dort vorfand.

Sie wurde auf einer Trage weggebracht, und irgendwelche Leute aus dem Haus, nicht Mrs. Gold, Mrs. Rosen oder Mrs. Levine, brachten mich bei irgendwelchen Verwandten von sich unter. Dann kam ich zu einer Familie, die ich noch nie zuvor gesehen hatte, einer Pflegefamilie, wie mir später klarwurde, aber damals wurde mir gesagt, die Leute seien entfernte Verwandte von uns. Ich ging dort, wo immer es auch war, auf die örtliche Schule und spielte mit den anderen Kindern aus dem hohen roten Wohnblock, der ganz anders war als mein eigener und, das war das wundervollste, einen Paternoster hatte, der gleich neben der Feuertreppe lag und in dem wir todesmutig rauf und runter zischten. Ein anderes Spiel ging so, daß man sich im dritten oder vierten Stock mit einer Taschenlampe aus dem Schlafzimmerfenster hängen und alles daransetzen mußte, daß die anderen Kinder den Strahl nicht einfingen. Ich konnte die Pflegemutter nicht besonders gut leiden. Ich hatte den Eindruck, daß sie auch mich nicht besonders gut leiden konnte. Ich war damals kein sehr liebenswertes Kind, sondern abweisend und in mich gekehrt. Ich hielt bewußt Distanz, und falls ich mich nach Trost und Liebe sehnte, hätte ich doch unter keinen Umständen darum gebeten. Es gab mehrere andere Kinder, die meisten davon ihre eigenen, denke ich, und ich weiß, daß ich mich trotz der vielen Spiele verloren und fremd fühlte. Falsche Gegend, falsches Haus, falsche Leute, falsche Gerüche. Ich wollte mich nicht an diesen Ort und diese Leute gewöhnen. Ich wollte da sein, wo ich hingehörte, obwohl ich mir heute nicht mehr vorstellen kann, wo ich glaubte, daß das war. Ich fing an, jede Nacht schlafzuwandeln, und die Frau sagte, ich müsse damit aufhören, sonst würde ich eines Nachts aus dem Fenster klettern und in der Überzeugung, fliegen zu können, auf dem Beton tief unten zu Tode stürzen. Ich erinnere mich nicht daran, an meine Mutter oder meinen abwesenden Vater gedacht zu haben. Ich hatte nur das negative Gefühl, daß alles falsch war.

Dann tauchte, aus heiterem Himmel, wie es mir vorkam, mein Vater auf. Er brachte mich in unsere Wohnung in Paramount Court, setzte mich auf einen Stuhl und kniete sich vor mich auf den Boden. Er weinte – es war das erste Mal, daß ich seine Verletzlichkeit sah, und ich haßte es –, bat mich um Verzeihung und gab mir unter Tränen – sie tropften vom Ende seiner Nase, was mich äußerst verlegen machte – das feierliche und förmliche Versprechen, mich nie, nie wieder zu verlassen. Dann fuhren wir zurück in die andere Wohnung; er könne sich noch nicht selbst um mich kümmern, sagte er.

Von da an kam er einmal die Woche, aber wir fuhren nicht mehr in die Petticoat Lane, die Exhibition Road oder an den Leicester Square, sondern besuchten meine Mutter in der Klinik. Erst kam eine lange Busfahrt, und dann mußten wir noch ewig lange, wie es mir schien, durch eine baumgesäumte Vorortstraße gehen. Es war, wie ich nach einem kurzen Aufenthalt dort viele Jahre später vermutete, das Friern Barnett Krankenhaus, kann aber auch das Shenley gewesen sein, das ich halb wiedererkannte, als ich Mitte der sechziger Jahre einen Freund dort besuchte. Immer mußte ich auf dem Weg in die Klinik dringend aufs Klo, also klopften wir jede Woche an ein anderes Haus und fragten, ob ich das Badezimmer benutzen dürfe. Es wurde eine Art Spiel, eine Art Roulette, eine Reise in unerforschte Gebiete. Ich lernte die unterschiedlichsten Toiletten kennen, von denen eine, der absolute Höhepunkt, einen Toilettenpapierhalter mit Musik hatte. Nie wurden wir abgewiesen, und mehr als einmal bekamen wir sogar Tee angeboten. Der charmante Vater und seine kleine Tochter wurden von außergewöhnlich freundlichen und vertrauensseligen Leuten, die, während ich auf dem Klo war, zweifellos erzählt bekamen, daß wir die kranke Frau und Mutter in der Irrenanstalt die Straße runter besuchen wollten, mit Tee und Keksen bewirtet. Wahrscheinlich dachten sie, ach, was für eine Schande, so ein netter Mann, das arme Kind. Diese Stippvisiten gehörten ins Reich unserer früheren Museumswanderungen; die Häuser und die Leute waren die Ausstellungsgegenstände, unsere Begegnung mit ihnen und die Feststellung, wie sie lebten, waren wie die Geschichten, die mein Vater sich über die Sachen in den Glasvitrinen ausgedacht hatte. Abenteuerliche Reisen in unbekannte Welten, Leute, deren Häuser und Leben auf mich einen unglaublich soliden und stabilen Eindruck machten. Richtige Häuser für richtige Familien, mit chintzbezogenen Polstermöbeln, die wie für die Ewigkeit gemacht wirkten, und versilberten Teekannen, die in Glasschränken warteten und für Besucher hervorgeholt wurden. Andere Leben. Aber durch einen einzigen Besuch in komfortabler Gewißheit eingefroren. Es war, als ginge man ins Kino und schlüpfte durch die Lichtstrahlen in die Lebensläufe auf der Leinwand hinein.

Bis der Grund für unsere Anwesenheit nicht länger hinausgezögert werden konnte und ich den Preis, der damit verbunden war, bei meinem Vater sein zu dürfen, in Form eines Besuchs bei meiner Mutter entrichten mußte. Sehr lange Zeit, Monate, wie ich meine, war sie völlig unzugänglich. Wir wurden von einer Krankenschwester in ihr Zimmer geführt, wo sie mit ausdruckslosem Gesicht auf ihrem Bett saß. Sie hatte nicht die leiseste Ahnung, wer wir waren, und es hätte ihr nicht gleichgültiger sein können. Sie war nicht mehr dramatisch wahnsinnig, sie war einfach nur eine Hülse, eine Leere, entweder vollgepumpt mit Drogen oder halb katatonisch oder beides, die phlegmatisch unseren Blumenstrauß aus der Hand der Krankenschwester entgegennahm, die ihn mir vorher abgenommen hatte und ihn bewunderte, während sie ihn in den Schoß meiner Mutter legte, wo er unbeachtet liegenblieb, bis die Schwester sich auf das Praktische besann und eine Vase holen ging.

Einmal, als ich selbst wieder einmal eine Phase der Depression durchlief und meine damals siebenjährige Tochter von ihrem Vater versorgt wurde, versuchte ich, ihr zu erklären, daß sie sich keine Sorgen machen müsse, daß das alles nichts mit ihr zu tun habe, sondern ganz allein mein Problem sei, eine Krankheit, die ich manchmal bekäme, die aber vorbeigehen würde. »Ich mache mir keine Sorgen«, teilte sie mir lakonisch mit. »Ich brauche dich einfach nur.« Ich fühlte mich durch die Klarheit dieser Aussage sehr ermutigt.

Ich selbst machte mir auch keine Sorgen über die Krankheit meiner Mutter. Ich glaube nicht, daß es mir etwas ausmachte oder daß ich mich über ihren Zustand ängstigte, aber ich kann mich auch nicht an das Gefühl erinnern, sie zu brauchen. Ich wollte Vertrautheit, wollte in Umständen leben, die ich kannte, aber emotional war ich, glaube ich, ebenso abwesend wie sie. Ich wollte sie nicht sehen, wollte nicht bei ihr sitzen und die sinnlosen Unterhaltungen führen, die mein Vater anzukurbeln versuchte, während sie verloren vor sich hin starrte. Ich war ebensowenig an ihr interessiert wie sie an mir. Dabei war sie keine schlechte Mutter gewesen, sie hatte mich nicht vernachlässigt. Sie war unberechenbar, fordernd, beängstigend, aber sie hatte mich nicht vernachlässigt. Im Gegenteil, sie kümmerte sich hingebungsvoll um mich, achtete darauf, wie ich aussah, was ich aß, welche Fortschritte ich in der Schule machte. Welchen Eindruck ich machte, wie ich vorankam, waren für sie Zeichen, die ihr sagten, wie sie selbst in der Welt vorankam. Und vielleicht liebte sie mich. Ich weiß es nicht. Ich weiß, daß sie dachte, ein Kind zu haben sei eine Garantie dafür, geliebt zu werden. Das war es, was sie an mir so unnatürlich und unbefriedigend fand. Manchmal sagte sie: »Ich muß dich lieben, du bist meine Tochter.« Liebe war eine Verpflichtung, und indem sie das sagte, erinnerte sie mich an meine Verpflichtung ihr gegenüber. Ich fand das immer unbefriedigend. Ich wäre lieber aus einem bestimmten Grund geliebt worden, wegen irgendeiner Eigenschaft statt wegen des Zufalls meiner Geburt. Aber höchstwahrscheinlich meinte sie, was die meisten Leute meinen, wenn sie von der bedingungslosen Liebe von Eltern zu ihren Kindern sprechen. Es war eine Art Versicherung, aber irgendwie gab mir das keine Sicherheit. Sie hatte sogar eine Geschichte, nicht Tausende wie mein Vater, sondern nur die eine, die sie mir erzählte, wenn Schlafenszeit war und mein Vater noch nicht zurück war oder wenn ich krank war und sie die ganze Nacht bei mir und meinem Fieber wachte. Es war eine Version der *Wasserkinder* ohne das Wasser, in der Tom, der Schornsteinfegerjunge, eine Freundin namens Jennifer hatte, die sich um ihn kümmerte und ihn vor seinem bösen Schornsteinfegervater rettete. Ich liebte diese Geschichte, in der ich die Heldin war, und wollte sie immer wieder hören. Das ist die Wärme, an die ich mich erinnere, wenn ich an meine Mutter denke und mir besondere Mühe gebe, ihr ihre emotionalen Rechte nicht abzusprechen, aber obwohl ich weiß, daß ich es liebte, diese Geschichte zu hören, ist sie für mich nichts anderes als eine Ausnahme, die das Grundgefühl von Angst und Unglück, das ich in ihrer Gegenwart hatte, nicht aufwiegen konnte. Jedenfalls war die Geschichte nicht genug, um mir das Gefühl zu geben, sie zu brauchen, als sie geistig abwesend war. Ich war, wie meine Mutter so oft und zutreffend gesagt hatte, wirklich herzlos, wenn es um sie ging.

Aber wie es aussah, würde ich meinen Vater nur dann zurückbekommen, wenn meine Mutter wieder gesund wurde. Wir würden »alle wieder zusammenleben«, versicherte mir mein Vater, sobald es meiner Mutter wieder besserging. Und alles würde anders werden, sagte er. Die schrecklichen Auseinandersetzungen würden ein Ende haben, und er würde mich nie wieder verlassen. Ich bin sicher, daß er es genau so ausdrückte, daß er sagte, daß er *mich*, nicht meine Mutter, nie wieder verlassen würde. Sogar die Tatsache, daß alles »besser« werden würde, hatte mehr mit *meinem* Wohlergehen als mit irgendwelchen neuen Gefühlen für meine Mutter zu tun. Aber erst mußte ich noch eine Weile bei den Pflegeeltern bleiben, weil er allein außerstande war, für mich zu sorgen. Ich bin mir nicht sicher, inwieweit ich diese neue Geschichte meines Vaters glaubte. Ich liebte ihn, aber ich vermute, daß ich ihm schon damals, vielleicht sogar schon früher, nicht mehr so ganz traute. Er malte mir ein Wolkenkuckucksheim aus, hübsch, aber substanzlos, so wie all seine

Geschichten es waren. Aber auch wenn ich seiner Geschichte nicht wirklich glaubte, gefiel sie mir, und ich spielte mit.

MRS. LEVINE: Er hatte eine wundervolle Art.

MRS. GOLD: Er war ein gutaussehender Mann. Sehr attraktiv. Ein Frauenheld.

MRS. LEVINE: Er konnte einen zu allem überreden. Er hatte diese Art von Persönlichkeit. Wenn er redete, mußte man ihm einfach zuhören.

Letztendlich gab es doch etwas, was ich brauchte: Meine Mutter mußte gesund werden, damit ich meinen Vater wieder ganz zurückhaben konnte.

Als ich noch sehr klein war, ereignete sich etwas Merkwürdiges. An meinem dritten Geburtstag gingen meine Eltern mit mir ins Palladium, wo Danny Kaye auftrat. Wir saßen ganz vorn, und Danny Kaye sah mich und holte mich auf die Bühne und sang ein Lied für mich. In der Pause nahm er mich mit in seine Garderobe, wo ich auf seinem Schoß sitzen durfte und die erste Cola meines Lebens bekam. Er bezauberte mich mit seiner Freundlichkeit, seinem Witz und seiner Fürsorge. Ich hatte das Gefühl, daß er mich liebte. Irgendwann später, als ich mit meinem Vater im West End unterwegs war, wurde ich auf einmal von einer Sehnsucht nach Danny Kaye gepackt. Mehr als alles in der Welt, mehr als den Mond und die Sterne, mehr als die ganze Welt wollte ich, daß er mein Vater war. Ich ging an der Hand meines wirklichen Vaters, den ich anbetete, durch die Straßen, war aber verzehrt von der Sehnsucht, jenen anderen Vater zu haben, den ich nur ein paar Minuten lang gekannt hatte. Ich fing an zu weinen, als das ganze Ausmaß der Tragödie mir aufging und ich erkannte, daß Danny Kaye niemals mein Vater sein würde, daß die Sache ein für allemal entschieden war. Mein Weinen wurde immer heftiger, ich schluchzte vor Kummer. Mein Vater nahm mich auf den Arm und versuchte herauszufinden, was mit mir los war, aber das machte alles nur noch schlimmer, weil ich plötzlich das Gefühl hatte, ihn verraten zu haben, indem ich mir einen anderen Vater wünschte. Ich konnte ihm nicht sagen, was mit mir los war, aber ich konnte auch nicht aufhören, meinen Verlust zu betrauern. Es war so schlimm, daß mehrere Autos am Straßenrand anhielten und meinem Vater anboten, ihn mitzunehmen, weil sie dachten, ich sei krank geworden. Ich schluchzte den ganzen Weg nach Hause und weinte mich selbst in den Schlaf, ohne jemandem zu verraten, was mit mir los war. Es ist eine der lebhaftesten Erinnerungen, die ich an meine Kindheit habe.

Es gibt noch eine andere, die mein erwachsenes Ich mit jener Erinnerung an die Sehnsucht nach einem anderen Vater verknüpft hat und mit den Schuldgefühlen, die ich deswegen empfand. Es muß ungefähr um dieselbe Zeit gewesen sein. Ich war noch sehr klein, zwei oder drei, und ich wurde von einem besonders lauten Streit zwischen meinen Eltern geweckt. Ich ging ins andere Zimmer und blieb in der Tür stehen. Als sie mich sahen, hörten sie auf, sich anzuschreien, und mein Vater fragte mich, was los sei. Ich fragte, wieso sie so schrien.

»Wir schreien nicht«, erklärte er mir. »Das verstehst du noch nicht. Manchmal führen Erwachsene Unterhaltungen, bei denen sie sehr laut sprechen. Es ist alles in Ordnung, Liebchen. Geh wieder ins Bett.«

Ich wußte, daß er log. Wahrscheinlich war es die erste Lüge, die ich bewußt bemerkte. Ich erinnere mich, wie schockiert ich war und daß ich nichts sagte, sondern ins Bett zurückging und so tat, als glaubte ich ihm. Ich liebte meinen Vater mehr, als ich sagen konnte, aber ich glaube, von da an habe ich nie wieder wirklich geglaubt, was er mir sagte.

Es dauerte eine Weile, aber irgendwann wußte meine Mutter wieder, wer wir waren, wenn wir sie im Krankenhaus besuchten, und quälte sich bei unserer Ankunft ein schwaches Lächeln ab. Bald folgten steife, nervenzermürbende kleine Ausflüge ins Hinterzimmer eines nahe gelegenen Cafés und dann ein Tag, an dem meine Mutter und mein Vater zum Tee zu meiner Pflegefamilie kamen. Als wir danach wieder in unserer alten Wohnung lebten, bekam ich eingeschärft, meine Mummy sei immer noch ein bißchen angegriffen, und ich müsse bei allem, was ich sagte, sehr vorsichtig sein. Das war ich schon immer gewesen, aber jetzt hatte sich die Oberfläche der ganzen Welt in dünnes Eis verwandelt, und wir alle bewegten uns auf Zehenspitzen darüber hinweg, meine Mutter eingeschlossen, und taten so, als wäre alles wieder in Ordnung. Es dauerte nicht lange. Nach wenigen Monaten war alles wieder normal. Die Streitereien und das Schweigen zwischen ihnen, das manchmal wochenlang dauerte – alles wieder da. Immerhin waren wir inzwischen nach oben gezogen in eine Wohnung mit einem zusätzlichen Zimmer – meinem Zimmer –, das jedoch bald zum Zufluchtsort meiner Mutter wurde, wenn die Streitereien ihren Höhepunkt erreichten und das Türenknallen losging.

Eines Tages, als ich etwa elf und mit der Grundschule fast fertig war, legte mein Vater mir die Hände auf die Schultern und sagte mir, er würde für immer weggehen. Es traf mich völlig unvorbereitet. Mir war nicht aufgefallen, daß die Situation schlimmer war als üblich. »Diesmal komme ich nicht mehr zurück. Willst du mit mir kommen, oder willst du bei Mummy bleiben?« Es war eine direkte Frage, die eine sofortige Antwort verlangte. Seine Taschen standen gepackt neben der Tür. Ich habe keine Ahnung, wieso, außer daß ich nicht wußte, wohin er gehen wollte, aber ich sagte praktisch ohne jedes Zögern, daß ich bei meiner Mutter bleiben würde. Diese Entscheidung ist mir noch heute ein Rätsel, aber wahrscheinlich ist es übertrieben, sie überhaupt eine Entscheidung zu nennen. Es war mehr eine nervöse Reaktion auf die plötzliche Ankündigung, daß schon wieder eine Veränderung eintreten würde, und auf die lächerliche Forderung, auf der Stelle ein für allemal zu konstatieren, was mir lieber war. Mein Vater war mir immer lieber gewesen. Ich beschloß, bei meiner Mutter zu bleiben, und sah zu, wie er mit seinen Koffern durch die Tür verschwand. Vielleicht dachte ich, daß ein Mädchen sich so verhalten müsse. Vielleicht wollte ich einfach nicht meine Koffer packen und mich ins Unbekannte stürzen. Ich weiß es nicht.

Er verschwand aus unserem Leben. Das einzige, was blieb, waren die Tiraden meiner Mutter gegen ihn. Kein Wort, kein Geld. Einfach verschwunden. Bis auf das eine Mal, als wir ihn zufällig in der U-Bahn-Station Tottenham Court Road entdeckten und meine Mutter ihm mit dem Messer nachrannte, das sie ausdrücklich zu dem Zweck, ihn umzubringen, sollten sie sich je zufällig über den Weg laufen, in ihrer Handtasche mit sich herumschleppte. Er war schneller als sie.

Eine Zeitlang hielt sich ein großer, dünner Mann häufig in unserer Wohnung auf. Er hatte sie renovieren sollen, als mein Vater verschwand und an Renovierungen nicht mehr zu denken war. Er renovierte sie nicht. Dann war er nicht mehr da. Eines Tages stand eine Frau – vielleicht in den Vierzigern – vor unserer Tür und wollte meinen Vater sprechen. Sie kam aus Dänemark und hatte ihn aufgespürt, weil sie den Mann zur Rede stellen wollte, der ihre Mutter, eine Frau von über sechzig, mit romantischen Versprechungen um ihr kleines Einkommen gebracht hatte. Wir schienen ihr leid zu tun, und bevor sie ging, steckte sie mir zehn Shilling zu. Die zehn Shilling kamen uns sehr gelegen, hatten wir doch zu dieser Zeit überhaupt kein Einkommen, da meine Mutter weder arbeiten konnte noch wollte und sich weigerte, zum Sozialamt zu gehen. Seit mein Vater uns verlassen hatte, war die Miete nicht bezahlt worden, und inzwischen saßen wir einfach nur herum und warteten darauf, auf die Straße gesetzt zu werden.

Immer dieses Warten. Wochenlang lebten wir in einer leeren Wohnung, während meine Mutter hilflos in dem einzigen Sessel saß, den die Gerichtsvollzieher uns gelassen hatten, und mir erzählte, daß wir, wenn sie uns endgültig rauswarfen, auf der Straße leben würden – unter den Bogen von Charing Cross, um genau zu sein. Wir würden schon einmal dafür üben, sagte sie, packte mich am Arm und zerrte mich aus der Wohnung, als würden wir nie zurückkommen. »Was hat es für einen Zweck, darauf zu warten, rausgeschmissen zu werden? Jetzt sind wir auf der Straße. Das war's. Wir haben kein Zuhause mehr.« In meiner Erinnerung regnete es bei diesen Gelegenheiten immer. Wahrscheinlich hat es nicht immer geregnet.

Irgendwann hielt ich die Ungewißheit nicht mehr aus. Ich war seit kurzem auf dem Gymnasium und ging jeden Tag hin, als wäre alles ganz normal. »Sag nichts, zu niemand«, wies meine Mutter mich an. »Falls jemand dich nach deinem Vater fragt, sagst du, daß er tot ist.« Ich tat, was sie mir sagte. Besser ein toter Vater, als eingestehen zu müssen, daß er uns verlassen hatte. Ich fragte mich, wie ich es schaffen sollte, auf die Schule zu gehen, wenn wir unter den Bogen von Charing Cross lebten. Im Mathematikunterricht konnte ich nie einen Geometriekasten vorweisen. Wir konnten uns einfach keinen leisten. Meiner Mutter hatte ich nicht einmal gesagt, daß ich einen brauchte. Aber jeden Tag mußte ich am Anfang der Mathematikstunde aufstehen und beichten, daß ich immer noch keinen Geometriekasten hatte. Es wurde zu einem Witz in der ganzen Klasse, angestachelt durch den archetypischen Sarkasmus der Mathelehrerin. Eines Morgens warf ich mich, statt zur Schule zu gehen, auf den

Fußboden und fing an zu schreien. Ich weigerte mich, in die Schule zu gehen. Zwei Wochen später kamen die Sozialarbeiter, durch mein Nichterscheinen in der Schule auf den Plan gerufen. Ich hatte das Warten abgekürzt.

ICH: Es muß ein Skandal gewesen sein, als der Gerichtsvollzieher kam, um die Möbel abzuholen.

MRS. ROSEN: Ich habe nur davon gehört. Nur davon gehört.

MRS. GOLD: Ich habe gedacht, ihr wärt ausgezogen. Nein, ich erinnere mich nicht mehr. Den einen Tag wart ihr noch da, und am nächsten wart ihr verschwunden.

MRS. ROSEN: Als ihr weg wart, wußte niemand, was passiert war. Niemand wußte, wohin ihr gegangen wart.

MRS. GOLD: Als dein Vater fort war, hatte deine Mutter diesen Handwerker …

MRS. ROSEN: Ein Skandal, ich erinnere mich an einen Skandal. Er war ständig da.

MR. ROSEN: So was hatte es noch nie gegeben.

MRS. GOLD: Aber ihr seid dann bald ausgezogen.

MRS. ROSEN: In diesem Haus passierte so viel, daß es keine große Sache war. Das mußt du mir glauben. Deine Mutter und dein Vater, der Handwerker, es war einfach nur ein Teil des alltäglichen Lebens, das sich abspielte. Wir hatten alle Kinder.

MRS. GOLD: Ihr habt also auf diesem Stock gewohnt, als ihr ausgezogen seid?

ICH: Ja.

MRS. LEVINE: Oh, sie waren nicht die einzigen, die sich bei Nacht und Nebel aus dem Staub gemacht haben. Da war noch ein anderes Ehepaar, mit einem kleinen Mädchen, in diesem Stock … Traurig, aber die Tochter hat es nicht so weit gebracht wie Jennifer. Sie spielte in einer Band. Einmal habe ich sie bei Harrods gesehen, und sie sah aus wie ein Beatnik. Schwarzgeschminkte Augen und Ohrringe. Und er hat ein Buch über Pferde geschrieben. Der Ehemann war weg, und der Liebhaber ... und dieser und jener ...

»Was willst du noch wissen?« fragte Mrs. Rosen zu Beginn meines zweiten Besuchs in Paramount Court.

Ich wollte wissen, was ich beim ersten Mal zu fragen vergessen hatte.

»Ich würde gern wissen, wie Sie mich als Kind in Erinnerung haben.«

Ich glaube, sie war sehr erleichtert, weil ich nicht wollte, daß sie mir mehr über meine Eltern und ihre Beziehung zu ihnen erzählte.

»Du warst ein sehr, sehr süßes kleines Mädchen ...«

Ich hatte den besten Kinderwagen weit und breit gehabt, oder den zweitbesten, wenn man Mrs. Gold glauben wollte, und meine Kleider waren die besten gewesen, die man für Geld kaufen konnte.

MRS. ROSEN: Sie haben dich damals, als du noch klein warst, mit Liebe überschüttet. Ich weiß nicht, was dann passierte. Du warst ein sehr kluges Kind. Wie bist du nur so gescheit geworden? Als du aus heiterem Himmel anriefst, war ich so froh, daß du es so weit gebracht hast, bei dem schweren Start, den du hattest. Ich werde deinen ersten Schultag nie vergessen. Du warst winzig. Du hattest dieses kleine graue Hütchen und eine graue Uniform. Du warst immer winzig und niedlich.

MRS. GOLD: Zu deinem vierten Geburtstag haben sie eine Party veranstaltet. Es war die Party des Jahres. Alle Kinder kamen mit schöneren Geschenken nach Hause, als du bekommen hattest. Du hattest großartige Partys, als du klein warst. Damals muß Geld im Haus gewesen sein.

MRS. LEVINE: Deine Mutter hatte noch Schmuck von ihrem ersten Mann. Für eine Weile ...

MRS. ROSEN: Du warst ein sehr kluges Kind. Du warst das jüngste von all unseren Kindern. Das Baby. Aber du warst ihnen gewachsen. Du warst die klügste von ihnen. Was immer sie taten, konntest du auch, vielleicht sogar besser. Wie du reden konntest! Wie du argumentieren konntest! Du konntest ihnen das Wasser reichen. Du warst ihnen gewachsen. Du hast dich nie unterkriegen lassen.

Mit der ihr eigenen Freundlichkeit gab Mrs. Rosen mir genau das, was ich brauchte: eine Erzählung, die mich zum Inhalt hatte, eine Geschichte für mich über das Ich, das ich nicht kannte oder an das ich mich nicht erinnern konnte. Ich dachte daran, wie oft ich mit Chloe zusammen ihr Fotoalbum durchgesehen hatte, als sie noch kleiner war, und wie sie dann immer verlangt hatte: »Erzähl mir davon. Erzähl mir, wie ich damals gewesen bin!«, wenn sie Fotos des Babys oder des Kleinkinds betrachtete, an das sie sich nicht erinnern konnte. Im Lauf der Jahre haben wir ihr ihre Kindheit immer wieder von neuem erzählt. Ein Foto, eine Geschichte, eine aufflackernde Erinnerung, und wie wir alle eignet auch Chloe sich ihre Vergangenheit in Form einzelner Flicken an, die sich irgendwann zu einer ganzen Decke zusammenfügen. Sie ist nicht unwahr; oder vielmehr so wahr, wie Kameras, flüchtige Augenblicke, meine Erinnerungen und meine Seite der Geschichte sie machen können. Ich habe gesehen, wie Chloes Erinnerung aus Hinweisen und Episoden entstand. Erzähl mir noch einmal die Geschichte mit dem Käsekuchen, sagte Chloe beispielsweise, und ein intelligentes, lebhaftes, geselliges Kleinkind wird heraufbeschworen, das durch ein Restaurant läuft, die anderen Gäste bezaubert und Fremde durch seine Kindlichkeit dazu bringt, mit Freundlichkeit und Zuneigung zu reagieren, bis es in seiner Aufregung den Käsekuchen einer kinderresistenten Frau umwirft und zum ersten Mal erfährt, daß Charme und Kindlichkeit nicht immer eine Garantie dafür sind, daß die Leute einen mögen. Wie schockiert sie war, als sie an unseren Tisch zurückkam, nachdem sie den Zorn einer fremden Person erlebt hatte. Roger und ich mußten ihr die Geschichte monatelang immer wieder erzählen, während sie die komplexe Realität der Außenwelt und ihre erste gesellschaftliche Katastrophe verdaute. Sie kann sich nicht selbst an den Käsekuchen-Zwischenfall erinnern, erinnert sich nicht einmal bewußt daran, daß wir ihr die Geschichte immer wieder erzählt haben, aber sie erinnert sich durch unsere gemeinsame Erinnerung daran. Eine falsche Erinnerung? Einfach eine Erinnerung.

Auf welche Weise schuf meine Mutter das Leben, an das ich mich selbst nicht erinnerte, neu? Auch wir hatten ein Fotoalbum. Es gab Fotos, die mich als Baby zeigten, und ich weiß, daß ich sie mir ansah, solange das Album noch existierte, und versuchte, dieses ferne Wesen für mich selbst real zu machen. »Du warst so süß, als du noch ein Baby warst. Wenn du geschlafen hast, hast du wie ein Engel ausgesehen. Aber dann bist du wach geworden und hast dich in einen Teufel verwandelt.« Sie sagte das liebevoll, scherzhaft, mit einem Augenzwinkern von Mutter zu Tochter. Was hatte es sonst noch gegeben? Nichts, woran ich mich erinnern konnte. Nur das Babyfoto und die scherzhafte

Bemerkung. Häufiger, wenn sie weder zu Scherzen aufgelegt war noch mir die Geschichte der *Wasserkinder* erzählte, wenn Verzweiflung und Enttäuschung regierten, sagte sie über meine frühe Kindheit: »Wenn ich gewußt hätte, wie du dich entwikkeln würdest, hätte ich dich gleich nach deiner Geburt erwürgt.« Und: »Du warst schon immer böse – genau wie er. Schon als Baby warst du unfähig zu lieben.« Keine Babyfotos von diesen Augenblicken, nur meine eigenen inneren Fotos.

Ich erlebte einen richtigen, atavistischen Mutter-und-Kind-Augenblick der Befriedigung, als Mrs. Rosen mir die vierjährige Jennifer anbot, die sich nicht unterkriegen ließ. Er ging vorbei, der Augenblick, aber trotzdem liebte ich das Bild der halsstarrigen, unverwüstlichen Jennifer im Alter von vier Jahren. Es paßte zu den anderen Erinnerungen aus meiner Kindheit. Vor allem erinnerte ich mich daran, in Schwierigkeiten zu stecken, nicht nachgeben zu wollen, meine Rechte einzufordern. Jennifer war ein zähes Kind gewesen, von Anfang an, mit einem Gespür für sich selbst. Eine Überlebenskünstlerin. Ich erinnere mich daran, oft Angst gehabt zu haben, sie mir aber nicht anmerken zu lassen. Ich vermute, daß dieser Charakterzug trotz all der Schwierigkeiten, die er mir im Lauf der Jahre eingebracht hat, auch meine Rettung war. Seit damals habe ich meine verschiedenen Ichs womöglich in handhabbare Teile aufgespalten, aber damals – und die ganze Zeit über – gab es vielleicht ein stetiges Bewußtsein, das genau wußte, wer und was es war, und das in diesem Wissen stabil blieb. Manchmal schäme ich mich über diese Überlebenskünstlerin. Ein weniger positiver Aspekt meiner selbst verabscheut das Ausmaß an Willen und Entschlossenheit, das damit verbunden ist. Aber Tatsache ist, daß es diese Überlebenskünstlerin gab, die gegen die defizitären Gene und das Training in Sachen Hoffnungslosigkeit antreten konnte. Wahrscheinlich war ich angesichts der Drohung, daß meine lebendige oder tote Mutter plötzlich wieder in meinem Leben auftauchen könnte, zu Mrs. Rosen gegangen, um genau das herauszufinden. Um mich zu vergewissern, daß es diese Überlebenskünstlerin einmal gegeben hatte und immer noch gab. Und Mrs. Rosen, hatte sie mir, ob bewußt oder unbewußt, in einem unerwarteten Moment guter Mutterschaft gegeben.

Auf See

Am nächsten Morgen gegen Viertel nach sechs lag ich zitternd und mit Halsschmerzen in meiner Koje. Ich hatte eine höllische, himmelschreiende Erkältung und fühlte mich gräßlich, aber das war nicht weiter schlimm, da es ein Reisetag war und ich, wenn ich nicht wollte, nicht das geringste tun mußte. Ich war schon einmal aufgewacht, so gegen vier, umgeben von unerbittlichem Tageslicht, und hatte schon da ein kleines, klammes Gewicht in meinem Inneren gespürt. Eine winzige Melancholie. Vielleicht ein Augenblick der Panik, weil ich außerhalb jeder Reichweite war, Hunderte von Meilen von jeglichem Land entfernt. Eine Art Trostlosigkeit. Ich zog die beigen Vorhänge vor dem Bett zu, igelte mich in dem weichen Halblicht ein und döste, immer wieder aufschreckend, vor mich hin.

Irgendwann später hievte ich mein schmerzendes Ich hoch, um aus dem Fenster zu sehen. Vögel – Kaptauben, Sturmvögel, Schwarzbrauenalbatrosse (allmählich wurde ich richtig gut) – kreisten über uns, ließen sich vom Wind tragen und stürzten sich urplötzlich herab, um sich einen Leckerbissen aus Melvilles gleißender antarktischer See zu holen. Die Wasseroberfläche war dunkel, nicht unbedingt aufgewühlt, aber doch aktiv genug, um unser Schiff in eine sanft schaukelnde Bewegung zu versetzen, die mich ins Bett zurückkriechen ließ, damit ich sie besser genießen konnte. Ich vertiefte mich wieder in *Moby Dick* und Ahabs Suche nach dem großen weißen Wal. Wie herrlich. Groß, riesig und frei. Alle Freiheit, die ein Schriftsteller braucht. Ich konnte mir nichts denken, was mein Leben verbessert hätte – außer vielleicht, keine Erkältung zu haben. Aber bald würde ich aufstehen und zum Frühstück gehen müssen – was andere Menschen, grüßen, lächeln, reden bedeutete. Die Vorstellung war gar nicht angenehm. Ich hatte nur den einen Wunsch, genau da zu bleiben, wo ich war, in meiner Kabine, in meinem Bett. Als ich das Buch einen Moment beiseite legte und aus dem Fenster blickte, sah ich, daß es angefangen hatte zu schneien. Der Himmel war taubengrau von schweren, schneegewichtigen Wolken, die Flocken fielen sanft herunter und machten die windgepeitschte Wildnis des antarktischen Meeres so still wie einen vorstädtischen Wintergarten. Der Horizont war sehr weit weg.

Ich ließ das Frühstück und die beiden Vorträge ausfallen, die uns die Zeit auf See vertreiben sollten, und widmete den Tag meiner Erkältung, meiner Koje, meinem Buch und dem Blick aus meinem Fenster. Ich war absolut zufrieden. Ich hätte bis in alle Ewigkeiten schlafen, lesen und auf Schnee und Meer hinausstarren können. Keine Schwester Winniki, die an mir herumnörgelte. Einfach meine Ruhe, um uneingeschränkt meiner Trägheit zu frönen. Was mehr konnte man sich wünschen?

Dann, am Abend, trieb der erste Eisberg vorbei.

Er tauchte vor meinem trägen Blick durch das Fenster auf wie eine Fata Morgana, eine Traumerscheinung, ein mattweißes Gebilde, geisterhaft im diesigen grauen Licht und im fallenden Schnee. Ein plötzliches, ruhig dahingleitendes Ereignis in der großen leeren See unter dem großen leeren Himmel. Ich starrte ihn ungläubig blinzelnd an. Er besaß nichts von der enttäuschenden Vertrautheit von Dingen, die man schon zu oft im Fernsehen oder in Bildbänden gesehen hat. Dies hier war brandneue Realität, überraschend, anders als alles andere. Selbst die Vögel schienen zu Ehren unseres Eintritts in das Land des Eises verstummt zu sein. Der Lautsprecher machte sich quäkend bemerkbar, und Butch verkündete:

»Ladies und Gentlemen, Eisberge in Sicht!«

Zeit zum Aufstehen. Ich stieg in meinen Trainingsanzug und ging auf die Brücke, wo sich zeigte, daß wir wie in einer bombastischen Theaterproduktion durch einen Korridor aus Eisbergen Einzug in das wahre Antarktika hielten. So weit das Auge reichte, säumten Eisberge rechts und links von uns unsere Route. Wir fuhren durch »Iceberg Alley«, die Straße der Eisberge. Sie war absurd symmetrisch, wie ein überdimensionaler Boulevard, und bestand aus lauter Tafeleisbergen. Wie der Name schon sagt, sind sie oben so flach wie ein Tisch, als hätte jemand ihre Spitzen abgehobelt, zu glatt, um echt zu sein, zu echt, um wahr zu sein. Es dauerte etwa eine Stunde, die ganze Länge von Iceberg Alley zu durchfahren, und die ganze Zeit über standen ich und viele der anderen Passagiere einfach nur da und schauten in stummem Staunen, nur unterbrochen von gehauchten Oohs und Aahs, vom unvermeidlichen Klicken der Kameras und Sirren der Camcorder. Anschließend schienen wir eine ganze Weile durch Geröll zu fahren, merkwürdig geformte Bruchstücke von Eisbergen und auch größere »Growlers« – einige davon nur so groß wie Bojen, die wie Korken auf den Wellen hüpften und tanzten, andere von der Größe eines Dinghis oder eines kleinen Cottage. Es waren die Überreste ehemals großer Berge, von Wind und Wasser abgenutzt und abgetragen, um irgendwann zu nichts zu zerschmelzen. Und dann kamen Eissplitter, Eisbrocken, Eisfragmente, als bahnten wir uns unseren Weg durch eine Schüssel Griesbrei.

Später, in den frühen Morgenstunden, tauchten weitere große Eisberge auf, nicht mehr in geschlossener Formation, sondern in Gruppen von zweien oder dreien über das Meer getüpfelt, manche von ihnen riesig, so groß wie unser Schiff oder sogar größer. Ich sah einen vorbeischwimmen, der, wie man uns am nächsten Morgen mitteilte, vier Meilen lang war, eine richtige Insel aus Eis, die eine Ewigkeit brauchte, um an uns vorbeizuziehen.

Ich bekam in dieser Nacht nicht viel Schlaf. Vielleicht war Irma in ihrer Einstellung dem Steak gegenüber doch nicht so pathologisch gewesen, wie ich gedacht hatte. Mir war ganz entschieden übel, und ich hatte Magenkrämpfe. Den größten Teil der lichtdurchtränkten Nacht verbrachte ich damit, über der Kloschüssel zu hängen, ohne mich jedoch richtig zu übergeben (es gibt nur sehr wenig, was ich mehr hasse, als mich übergeben zu müssen), und am offenen Fenster zu stehen, das Kinn auf die verschränkten Arme gelegt, und zu beobachten, wie die überirdischen weißen Berge an uns vorbeitrieben. Manchmal, wenn ich einen besonders großen dabei beobachtete, wie er auf uns zusegelte, veränderte er plötzlich seine Form, spielte Parallaxenspiele und verwandelte sich im Näherkommen in zwei oder drei verschiedene Berge, zwischen denen, wie ich dann irgendwann sah, beträchtliche Entfernungen lagen. Dann, wenn wir sie hinter uns gelassen hatten, verschmolzen sie wieder zu einer Einheit.

Übrigens waren die Eisberge, übereinstimmend mit der interessanten, aber nicht verheerenden Diskrepanz zwischen meinen Phantasien und dem bisherigen Verlauf der Reise, aus der Nähe und sogar aus der Ferne betrachtet, keineswegs tagtraumweiß. Blau. Eisberge sind blau. Wenn sie am blausten sind, haben sie die Farbe eines Swimmingpools von David Hockney, kalifornischblau, neonblau, Dash-blauweiß-blau, manchmal sogar indigo. Blau ist eine eigenartige Farbe: einerseits die Verkörperung erfreulicher Dinge (blau wie die Treue) und andererseits dunkler Gedanken (die blaue Stunde der Melancholie). Unterschiedliche Schattierungen, unterschiedliche Versprechungen, selbe Farbe. Sie kann hell, rein, sogar kalt sein; und sie kann geheimnisvoll sein, tiefgründig, die Farbe der Nacht und der Träume. Wie Melvilles Weiß macht sie die Dinge klar und verdunkelt sie zugleich; sie verkörpert Reinheit und Komplexität.

Die Farbe Blau tut meiner Sehnsucht nach Weiß keinen Abbruch. Sie gehörte zum Eis und ins Eis, ließ es kälter wirken, emotional leer, aber auch dichter, tiefer geschichtet als wahrnehmbar. Am tiefblausten waren die Berge auf der Höhe der Wasseroberfläche und da, wo Risse und Spalten einen Blick in ihre Tiefen freigaben, wo das Eis am ältesten und so komprimiert war, daß alle Luft herausgequetscht worden war. Wieso das dazu führt, daß sie dieses schmerzhafte Blau annehmen, ist keine Frage, die eine wie ich, die die Physikstunden damit verbrachte, Notizen in Gedichte zu verwandeln, beantworten kann. Die blaue Tönung höher oben kam, wie ich mir sagen ließ, daher, daß Eis alle Lichtwellen absorbiert, bis auf die kürzeren blauen Wellen. Ich gab dies voller Stolz an Marjorie weiter, die mich darauf hinwies, daß damit nur begründet wäre, wieso egal was egal welche Farbe hat. Wieder Melville: Es gibt keine Farbe, sondern nur die Erscheinung einer Farbe, welche die universelle Negierung von weißem Licht verbirgt. Die Erklärung erklärte also doch nicht gerade viel, und wieder einmal wünschte ich mir, ich hätte in Physik besser aufgepaßt, statt jetzt keine Antworten auf die meisten Fragen zu haben, die ich mir stellte.

Die schwimmenden Berge aus blauem Eis mit Weißschattierungen, aus weißem Eis mit Blauschattierungen waren nicht glatt und glänzend wie Eisstadioneis. Sie waren dichte, matte Inseln aus komprimiertem Zuckerguß. Konditoreiwaren, die das bleifarbene Meer und den bleifarbenen Himmel aufleuchten ließen. Die ganze Nacht trieben sie an uns vorbei, von Wind und Wasser zu uralten Formen gemeißelt – Schiffen, Schlössern, Monumenten, Fabelwesen. Keinem der Forscher, die sie beschrieben haben, ist es gelungen, diese Vergleiche zu vermeiden. Sie sind so unvermeidlich wie das Aufseufzen beim Anblick von See-Elefanten, die Sex haben. Ich sah große, zerklüftete Gesichter im Profil, ominöse, deutende Finger, kauernde Löwen, hüpfende Vögel. Der Geist konnte nicht anders. Aber manchmal, und das war am atemberaubendsten, waren da einfach nur gewaltige Mauern aus Eis, die so dicht vor meinem Fenster vorbeiglitten, daß sie den ganzen Rest der Welt auslöschten. Große, leere Wände aus uraltem, zusammengepreßtem Schnee, der jahrhundertelang vom leeren Zentrum des antarktischen Kontinents – das tiefste Eis ist 10 000 Jahre alt – zu seinen Rändern gewandert war, um zu einer Gletscherzunge zu werden oder zur äußeren Peripherie der Eiskappe, und schließlich abbrach – »kalben« ist der korrekte Ausdruck –, um auf eigene Faust loszusegeln. Sie treiben mit einer Geschwindigkeit von fünf Meilen pro Tag nach Norden und Westen, bis sie die Konvergenz erreichen, wo der antarktische Ozean auf wärmere Gewässer trifft. Manche von ihnen sind zehn Jahre unterwegs, bevor das Meer sie endgültig erodiert und schmilzt.

Antarktika verfügt, in gefrorener Form, über 70 Prozent der Süßwasserreserven der Welt. An manchen Stellen ist die Eisdecke über vier Kilometer dick. Im Lauf der Jahrhunderte haben Menschen immer wieder darüber nachgedacht, wie man die größeren Eisberge als Wasserreserve für dürregeplagte Regionen nutzbar machen könnte. Das einzige Problem ist, die Berge von dort, wo sie sind, dahin zu schaffen, wo sie gebraucht werden. Grandiose Pläne, sie ins Schlepptau zu nehmen, scheiterten kläglich. Sobald man in wärmere Gewässer kommt, sind die Chancen, mehr Eis anzulanden, als man zum Kühlen eines Gin Tonic braucht, sehr gering. Eisberge gehören zu den wenigen Ressourcen, für die der Mensch noch keine Nutzungsmöglichkeit gefunden hat – von Daniel und meinen Manhattans einmal abgesehen. Während Meereis, also Eisschlamm, Packeis, Grundeis und Pfannkucheneis, salzig ist – wenn auch nicht so salzig wie das Meerwasser selbst –, bestehen die Berge, die vom antarktischen Kontinent abbrechen, aus reinstem Süßwasser – so rein und frisch wie nur irgend etwas auf diesem Planeten. Trotz aller Umweltverschmutzung auf jeden Fall reiner als das Zeug, das aus unseren Wasserhähnen kommt. Und diese Massen aus gefrorenem Wasser, die ich über die Oberfläche des Meeres treiben sah, sind, wie jeder weiß, nur die Spitze des Eisbergs. Neun Zehntel befinden sich unterhalb der Wasserlinie und schmelzen schneller als der Teil, den man sehen kann, so daß sie schließlich kopflastig werden und kentern. Die kleineren, rundlicheren Eisberge liegen also in Wahrheit kieloben und unstabil auf dem Rücken. Man bezeichnet sie als Growlers, und Seeleute lieben sie nicht. Sie sind es, die sich in der Dunkelheit gern an Schiffe anschleichen und sie rammen, da sie schwerer zu sehen und oft für das Radar nicht zu erkennen sind.

Die Szene vor meinem Kabinenfenster war unirdisch. Ich fürchte, es gibt keine andere wirklich zutreffende Beschreibung dafür. In den frühen Stunden des Morgens war das Licht wie blasses Silber, leicht angelaufen. Wenn ich die Augen halb schloß, sah ich nur ein Spektrum aus Grau, Blau und abgetöntem Weiß. Es hätte bläulich-grau sein können, graublau, alle erdenklichen Schattierungen von Blau. Riesige Eisberge kamen jetzt auf uns zu. Wahrscheinlich waren sie miteinander verwandt. Sie kamen in Schüben. Drei, vier auf einmal, aber nein, es waren zwei große Eisberge. Sie mußten gleichzeitig abgebrochen sein, oder vielleicht waren sie auch ein einziger gewaltiger Berg gewesen, der dann auseinanderbrach. Am Horizont schien sich eine Wolke auf das Wasser herabgesenkt und in einen weiteren Eisberg verwandelt zu haben. Es war unmöglich, auf die Entfernung zu erkennen, was Wolke und was Eisberg war. Es sah flauschig aus, von derselben Farbe wie die Wolken höher oben, bloß deutlicher umrissen und gedrungener, flach auf dem Meer, aber trotzdem wolkenähnlich. Und doch war es keine Wolke. Schon bald verwandelte es sich in einen, nein, zwei separate Eisberge.

Es gab nur noch Wolken und Eisberge, Eisberge und Wolken. Und da, ganz in der Nähe des Schiffs, stand ein einzelner Pinguin auf einem Eisberg, der wie ein Löwe aussah. Der Vogel ritt auf der Mähne des Löwen, stand völlig reglos da und blickte starr in die Richtung, in die er reiste. Ich hatte noch nie zuvor einen heroisch aussehenden Pinguin gesehen. Es war zwanzig nach drei Uhr morgens und heller, diesiger Tag.

Wir hielten auf Deception Island zu, näherten uns der Insel nach dem Frühstück in silbrigem Licht. Der Name allein war es wert, dafür aufzustehen. Wer wollte schon im Bett liegenbleiben, wenn man auf die Insel der Täuschung zusegelte? Der Blick von der Brücke war unsterblich. Deception Island ist eine Kraterinsel, der Gipfel eines Vulkans, der in sich zusammenstürzte, ein Teil davon so tief, daß das Meer das Innere des Kraters überfluten konnte. Als wir uns »Neptuns Blasebalg«, dem Eingang des Kraters, näherten, stürzten sich ganze Scharen von Pinguinen ins Wasser, um nachzusehen, was und wer wir waren, und flitzten, ständig unter- und auftauchend, neben dem Schiff her. Das Meer war von einer dünnen, gemusterten Eisschicht aus perfekt geformten, scharfkantigen Rechtecken überzogen, die so dünn wie Waffeln und strahlend weiß waren. Von schmalen, dunklen Wasserrinnen durchzogen, trieben sie Seite an Seite dahin, ein Schachbrett aus flachen, schwimmenden Eisscheiben. Noch nie hatte ich etwas so Eigenartiges und Wohlgeordnetes gesehen. Es war wie eine Entweihung, als das Schiff auf seinem Weg zur schmalen Einfahrt von Deception Island eins der größeren Rechtecke durchpflügte. Der Bug des Schiffs spaltete die Scholle in zwei scharfgezackte Teile, die sich immer weiter voneinander entfernten, als wir uns zwischen ihnen durchzwängten. Es hatte etwas Schreckliches, dieses Muster zu zerstören, bloß weil wir auf die andere Seite wollten. Natürlich entstand kein wirklicher Schaden, aber etwas Kunstvolles, das die Natur geschaffen hatte, wurde verändert. Das Muster war zerstört. Und doch schienen wir, je weiter wir in das Schachbrett vordrangen, immer mehr zu einem Teil davon zu werden. Bald umgab es uns von allen Seiten, ein abstraktes Bild, zusammengesetzt aus großen, aber zarten viereckigen Eisplatten, die sich im dunstigen Sonnenlicht ausbreiteten, während ein kleines weißes Schiff zwischen ihnen hindurchglitt. Die Zodiacs fuhren an Land, aber ich blieb an Bord und starrte den ganzen Morgen vom Achterdeck aus auf den karierten Ozean. Schachmatt.

Als ich am nächsten Morgen aufwachte, fühlte ich mich immer noch gräßlich. Alles tat mir weh. Mein Kopf dröhnte, mir war immer noch übel, und ich hatte immer noch Magenkrämpfe. Ich konnte mich nicht bewegen, nicht einmal um eine Tablette zu nehmen, nicht einmal um nachzusehen, was die Eisberge machten. Ich war die halbe Nacht auf den Beinen gewesen, hatte am Fenster gestanden, mich zwischendurch wieder eine Weile hingelegt und ein bißchen gedöst, bis ich schließlich um halb sieben fest einschlief und erst spät wach wurde. Es war elf Uhr und genauso hell wie in den frühen Morgenstunden. Es war jetzt immer hell, weil wir so weit südlich waren. Der fehlende Wechsel zwischen Hell und Dunkel machte es mir leicht, zu bleiben, wo ich war. Die Durchsagen, mit denen Frühstück, Mittagessen und die zeitvertreibenden Vorträge angekündigt wurden, konnten die Strukturlosigkeit von ewigem Tageslicht und Kranksein nicht durchdringen.

Was würde aus meinem antarktischen Abenteuer werden, wenn ich mich tagelang in meiner Koje verkroch? fragte ich mich. Aber vielleicht war genau das mein antarktisches Abenteuer. Ich betrachtete meine Unpäßlichkeit mit ziemlichem Mißtrauen. Durch das Unwohlsein und die Übelkeit leuchtete unverkennbar Freude, Freude darüber, dem Zeitplan zu entkommen, den Vorträgen, den Landausflügen, dem Zwang zur Geselligkeit. Ich vermutete, daß eher meine Psyche und nicht so sehr mein Immunsystem dagegen revoltierte, so eng mit so vielen Leuten zusammengepfercht zu werden. Aber die Psyche hatte den Körper erfolgreich dazu überredet, ein paar beeindrukkende Symptome hervorzubringen – gut geeignet, meine Einsiedelei zu rechtfertigen, ohne mir selbst den Vorwurf machen zu müssen, unsozial zu sein. Trotzdem machte ich mir Vorwürfe.

Wir näherten uns der Admiralty Bay, in der sich angeblich häufig Buckelwale herumtrieben. Bisher hatten wir noch keine Wale gesichtet. Nun ja, ich konnte ja immer noch aus dem Fenster gucken, falls welche gesichtet wurden. Aber nur, wenn sie sich zufällig auf meiner Seite des Schiffs befanden. Jedenfalls hatte ich keine Lust, die Wale zusammen mit einer ganzen Horde anderer Leute von der Brücke oder von Deck aus zu beobachten. Ich wollte nicht Teil einer Wale beäugenden Menschenmenge sein, selbst wenn das bedeutete, daß ich sie überhaupt nicht sehen würde. Ich wollte meinen eigenen Wal sehen, von meinem eigenen Fenster aus, ganz für mich allein. Oder eben nicht. Ich stellte mir vor, wie ich meinen Freunden nach meiner Rückkehr nach England erklären würde, wie ich es fertiggebracht hatte, keinen Wal zu sehen. Falsche Seite des Schiffs. Keine Lust, aufzustehen. Ojemine!

Am folgenden Morgen sollten wir auf Paulet Island landen. Draußen sah alles sehr eigenartig und fremd aus. Ich mußte mich immer wieder selbst daran erinnern, daß wir uns noch auf demselben Planeten befanden. Nicht auf dem Mond. Vielleicht war diese Krankheit oder Nicht-Krankheit (in der Nacht hatte ich es geschafft, ein bißchen gelbe Galle hochzuwürgen, was mir ein etwas authentischeres Gefühl gab) nur Panik darüber, nicht entkommen zu können, nie entkommen zu können. Da waren wir also, am Ende der Welt, aber es war immer noch derselbe Planet. Ich wäre gern woanders gewesen. Noch weiter weg. Einen Vormittag geriet ich in Panik, weil ich der Sicht der Welt entzogen war, am nächsten war ich bedrückt, weil ich ihr nicht völlig entkommen konnte. Nicht sehr konsequent, beschimpfte ich mich selbst. Mein Selbst zuckte die Schultern. Und dann fragte ich mich, ob ich etwa auch meine Landung in Antarktika verhindern würde. Wäre das nicht ein Ding, den ganzen weiten Weg zurückzulegen, nur um die antarktische Halbinsel dann doch nicht zu betreten? Der Gedanke löste ein kleines, aber unverkennbares Lächeln in meinem Inneren aus. Ich lokalisierte einen harten, heimlichen Knoten der Nicht-Bereitschaft, den Fuß nur deswegen auf den letzten Kontinent zu setzen, weil ich zufällig gerade da war. Obwohl ich natürlich nicht nur zufällig gerade da war. Das hier war ein Ort, an dem niemand einfach nur zufällig gerade da ist. Was es um so angenehmer und/oder besorgniserregender machte (die beiden Gefühle waren untrennbar miteinander verbunden), mit der Möglichkeit zu spielen, nicht an Land zu gehen. Es lag eine beträchtliche Befriedigung in dem Gedanken, daß ich den Kontinent, den zu erreichen ich beträchtliche Mühen auf mich genommen hatte, womöglich nicht betreten würde. Ich malte mir weitere Unternehmungen aus: wie ich es in der Wüste Gobi unterlassen würde, Sand durch meine Finger rieseln zu lassen; wie ich fünf Meter unter dem Gipfel des Anapurna einfach umkehren würde; wie ich, nachdem ich mir mittels geschickter Tarnung Zutritt zu einer Initiationszeremonie der Freimaurer verschafft hätte, an der Tür die Schultern zucken und kehrtmachen würde. Es wäre für mich kein Problem, nach Agra zu fahren und nicht dazu zu kommen, auch nur einen Blick auf den Tadsch Mahal zu werfen – überhaupt kein Problem. Wie wäre es mit einer Reise nach Brasilien, wo ich mich die ganze

Zeit nur in den klimatisierten Räumen des Brasilia Sheraton aufhalten würde? Oder mit einem Besuch jedes einzelnen Flughafens in ganz Afrika, ohne den Fuß auf den Kontinent selbst zu setzen? Ich könnte mein ganzes Leben damit verbringen, die widerspenstige Reisende zu spielen und dann, an den Pforten des Himmels angelangt, eine Entschuldigung murmeln und mich abwenden. Es ist nicht das Ankommen, sondern das Nicht-Ankommen ... nicht das Sehen eines Wals, sondern die Möglichkeit, sich dafür zu entscheiden, nicht hinzusehen. Es war ein Aspekt meines Ichs, der sich durch alle Phasen meines Lebens zog. Der Scheiß-drauf-Faktor. *Ich muß nicht, wenn ich nicht will.* Manchmal sah das aus wie mangelnde Ausdauer. »Was dir fehlt, Mädchen, ist Durchhaltevermögen«, hatte mein ach so resoluter Vater oft gesagt. Ich brachte Bilder, Strickpullover, Briefmarkensammlungen nicht zu Ende. Verlor nach zwei Dritteln oder auch nach neun Zehnteln das Interesse daran. Ich flog von der Schule. Ich ging zwei Wochen vor dem Abitur aus freien Stükken von der Schule ab. Ich stieg aus Beziehungen aus. Manchmal schalte ich sogar jetzt noch kurz vor dem Ende eines Films den Fernseher aus. Meine Bekannten sehen sich an und nicken vielsagend mit dem Kopf: »Sie kann einfach nichts zu Ende bringen.« Niemand verliert je auch nur ein Wort darüber, was für ein Hochgefühl es ist, Dinge nicht zu Ende zu bringen. Niemand erwähnt je den Genuß, der damit verbunden ist, nicht zu tun, was von einem erwartet wird, nicht zu tun, was man von sich selbst erwartet. Einfach nicht zu tun. Falls es dabei ursprünglich darum ging, andere Leute zu enttäuschen, hat es sich inzwischen zu einer ausgeklügelten Methode entwickelt, mir selbst eine Freude zu machen. Entscheidungen weniger unvermeidlich zu machen. Das Ganze ist beileibe kein unumstößlicher Grundsatz meinerseits. Nur etwas, was gelegentlich passiert und was mir echte Befriedigung bereitet. Diesmal erwischte ich mich im Anfangsstadium. Außer natürlich ich war wirklich krank. Sie können es nicht sagen, und ich ziehe es vielleicht vor, es nicht zu sagen.

Der Gedanke der Bereitwilligkeit ließ mich nicht mehr los. Während ich aus dem Fenster sah, versetzte ich mich in die Zukunft: die Reise vorbei, ich wieder in London. War ich in Antarktika gewesen oder nicht? In diesem wundervollen Augenblick wußte ich wirklich nicht, wie die Antwort ausfallen würde. Für die Welt oder im Grunde auch für mich selbst würde es nicht den geringsten Unterschied machen, wenn ich meinen Fuß nicht tatsächlich auf die antarktische Landmasse setzte. Bin zwar da gewesen, habe es aber nicht getan. Das Absurde daran gefiel mir, und die Tatsache, daß es etwas so ausschließlich Persönliches war, eine Sache, die nur mich und mich selbst etwas anging. Tatsächlich könnte ich, wenn ich wieder zu Hause war, behaupten, daß ich es getan hätte, obwohl ich es nicht getan hatte. Was für einen Unterschied würde das machen? Umgekehrt könnte ich auch sagen, ich hätte es nicht getan, obwohl ich es getan hatte. Und als ich das gedacht hatte, spielte es keine Rolle mehr, ob ich es tatsächlich tat oder nicht. Die Qualität meines Lebens würde sich kein bißchen verändern, und egal was ich tat, nur ich und eine Handvoll meiner Mitreisenden würden wissen, wie es wirklich gewesen war, und keinen von uns würde es weiter interessieren. Die Entscheidung wurde zu einer rein akademischen Frage. Ich konnte eine Münze werfen: Kopf, ich gehe an Land, Zahl, ich bleibe in meiner Koje – und wenn Kopf kam, doch nicht gehen. Oder umgekehrt. Vielleicht ging es mir nicht besonders gut, aber meine Stimmung erreichte schwindelnde Höhen. Es gab keine Entscheidung mehr, die getroffen werden mußte, keine Willensanstrengung mehr, die unternommen werden mußte (ich sollte, ich müßte, ich muß), kein moralisches Dilemma, sondern nur noch Willkür. Ein großes Gefühl von Freiheit senkte sich sanft über mich wie ein schneeweißes Federbett aus Gänsedaunen, und von diesem Blickwinkel aus betrachtet sah Freiheit sehr nach Ungewißheit aus, während Antarktika in Schrödingers Kiste hineinschlüpfte und leise den Deckel hinter sich zuzog. Ich hatte keine Ahnung, ob ich am nächsten Tag aufstehen und an Land gehen würde oder nicht. Und niemand, mit Ausnahme einiger in alle Winde zerstreuter US-Bürger, würde mit Sicherheit wissen, was ich letztendlich getan hatte. Und das war mir aus Gründen, die ich nicht genauer unter die Lupe nehmen möchte, ein riesiger Trost. Was sollte dieses ganze Nach-Antarktika-Kommen überhaupt?

Das Buch, das ich über diese Reise und über meine Mutter schreiben sollte, würde, so war es abgemacht, meine erste größere nicht-fiktive Arbeit werden. Ich verstand das so, daß ich keinen Roman daraus machen würde. Klar. Wer würde sich schon bereit erklären, einen Roman über eine tatsächliche Reise zu schreiben, die noch gar nicht stattgefunden hatte? Romane sind nicht so. Aber ansonsten behielt ich mir ein Urteil darüber vor, wie eine nicht-fiktive Arbeit auszusehen hatte. Es gibt unzählige Möglichkeiten, die Wahrheit zu erzählen, einschließlich der fiktiven Form, und unzählige Möglichkeiten, die Wahrheit zu umgehen, einschließlich der nicht-fiktiven Form. Die Wahrheit oder Nicht-Wahrheit eines Buchs über Antarktika und über meine Mutter, das erkannte ich in meiner schwankenden Koje in Kabine 532, hing nicht davon ab, an einem Ziel anzukommen. Auch nicht davon, nicht anzukommen. Ich merkte, daß ich allmählich Gefallen am nicht-fiktiven Schreiben fand.

Ein neuer Tag, und der Lautsprecher verkündete, daß wir am südlichsten Punkt unserer Reise angelangt waren: 63.42 S und 55.57 W. Wir waren in den frühen Morgenstunden im antarktischen Sund angekommen. Mein Landgangdilemma hatte sich zumindest für diesen Morgen von selbst gelöst. Das Packeis war zu dick, um nach Paulet Island durchzukommen, und auch für die Landung auf der antarktischen Halbinsel, in der Hope Bay, die für den Nachmittag angesetzt war, sah es nicht sehr rosig aus. Vielleicht würde überhaupt keiner von uns den Fuß auf Antarktika setzen können, und mein Entschluß wäre – wie so oft – in diesem Fall gar keiner gewesen. Aber Butch tat sein Bestes und hatte als Ersatz für den Spaziergang über Paulet eine Zodiac-Fahrt durch das riesige Eisbergfeld arrangiert, das uns umgab. Vor meinem Fenster gleißte die Sonne, und das Meer war still wie ein Gletscher. Nicht einmal das leiseste Kräuseln riffelte die türkisfarbene Oberfläche, es gab nur die scharf umrissenen Spiegelungen der Eisberge. Plötzlich hatte ich das Gefühl, mich vielleicht ein kleines bißchen besser zu fühlen. Es war Zeit, aufzustehen. Ich wollte unbedingt dicht an diese Zuckergußberge heran und diesem glitzernden Meer so nah wie möglich sein.

Nach den eigenbrötlerischen, ungeselligen Tagen in meiner Kabine wurde ich in den Gängen, im Umkleideraum und auf den Decks von allen, die mir begegneten, aufs herzlichste begrüßt und willkommen geheißen und gefragt, wie ich mich fühlte. Allen war aufgefallen, daß ich mich nicht mehr hatte blicken lassen, und sie hatten Marjorie und Phoenix John gefragt, was denn mit mir los sei. Ich schämte mich ein bißchen über die Besorgnis, die alle an den Tag legten. Teils war diese Beschämung darauf zurückzuführen, daß ich die Aufmerksamkeit, die mir entgegengebracht wurde, nicht haben wollte. Ich will nicht, daß die Leute an mich denken oder sich Sorgen über mich machen, wenn ich am Boden bin. Angesichts von Leuten, die ich kaum kannte und die mir alle sagten, wie froh sie seien, mich wieder auf den Beinen zu sehen, kam mir das so kleinlich vor, daß ich mich selbst nicht mehr leiden konnte.

Nur das Tuckern des Zodiacs war zu hören. Kein Wind, keine kreischenden Pinguine und, als das Zodiac am Fuß eines Eisbergs anhielt, überhaupt kein Geräusch mehr, bis auf das Wasser, das leise gegen die Wand aus Eis lappte. Die Sonne schien, und das Meer war von einem tiefen Grün, durchsetzt von blitzenden Lichtern, die wie Zechinen blinkten. Die Oberfläche war ruhig, nur ganz leicht gekräuselt von einer sanften Brise, fast wie Sirup. Ein knitterfreier Ozean. Zwischen den Eisbergen, inzwischen gewohnt, aber niemals langweilig, trieben flache Eisschollen, die mehrere Fuß dick waren und auf denen sich gelegentlich ein Krabbenfresser in der Sonne aalte. Solange wir den Tieren nicht allzu nahe kamen, ließen sie sich von unserem Getucker nicht weiter stören. Wenn wir ihnen dann aber doch zu nahe kamen, glitten sie ohne Eile ins Wasser und verschwanden.

Am Fuß eines Eisbergs auf dem Meer zu schaukeln war ein bemerkenswertes Gefühl. Die Kälte strahlte von der Wand des Eisbergs ab, und ich spähte in geheime Spalten, die bis ins tiefblauste Herz des Eises reichten. Die Welt war flach und reglos, bis auf die Eisberge, die hoch über uns aufragten, während wir zwischen ihnen hindurchglitten. Das vor Anker liegende Schiff, so weiß und still wie ein weiterer Eisberg, war ein Teil der Szenerie, ein weiteres mythisches Gebilde in der Landschaft, und wirkte gar nicht störend. Es war unheimlich und friedlich, ein Fast-Nichts, aber trügerisch. Das hier war überhaupt kein Ort, auch wenn es eine Position auf einer Navigationskarte war. Nichts hier würde je wieder so sein wie jetzt. Die Schollen und die Eisberge würden weitertreiben und schmelzen, Winde würden das gegenwärtig so stille Meer aufpeitschen, Robben würden sich vorübergehend niederlassen und Scharen von Pinguinen sich wie fliegende Fische um das Schiff in der Ferne tummeln. Alles an dieser Seelandschaft würde sich verändern, aber sie würde trotzdem im wesentlichen gleichbleiben, ihre Elemente nur anders angeordnet. Sie nahm sich selbst so wenig wichtig, daß einem das Herz weh tat. Andere Landschaften sind unruhig – Regenwälder voller Pflanzen und Tiere, die ums Überleben kämpfen, Moore, gepeitscht und niedergedrückt von schneidenden, alles verkrüppelnden Winden, Berge, die unter dem Gewicht der Schneelasten ächzen – aber das hier war wahrlich ein Traumort, wo alles Schmelzen und alle Bewegung die Unwandelbarkeit nur zu intensivieren schien. Nichts hier blieb, wie es war, und doch veränderte sich nichts.

Aber was, fragte ich mich, hatte es für einen Zweck, diese erhaben leere Landschaft zu sehen und dann weiterzuziehen? Diese Frage war vermutlich ein Grund für das Tempo, mit dem die Kameras vor sich hin klickten. Das Foto war der Beweis für einen selbst, nicht für andere, daß man da gewesen war. Der einzige Beweis dafür, daß einmal etwas geschehen war, das mehr war als Phantasie und trügerische Erinnerung. Fotografieren bewirkte auch ein Ereignis während des Augenblicks des Erlebens, als sei der Augenblick des Erlebens an und für sich nicht genug. Wenn man nur schaute und dann wieder ging, was war dann, wenn man wieder nach Hause zurückkehrte, der Grund, da gewesen zu sein? Es war nicht schwer, sich eine Landschaft wie diese vorzustellen, sich in der Behaglichkeit des eigenen Zuhauses im Geist eine zu erschaffen und unbegrenzte Zeit dort zu verbringen, ganz allein. Im wirklichen Leben schaut man, geht weiter, geht weg – man macht ein Foto, um der Aktivität etwas von ihrer Absurdität zu nehmen. Es beschäftigt die Hände, während man versucht, mitzuerleben, wie man dieses Erlebnis erlebt. Aber wie wird man, so wie ich es wollte, ein Teil dieser Landschaft, ein fester Bestandteil davon, statt ihr nur einen schnellen Besuch abzustatten? Was ich hier erlebte, war nichts anderes als ein Vorgeschmack, wie die Vorschau auf einen Film, den ich nie in voller Länge zu sehen bekommen würde. Ich würde diese Erinnerung an einen Ort in bewegungslosem Fluß mit mir zurücknehmen und sie der Antarktis in meinem Geist hinzufügen. Ich fragte mich, ob es eine nützliche Dreingabe sein würde, wenn das Erlebnis erst einmal der Vergangenheit angehörte.

Aber ich hatte Kabine 532 vergessen. Sie *war* eine neue Erfahrung gewesen, etwas, was ich mir nicht im voraus ausgedacht oder erträumt hatte, etwas, was ich nicht durch die Fotos anderer Leute hätte aufsuchen können. Kabine 532 war etwas wirklich Neues, was ich mit mir nach London zurücknehmen, womit ich spielen konnte.

Eine Zuflucht in Hove

In meiner Familie gab es keinen stark ausgeprägten Lebenswillen. Ich hatte mir meine eigene Version davon zugelegt, die ich zu einer Leidenschaft für das Vergessen, das Nichts, ausgefeilt hatte. Ernsthaft fing diese Leidenschaft mit vierzehn an, als ich entdeckte, daß das Schnüffeln von geklautem Äther aus dem Chemielabor mich für ein ganzes Leben und länger, wie es mir vorkam, in Besinnungslosigkeit versetzte, obwohl man mir, wenn ich wieder zu mir kam, versicherte, daß ich nur ein paar Minuten weg gewesen sei. Ich liebte diese Verlängerung der existentiellen Leere. Der Äther war einer der Gründe, weshalb ich von der Schule flog.

Als ich in dem möblierten Zimmer in Hove das Nembutal meiner Mutter schluckte, tat ich das, weil ich wollte, daß alles aufhörte. Ich hatte nicht direkt die Absicht, mich umzubringen, ich wollte nur alles anhalten – selbes Ergebnis, aber anderes Gefühl. Später, nachdem ich Ende der sechziger Jahre von der Schule abgegangen war und angefangen hatte, alles an Drogen zu nehmen, was gerade im Umlauf war, brachte es mir am meisten, mir aufgelöstes Nembutal direkt in die Venen zu spritzen. Es hatte die Wirkung, mich augenblicklich in tiefste Bewußtlosigkeit zu versetzen. Erst Jahre später ging mir auf, daß das eine sehr bizarre Art war, Spaß zu haben, aber im Grunde genommen wollte ich auch gar keinen Spaß haben, ich wollte das Nichts. Zwischen dem Nembutal meiner Mutter und später dann meinem eigenen verbrachte ich einige Zeit in psychiatrischen Kliniken, wo ich wegen Depressionen behandelt wurde, aber eigentlich waren sie für mich Orte der Sicherheit, leere

Orte mit weißen Laken, wo nichts geschah. In Wirklichkeit war das Leben in der Klapse durchaus ereignisreich, ständig passierte etwas, Dramen jeden Tag, aber hermetisch eingekapselt innerhalb der Welt der Klinik. Das Leben selbst – das Tun und Machen, das *Teilhaben* – war auf unbestimmte Zeit hinausgeschoben, und genau das wollte ich. Ich mußte mich nicht um das tagtägliche Leben kümmern. Die Kliniken waren Klöster für Flüchtlinge vor dem Leben; abgeschlossen, sicher und mit eigenen Regeln, nach denen man sich ausklinken konnte. Ich und die anderen Patienten waren Insassen, fest zusammengeschweißt in der Absicht, die Welt unseres normalen Lebens nicht an uns heranzulassen. Wir lebten ausschließlich miteinander. Jeder, der von außen kam, war ein Eindringling, der kein Recht hatte, unsere Existenz zu betreten. Wir sorgten füreinander und beschützten uns gegenseitig vor Besuchern und Verwandten, die uns ermahnten, »schnell wieder gesund zu werden«. Sogar Schwester Winniki war dem eigentlichen Leben vorzuziehen. Ich wollte nicht funktionieren, wollte nicht mein eigenes Leben leben, wollte nichts erreichen. Ich wollte nur in Ruhe gelassen werden.

Eine Depression ist etwas sehr Schmerzliches, aber sie bedeutet auch Stille und Abwesenheit. Sie enthält ein Paradox. Der Schmerz und die Angst, die damit verbunden sind, sind schier unerträglich. Ich würde fast alles tun, um sie nicht erleben zu müssen, aber die Stille und die Abwesenheit des Ortes, an den eine Depression einen versetzt, bringt auch die Möglichkeit einer absoluten Zufriedenheit mit sich. Das soll nicht heißen, daß ich eine bewußte Kontrolle über meine Depression hatte, sondern nur, daß ich feststellte, daß ich manchmal, wenn ich die Schmerzen durchstand, an einen Ort gelangte, an dem absoluter Friede und absolute Stille herrschten. Damit will ich nichts über den Wert von Depressionen sagen. Depressionen sind gräßlich, man kann die Schmerzen nicht durchstehen, wenn die Bedingungen nicht richtig sind oder man keine Unterstützung hat oder wenn es Menschen gibt, die von einem abhängen. Und selbst wenn diese Bedingungen irgendwie erfüllt werden können, trägt das Durchstehen des Schmerzes das sehr reale Risiko in sich, daß man es nicht überleben wird. Aber da es nun einmal so war, daß ich Depressionen hatte und auch Unterstützung bekam, merkte ich, daß es nach einer Weile möglich war, eine Art Freude zu erreichen, die völlig von der Welt losgelöst war. Ich wollte unerreichbar und an jenem Ort sein, nur ohne den Schmerz. Das will ich immer noch. Er ist weiß und von einer singenden Stille erfüllt. Er ist ein endloses Eisstadion. Er ist antarktisch.

Eine Woche vor meiner Rückkehr aus Antarktika fuhr Chloe für vierzehn Tage zu ihrem Dad nach Südafrika. Die Wohnung war leer, als ich nach Hause kam. Ich liebe die Stille einer leeren Wohnung, wenn ich weg gewesen bin. Sie gibt einem die Gelegenheit, die Räume wieder in Besitz zu nehmen. Ganz oben auf den Poststapeln auf dem Küchentisch lag ein Zettel von Chloe mit der Mitteilung, sie habe alles geöffnet, was irgendwie interessant aussah, es sei aber nichts wirklich Interessantes dabeigewesen. Auf dem Schreibtisch in meinem Arbeitszimmer lag ein kleinerer Papierstapel mit einer weiteren Notiz von Chloe. »Wegen Deiner Mum und Deinem Dad – ich war mit Dad im Haus Deiner Mum in Hove.«

In Hove hatte meine Mutter zuletzt gelebt, dort hatte ich das letzte Mal bei ihr gewohnt, gerade mal zwei Tage lang, nachdem ich von meinem Vater und Pam in Banbury weggelaufen war.

Chloe war während meiner Abwesenheit fleißig gewesen. Oben auf dem Stapel lagen mehrere Urkunden. Die erste war die Geburtsurkunde meines Vaters. Er wurde am 15. Oktober 1908 in Bethnal Green als Sohn von Sam und Golda Zimmerman geboren und erhielt den Namen Israel. Sam, der erst vor kurzem aus Polen gekommen war, war noch Kürschnergehilfe und hatte seine Unterschrift, wie es schien, auf hebräisch geleistet, was ein Standesbeamter mit der Bemerkung: »Die Unterschrift von Sam Zimmerman, Vater«, beglaubigt hatte. Unter dieser Urkunde lag die Sterbeurkunde von James Simmonds, siebenundfünfzig Jahre alt, Handelsvertreter aus Banbury. Er war am 20. April 1966 an Herzmuskelinfarkt und Kammerflimmern gestorben.

Es fällt mir schwer, mir ein Bild von der Reise zu machen, die zwischen Israel Zimmerman, Sohn von Sam Zimmerman, und James Simmonds lag, aber sie schien sich nicht sehr gelohnt zu haben. Ich weiß, daß mein Vater ein enttäuschter Mann war, aber ich bin mir nicht sicher, ob seine Enttäuschung einen guten Grund hatte. Ich besitze einen Brief von ihm, geschrieben, als ich sechzehn war und in London lebte und von der Frau, die mich bei sich aufgenommen hatte, auf die Schule zurückgeschickt worden war, um mein Abitur zu machen. Er selbst lebte in Banbury, bei der unattraktiven, langweiligen, aber hingebungsvollen Pam, der Frau, die er, als ich bei ihm lebte, zweimal gegen eine aufregendere Frau eintauschen wollte und zu der er, als das nicht klappte, beide Male zurückging, um sich wenigstens häusliche Behaglichkeit zu sichern. Der Brief wurde ungefähr ein Jahr oder so vor seinem Tod geschrieben. Er beklagt sich darüber, daß ich nicht oft genug schreibe:

> Ob gut oder schlecht, ich bin nun mal der einzige Vater, den Du je haben wirst, Liebling, also versuch, das Beste daraus zu machen.
> Ich bin sehr froh zu hören, daß Mummy gerade eine vernünftige Phase durchläuft – möge sie dieses Mal andauern.
> Was macht Deine Arbeit, Liebes? Schreibst Du wieder? Ich habe eine Zeitlang mit dem Gedanken gespielt, mich selbst an einem

autobiographischen Roman zu versuchen, kann aber die Energie nicht aufbringen. Wie bei den meisten Dingen – sie lohnen sich einfach nicht. Aber was könnte Errol Flynn schreiben, was ich nicht besser schreiben könnte?
Ernüchternder Gedanke. Alles, alles Liebe, Dad.

Gegen Ende seines Lebens kam er oft auf Errol Flynn zu sprechen und darauf, daß die Abenteuer des verwegenen Filmstars nichts waren im Vergleich zu seinen. Für gewöhnlich sagte er das mit verdrießlicher Stimme aus den Tiefen eines chintzbezogenen Sessels im Wohnzimmer in Banbury. Die Realität hatte für meinen Vater keinen sehr großen Stellenwert. In einem anderen Brief aus dieser Zeit, unverkennbar geschrieben, kurz nachdem ich ihn und Pam widerwillig für ein Wochenende besucht hatte, heißt es unter anderem:

Ich habe mich sehr gefreut, Dich am Wochenende zu sehen, aber irgendwie habe ich das Gefühl – das sehr starke Gefühl –, daß Du nicht sehr gern hier warst. Dieser Eindruck begann gleich nach Deiner Ankunft und legte sich auch nicht, als Du wieder weg warst.
Gibt es zwischen uns nur noch so wenig Kontaktpunkte? Kannst Du keine Befriedigung mehr darin finden, bei mir zu sein und mein Heim auch als Deins zu betrachten?
So unabhängig Du Dich vielleicht auch fühlen magst, es wird Zeiten geben, in denen Du das Bedürfnis nach Deiner eigenen Familie verspüren wirst und nach einem Heim, das Du Dein eigen nennen kannst. Was willst Du beweisen? Daß Du unabhängig bist? Das ist Unsinn, weil *jeder* früher oder später jemanden braucht.

Dann beklagt er sich darüber, daß ich zu verschwenderisch bin und zuviel rauche. Beides zweifellos wahr.

Ich habe beschlossen, daß es für Dich besser ist, wenn ich Dir Dein übliches Taschengeld nicht mehr schicke. Ich werde es für Dich auf die Bank bringen und Premium Bonds davon kaufen, die Du nicht so leicht in Bargeld umsetzen kannst. Ich hoffe, daß das bedeutet, daß Du Dir weniger Zigaretten kaufen wirst und die Früchte einer größeren finanziellen Sicherheit genießen kannst. Versuch doch, vernünftig zu sein. Alles Liebe, Dad.

Mein Vater war ein Phantast, aber gegen Ende seines Lebens waren seine Träume zahm geworden. Wiedergutmachung war angesagt. Er hatte ungerechtfertigte Phantasien von familiärer Bindung und gesellschaftlicher Verantwortung. Ich las seine Briefe und runzelte die Stirn über die überraschende häusliche Normalität, der sie zu entspringen schienen. Es hätte mir nichts ausgemacht, die schwierige, rauchende und verschwenderische Halbwüchsige zu sein, deren verstörte, liebende Eltern nicht verstehen konnten, wieso sie so schwierig geworden war. Er hatte uns ohne einen Penny sitzenlassen, als ich elf war, und war nur wieder in mein Leben zurückgekommen, weil ich ihn gefunden hatte. Ich hatte kurze Zeit bei ihm und Pam gelebt, war im stillen wütend gewesen über die Verwandlung, die mit meinem Vater vorgegangen war. Einmal lernte er eine andere Frau kennen, und er und ich zogen zusammen in eine Wohnung. Als diese neue Beziehung in die Brüche ging, gab er mir die Schuld daran, weil ich nicht nett genug zu der neuen Frau gewesen sei. Ich fiel in Ungnade, und wir gingen zu Pam zurück. Nachdem ich darum gebettelt hatte, wieder ins Internat zu dürfen, und rausgeflogen war, durfte ich nicht weiter auf die Schule gehen (»Ich habe zu meiner Zeit sicher viele schlimme Dinge getan, Jenny, aber ich bin nie aus der Schule rausgeflogen«). Und jetzt beschränkte sich seine Vorstellung von einem guten, wenn auch fernen Vater in diesem späten Stadium unserer Beziehung darauf, mir den Wert des Geldes bewußt zu machen (»Obwohl Du genügend Gründe hättest, es besser zu wissen, bist Du immer noch verschwenderisch«, hieß es in seinem Brief) und sich über meinen Zigarettenkonsum Sorgen zu machen. Es war, als beobachtete man einen Mann, der so tat, als stünde er mit seiner Familie noch oben auf einer Klippe, wo wir doch schon vor langer Zeit abgestürzt waren. Ich haßte die Lügen, die er sich selbst einredete, verstand aber, weshalb er es tun mußte. Vor allem aber haßte ich den Verlust des Mannes, der mich so zum Lachen gebracht hatte. Dieser Mann hatte sich in Luft aufgelöst, und zwar so absolut, daß ich mich fragen mußte, ob er je existiert hatte. Seine Träume waren so langweilig geworden, so aufgeblasen. Das habe ich ihm nie gesagt, ich tat seine Briefe einfach mit einem Achselzucken ab.

Nicht lange nachdem ich diesen Brief bekommen hatte, etwa ein Jahr vor seinem Tod, führte er mich einmal zum Mittagessen aus und überreichte mir einen Umschlag, den ich erst öffnen sollte, wenn er wieder nach Banbury gefahren war. Ich ging aufs Klo und machte ihn auf. Es war ein Abschiedsbrief (»Wenn Du das hier liest...«). Beigefügt war der Fahrzeugbrief seines Autos, das ich bekommen sollte, sobald sein Nachlaß geregelt war, und Details seiner Lebensversicherung, deren Erlös mir »nach Pams Hinscheiden« zukommen sollte. Er teilte mir unumwunden seinen bevorstehenden Selbstmord mit, ohne Gründe dafür anzugeben, außer daß er es nicht mehr ertragen konnte. Hauptsächlich aber drehte der Brief sich darum, klarzustellen, was ich erben würde und was nicht.

Ich ging an den Tisch zurück, wie erstarrt, sagte nichts, atmete kaum noch, bis er gegangen war, und verwandelte mich dann in Wackelpudding. Ich hatte ihn einfach gehen lassen, hatte den Brief nicht erwähnt, hatte mir nicht anmerken lassen, daß ich ihn gelesen hatte. Ich hatte nicht einmal versucht, ihn aufzuhalten. Ich wurde als heulendes Häufchen Elend ins Bett gepackt. Als ich am nächsten Tag seine Nummer anrief, meldete er sich wie immer, gut gelaunt und putzmunter, und erwähnte den Brief mit keinem Wort. Ich auch nicht. Ich brach den Kontakt mit ihm ab. Dann starb er an einem Herzanfall.

In dem Papierstapel, den Chloe mir hingelegt hatte, befand sich noch ein weiteres Dokument. Es besagte, daß Rachel Simmonds, auch Rene Simmonds genannt, Mädchenname unbekannt, am 28. März 1988 im Royal Sussex Hospital in Brighton gestorben war. Die Todesursache war a) subdurales Hämatom, b) Karzinomatosis und c) Pankreaskarzinom. Jemand namens Betty Young hatte den Tod offiziell gemeldet und die Einäscherung veranlaßt. Die letzte Adresse der Verstorbenen lautete: 3 Third Avenue, Hove, East Sussex.

Meine Mutter war tot, aber was mich, als ich die Urkunde zurück auf den Stapel legte, am meisten erschütterte, war der Gedanke, daß sie, nachdem ich sie zum letzten Mal gesehen hatte, noch zwanzig Jahre gelebt hatte. Das heißt, sie war in der ganzen Zeit, in der ich mein Leben gelebt hatte, *am Leben gewesen*. Sie war am Leben gewesen, als ich in der Klapse war, Drogen nahm, als Lehrerin arbeitete, meine Tochter bekam, meine ersten beiden Romane veröffentlichte. Sie war an dem Tag, an dem ich mit Chloe nach Brighton fuhr und Witze darüber riß, daß sie vor verrückten alten Damen die Flucht ergreifen solle, in Hove gewesen. Es war, als hätte sich ein Schatten über das Gemälde meiner Vergangenheit gelegt, eine neue Präsenz, kein Teil davon, aber dennoch dunkel hinter Ecken in Türeingängen lauernd. Nicht daß sie etwas über mich gewußt haben konnte, ich hatte meinen Namen geändert, aber sie war *da*gewesen, auf der Welt, hatte parallel zu mir und dem, was ich tat, gelebt und geatmet. Die Sterbeurkunde bestätigte am unmittelbarsten und schockierendsten nicht ihren Tod, sondern ihre Existenz bis zum Jahr 1988. Es ging nicht darum, daß ich mir sicher gewesen war, daß sie tot war, sondern daß sie in der Ungewißheit aufgehört hatte, für mich zu existieren. Aber sie hatte nicht aufgehört zu existieren. Sie war die ganze Zeit über dagewesen. Hatte gelebt, geatmet, gedacht. Und augenblicklich sah die Vergangenheit dunkler und verworrener aus, als ich es bis zu diesem Zeitpunkt gedacht hatte. Bis zum Jahr 1988 hatte die ganze Zeit über die Möglichkeit, die retrospektive Möglichkeit, einer Kontaktaufnahme bestanden; wie in meinen schlimmsten frühmorgendlichen Ängsten hätte sie tatsächlich in meinem Leben auftauchen können. Sie hatte es nicht getan; sie hätte es tun können. Erst in den letzten acht Jahren hatte sie nicht mehr existiert; erst seit 1988 war ich wirklich eine Waise gewesen, wirklich sicher.

Nachdem Chloe durch die Sterbeurkunde meiner Mutter ihre letzte Adresse herausgefunden hatte, hatte sie mit Roger Detektiv gespielt und war mit ihm nach Hove gefahren. Der Rest des Stapels war ihr für mich abgetippter Bericht über das, was die beiden dort in Erfahrung gebracht hatten:

> *3 Third Avenue, Hove*
> Wohnung 3: Thomas irgendwas, Hausmeister
> Wohnung 4: Rene Simmonds
> Wohnung 6: John T.
> Wohnung 8: Bill E.
> Wohnung 11: Verrückter Abwaschfanatiker

Diese Einleitung besaß die angenehme Distanz eines Theaterstücks. Pinter vielleicht. Es ging weiter mit:

Die Straße ist breit. Als wir ankamen, sah alles grau aus, aber es war ein helles, leuchtendes Grau, mit einem blauen Meer am Ende. Ein sehr großes, leicht düster wirkendes Gebäude, aber nicht völlig trostlos, weil die Fenster zu groß und die Backsteinmauern nicht dunkel und schmutzig genug sind. Wahrscheinlich viktorianisch. Ich war überrascht über die Lage. Wenn man sich in den vorderen Zimmern aus dem Fenster beugt und nach rechts guckt, sieht man etwa zweihundert Meter weiter das Meer. Renes Wohnung ging nicht nach vorne.

Die Intimität dieses »Rene« schockierte mich. Ich hatte mich von Zeit zu Zeit gefragt, wie ich sie nennen würde, falls sie je wieder auftauchen sollte. »Mummy« stand außer Frage. »Rene« wäre auch nicht gegangen, es hätte sie auf den Gedanken bringen können, daß ich bereit wäre, sie aufzunehmen, mich um sie zu kümmern. Vielleicht, so hatte ich beschlossen, hätte ich sie Mrs. Simmonds genannt, sie mit dem Namen angesprochen, den sie, wie sich herausstellte, bis zum Ende ihres Lebens beibehalten hatte. Mrs. Simmonds hatte einen netten, distanzierten und unverfänglichen Klang. Und es war nicht mein Name. Dann hatte ich das Problem einfach abgeschüttelt und mir versichert, daß sie nicht wieder auftauchen würde. Aber Chloe schien während ihrer Suche eine Art Beziehung zu ihr hergestellt zu haben, obwohl ich froh war, zu sehen, daß diese Beziehung nicht eng genug für die Bezeichnung »Oma« war.

Die Tür stand offen. Ein paar Leute, Studenten, glaube ich, zogen gerade in Wohnung 2 im Erdgeschoß ein. Wohnung 4 liegt der Haustür genau gegenüber, und um ehrlich zu sein, war mir gar nicht richtig bewußt, daß sie tatsächlich hinter dieser Tür gelebt hatte. Ich war zu sehr damit beschäftigt, die anderen Mieter zu erwischen und Sherlock zu spielen. Wir probierten eine Klingel nach der anderen, es gab elf oder zwölf, und niemand reagierte, bis wir an die Nr. 6 kamen. John T. machte keinen sehr überraschten Eindruck, als wir ihren Namen erwähnten, und war gerne bereit, mit uns zu sprechen, und fragte, ob wir raufkommen möchten oder ob er lieber runterkommen sollte. Wir gingen rauf. Kann mich an keinen Geruch erinnern, vermutlich nicht sehr beeindruckend, wahrscheinlich muffig. Breite Treppe, die immer dunkler wurde, gleichzeitig aber auch etwas Grandioses hatte, das all diese viktorianischen Gebäude hervorrufen wollen (es gelingt ihnen besser, wenn sie größer sind). Aber vielleicht ist das nur mein ganz persönlicher Eindruck, ich habe dieses Gefühl immer, wenn ich egal was für ein großes altes Haus betrete. Als ich klein war, haben mir diese Häuser sehr gefallen. Aber in Wahrheit ist es schäbig und düster.

Ich liebte die Details dieser Beschreibung. Ich erinnerte mich an die Düsterkeit. Nicht in jenem speziellen Haus, aber wo immer sie lebte, wenn ich da war.

Es gibt zwei kleine Apartments in jedem Stock. Auf den Treppenabsätzen befindet sich eine Art gemauerte Konstruktion, und die beiden Türen liegen dahinter. Wohnung 6 lag im hinteren Teil des Gebäudes, und John machte die Tür auf, als wir hochkamen. Er ist Dichter. Sein Zimmer ist klein und ziemlich chaotisch, mit Büchern und Kram überall, und wenn ich jetzt daran zurückdenke, sehe ich es als beige. Wahrscheinlich lebt er allein, aber es war ein jüngerer Mann bei ihm. Er ist in den Sechzigern und hat einen Pferdeschwanz. Außerdem hat er ein müdes und, wie du sagen würdest, interessantes Gesicht, und eine selbstgedrehte Zigarette im Mundwinkel. Er ist ein bißchen schmuddelig, nett, aber seltsam. Er verlegt Gedichte. Es gibt eine Menge Bücher von Stephen King, aber falls er seine Bücher nicht wegwirft, ist sein Bücherschrank recht klein für einen literarischen Menschen, aber vielleicht geht er ja auch immer in die Bibliothek. Es gibt einen Aktenschrank mit der Aufschrift »Lyrik«. Nicht übermäßig freundlich, aber wahrscheinlich intelligent, vermutete er gleich, daß meine Neugier als sentimentale Enkelin nicht das einzige Motiv war (das heißt, er sagte, er hätte es gleich vermutet, *nachdem* ich ihm gesagt hatte, daß du vielleicht ein Buch schreiben würdest). Er hielt uns für Dichter, die einen Verleger suchen. Jedenfalls bedachte er mich, nachdem ich ihm von dem Buch erzählt hatte, mit einem wissenden Lächeln und sagte: »Das verstehe ich sehr gut, schließlich bin ich selbst mit der Literatur involviert.« Aber obwohl er Rene gekannt hatte, hatten sie sich nicht sehr nahegestanden. Sie lebte sehr zurückgezogen, sagte er. Einige der Mieter aus der Third Avenue hatten vorher in einer anderen Straße gewohnt. Das Haus wurde in ein Anwaltsbüro umgewandelt, also zogen sie alle gemeinsam um. Rene hatte in ihrem alten möblierten Zimmer (dem, das Du kennst) mit einem Mann namens Jack zusammengelebt. Er starb etwa ein oder zwei Jahre vor dem großen Umzug. Sie hatte außerdem eine Freundin namens Jean. Aber die starb ungefähr um dieselbe Zeit wie Rene. John T. gegenüber hat sie Dich oder Deinen Vater nie erwähnt. Wir blieben ungefähr zehn Minuten, und die meiste Zeit sagte er: »Ich wäre froh, ich könnte Ihnen mehr sagen, aber ich weiß wirklich nicht mehr über sie«, oder sonstwas in dieser Richtung.

Ich stelle mir vor, daß Jack der Mann war, der mich in der Klinik besuchte. Sie lebte damals mit ihm zusammen. Nun, ich war froh, daß sie nicht allein war. Machte es mir etwas aus, daß sie mit John T. nie über mich gesprochen hatte? Es fiel mir auf. Vielleicht hatte sie alles, mich und meinen Vater, ihr ganzes Pech, hinter sich gelassen. Vielleicht hatte sie sich mit Jack ein wirkliches Leben geschaffen.

Wir wußten nicht, ob wir gleich an die Tür von Wohnung 8 gehen oder lieber unten klingeln sollten. Wir beschlossen, einfach zu klopfen, mußten aber sehr lange warten, bevor der Mann aufmachte – ich glaube, er hatte ein bißchen Angst. Aber sobald Bill E. die Tür aufgemacht hatte und mich sah, war es in Ordnung. Ich glaube, er fühlte sich sicherer mit mir, weil er immer nur mich ansah, nicht Dad. Wir gingen nicht in seine Wohnung, sondern blieben in der Tür stehen. Er hat längere graue Haare, eine Zahnlücke und einen durchdringenden Blick, macht aber einen netten Eindruck. Ich war mir der Verrückten hinter all den Türen sehr bewußt, jeder, den ich traf, war irgendwie nicht ganz richtig im Kopf, aber eigentlich sind es ganz normale Leute. Er wußte mehr. Sagte, Deine Mutter und Jack hätten sich ständig in den Haaren gelegen, das ganze Haus hätte gewackelt, wenn sie sich stritten.

Aah, also doch keine Veränderung. Diese Rene nahm allmählich klarere Formen an, entpuppte sich immer mehr als die Frau, die ich gekannt hatte. Meine Mutter und Jack, ständig am Streiten im Haus derer, die nicht ganz richtig im Kopf waren. Damit beschäftigt, das Beste und das Schlimmste aus den Dingen zu machen.

Aber nach Jacks Tod »verlor sie den Lebenswillen … nichts mehr, wofür es sich zu leben lohnte … isoliert …« Anscheinend hatte sie niemanden und wollte mit niemandem irgendwas zu tun haben. Bill sagte, einmal hätte er sich mit ihr über ihren Exmann unterhalten, und sie hätte zärtlich von einer Romanze in Paris gesprochen. Das ist alles. Er denkt, sie könnten etwas mit einem Antiquitätengeschäft (Trödel?) zu tun gehabt haben – woher kam das Geld zum Leben? Er erinnerte sich auch, daß sie mehrmals im Krankenhaus war. Er meinte, der Hausmeister in Wohnung 3 besitze vielleicht mehr Informationen, da er die Wohnung leer geräumt hatte, als sie tot war. In seiner Wohnung war niemand da, aber wir hinterließen einen Zettel mit Deiner Nummer, auf dem wir erklärten, worum es ging. Bis jetzt hat er nicht zurückgerufen.

Nun, da war also mein Vater. Und Paris? Paris war immer dagewesen. Ich fragte mich, ob sie in derselben Klinik war wie ich oder ob sie aus körperlichen Gründen ins Krankenhaus mußte, vielleicht, als sie ihren Tumor entdeckten? Krebs der Bauchspeicheldrüse. Nun, wieso nicht? An irgendwas muß man schließlich sterben. Und die meisten Leute sterben an Krebs.

Weiter zu Wohnung 11, was John vorgeschlagen hatte, da der Bewohner schon beim großen Umzug dabeigewesen war, wahrscheinlich Mitte der Achtziger. Niemand machte auf, aber es gab reichlich Hinweise darauf, was für eine Art Mann hinter der Tür lauerte. Zwei Dinge klebten an der Tür: eine Postkarte von neonfarbenen strampelnden Beinen in hochhackigen Absätzen, reflektiert von Spiegeln, und ein Bibelzitat über das Willkommensein, handgeschrieben, mit über den eigentlichen Text drübergekritzelten Worten – entweder seinen eigenen, oder er hatte den ein oder anderen Fehler gemacht. Wir konnten wütende Abwaschgeräusche hören. Wir hämmerten gegen die Tür. Ich weiß nicht, ob dieser Mann Rene am nächsten gestanden hat, nach allem, was Du gesagt hast, scheint er eigenartig genug dafür zu sein – vielleicht ist er derjenige, mit dem wir wirklich reden sollten. Wer weiß. Aber wir gaben auf. Gingen nach unten, lächelten den Studenten mit ihren Kisten zu und machten uns auf den Rückweg.

Ich war froh, daß Chloe bei dem manischen Abwascher mit den Postkartenbeinen und den falschen Bibelzitaten das Handtuch geworfen hatte. Ich hatte genug vom Haus derer, die nicht ganz richtig im Kopf waren, und ihr war es anscheinend ähnlich gegangen. Wir hatten beide genug gesehen. Und da war es. Meine Mutter definitiv tot, die unbekannten Überreste ihres Lebens in einem düsteren Haus in Hove, Streit mit einem Mann und Erinnerungen an Paris. Es hatte sich wirklich nichts verändert.

Am nächsten Tag rief Chloe aus Südafrika an.

»Bist du durcheinander?«

»Nein. Ja. Ein bißchen.«

»Kein Wunder. Aber immerhin war sie keine nette alte Dame, die von allen geliebt wurde. Davor hatte ich ein bißchen Angst. Ich war ganz schön erleichtert, daß sie so geblieben ist, wie du sie mir geschildert hast.«

»Ich auch.«

Chloe hatte recht. Es war eine Erleichterung, meine Version meiner Mutter bestätigt zu finden. Vielleicht hatte ich sie verzerrt, oder vielleicht war sie zu einem neuen Leben erblüht, Menschen verändern sich – es war schäbig von mir, aber ich war trotzdem erleichtert zu hören, daß sie sich nicht verändert hatte. Das Haus bebte immer noch unter ihren Auseinandersetzungen, und als der Mann starb, mit dem sie diese Auseinandersetzungen geführt hatte, verlor sie den Willen zu leben.

In gewisser Weise war es schrecklich, daß ich so erleichtert war, weil meine Mutter offensichtlich genauso geblieben war, wie ich sie in Erinnerung hatte – weil sie so gewesen war, wie ich mich an sie erinnerte. Nicht fair ihr gegenüber, wie immer. Aber als ich anfing, Chloes Notizen zu lesen, hatte ich einen Stich der Angst empfunden, daß alles, woran ich mich erinnerte, alles, was ich meiner Tochter erzählt hatte, vielleicht nur eingebildet, phantasiert, zusammengesponnen war. Oder daß meine Mutter, nachdem sie eine böse und undankbare Tochter losgeworden war, vielleicht zu einer anderen, neuen, erfüllten Person geworden war. Wie hätte ich mich dann gefühlt? Froh für sie, wenn ich nur ein halbwegs anständiger Mensch wäre. Aber das bin ich nicht. Ich zog es vor, herauszufinden, daß ich mir und Chloe, was meine Mutter betraf, nichts vorgelogen hatte. Ich zog es vor, sie all die Jahre unglücklich zu wissen, statt mir eingestehen zu müssen, daß ich mir all die Jahre selbst etwas vorgemacht hatte.

»Ist es nicht traurig, daß sie den Lebenswillen verloren hat?« sagte Chloe.

»Ja. Aber Bill E. wußte nicht, daß meine Mutter den Lebenswillen dreimal die Woche verlor. Es war bei ihr eine Gewohnheit.«

»Wirst du nach Hove fahren?«

»Nein.«

»Wirst du an den Hauswart schreiben?«

»Nein.«

»Aber du bist froh, daß ich gefahren bin?«

»Sehr. Sehr froh. Danke.«

»Schon okay. Ist doch gut, endlich über deine Mutter Bescheid zu wissen, oder?«

»Hmm. Doch, ich denke schon.«